QUAND S'ILLUMINE
LE PRUNIER SAUVAGE

Titre original : *The Enlightenment of the Greengage Tree*

Première publication par Wild Dingo Press Australia Pty Ltd.
Publié avec l'accord de The Rights Hive, Australia et de son co-agent Marotte et Compagnie, France.

Ce livre a été publié avec le concours du gouvernement australien par le biais du Conseil australien et de son organisme de financement et de conseil pour les arts.

Traduit de l'anglais par Muriel Sapati

10, place des Cinq-Martyrs-du-Lycée-Buffon
75015 Paris – France
www.editionscharleston.fr

ISBN : 978-2-36812-659-2
Maquette : Patrick Leleux PAO

Pour suivre notre actualité, rejoignez-nous sur Facebook (Éditions.Charleston), sur Twitter (@LillyCharleston) et sur Instagram (@LillyCharleston) !

Charleston s'engage pour une fabrication écoresponsable ! Amoureux des livres, nous sommes soucieux de l'impact de notre passion et choisissons nos imprimeurs avec la plus grande attention pour que nos ouvrages soient imprimés sur du papier issu de forêts gérées durablement.

Shokoofeh Azar

QUAND S'ILLUMINE LE PRUNIER SAUVAGE

Roman

Traduit de l'anglais par Muriel Sapati

CHARLESTON

Nous ne sommes pas le premier peuple qui s'est voué à l'autodestruction dans une ville dotée de tout ce qui pouvait faire son bonheur.

Bahram Beizai
Manifest of Desolation

Ce livre est dédié à tous ce que je connais :
les morts et les vivants

1

D'après Beeta, Maman fut frappée d'une illumination le 18 août 1988 à 2 h 35 précises sur notre plus haut prunier sauvage, dans le tintamarre de casseroles qui, chaque après-midi à l'heure de la vaisselle, tirait le verger de sa léthargie, en haut de la colline qui surplombait les cinquante-trois maisons du village de Razan. Au même moment à Téhéran, les yeux bandés et les mains attachées dans le dos, Sohrab fut pendu sans avoir été jugé par aucun tribunal et sans savoir qu'il serait enterré en masse avec des centaines d'autres prisonniers politiques dès le lendemain matin. Il serait enfoui au petit jour dans une longue tranchée, au milieu du désert qui s'étendait au sud de la capitale. La fosse commune ne porterait aucun signe, aucune indication, de peur qu'un proche ne vienne s'y recueillir des années plus tard – pas même une pierre tombale que l'on pourrait tapoter avec un petit galet avant de murmurer : « Il n'y a pas d'autre dieu que Dieu*. »

* Selon cette coutume iranienne, les petits coups frappés sur la tombe sont destinés à réveiller l'esprit du mort qui entendra alors : « Il n'y a pas d'autre dieu que Dieu. » (Note de l'autrice)

D'après Beeta, Maman redescendit du grand prunier sans un regard pour ma sœur qui remplissait sa jupe de reines-claudes au goût acidulé, puis elle se dirigea vers la forêt en disant : « Rien de tout cela n'est tel que je le croyais. » Beeta lui demanda de s'expliquer, mais Maman avait l'air envoûté de ceux qui ont la fièvre des forêts, celle que j'appelle « la mélancolie des bois ». Les yeux dans le vague et le pas assuré, elle s'éloigna et grimpa sur le plus haut chêne qu'elle trouva. Elle resta assise près de la cime de l'arbre trois jours et trois nuits, sous le soleil, sous la pluie, sous la lune, et dans le brouillard, à contempler la vie qui venait de lui être révélée.

Tandis que Maman élisait domicile au sommet du chêne d'où elle posait un regard neuf sur sa propre existence, sur celle des membres de sa famille proche ou éloignée, sur notre grande maison, avec ses cinq chambres et son verger de cinq hectares, sur le village de Razan, sur Téhéran, sur l'Iran et, soudain, sur la planète et l'univers tout entiers, Beeta se précipita dans la maison pour nous annoncer la nouvelle : fascinée par les lucioles depuis toujours, Maman avait une nouvelle lubie, la folie des hauteurs ! Au début aucun d'entre nous ne prit cette passion au sérieux, mais comme à minuit passé, elle n'avait pas donné le moindre signe de vie, je sortis la première, Papa me suivit, puis Beeta lui emboîta le pas, munie d'une lanterne, et nous allâmes nous asseoir tous les trois au pied de l'arbre. Nous fîmes un feu pour chauffer une bouilloire en zinc dans l'espoir que l'odeur de notre thé embaumerait cette forêt hyrcanienne datant du jurassique – l'une des dernières au monde – et attirerait Maman parmi nous. Mais les effluves du thé fumé venu du nord s'élevèrent dans les airs et l'accompagnèrent dans sa traversée de la Voie lactée, agencement fascinant d'astres et de planètes qui tournoyaient chacun sur leur orbite, espace intersidéral dans lequel les savants cherchent désespérément un signe de Dieu. Tout là-haut, alors qu'elle flottait sur son nuage d'étoiles minuscules, la vision d'une Terre à peine plus grosse qu'un grain de poussière ramena Maman à la même conclusion qui s'était imposée à elle la veille à 2 h 35 précises. Rien n'était tel qu'elle l'avait cru jusqu'alors. La vie, c'est ce que nous nous acharnons à détruire : l'instant présent qui porte en lui le passé et le futur, comme les lignes de la main, comme les nervures d'une feuille ou les yeux iridescents de son mari Hushang.

Le lendemain, nous nous réveillâmes vers 5 heures, Papa, Beeta et moi, dans l'épaisse brume du matin, à l'heure où les derniers renards regagnaient leur tanière après avoir chassé les poules et les coqs du village toute la nuit. Une huppe battit des ailes tout près de nous. Au terme de ses pérégrinations dans l'espace, ayant sillonné des villes et des villages, contemplé des îles et des tribus lointaines, Maman était revenue se poser sur la plus haute branche de son chêne, juste à temps pour entendre les moineaux gazouiller par milliers, juste à temps pour apercevoir un hérisson s'effrayer d'un mouvement de mon père, se mettre en boule et rouler sur le sol en pente. Chacun d'entre nous retrouva sa place : nous trois autour du feu, Maman sur son arbre et Sohrab dans la fosse commune, parmi des centaines d'autres cadavres. Les bourreaux avaient dû exécuter tant de gens qu'ils n'avaient pas réussi à enfouir les corps dans les délais prévus. Les premiers à mourir furent les plus chanceux. Dans les jours qui suivirent, les mises à mort furent si nombreuses à Evin que les cadavres entassés dans la cour de la prison commencèrent à sentir. Depuis la construction du pénitencier, jamais les mouches, les fourmis, les chats et les corbeaux d'Evin n'avaient vu pareil festin et tous s'en donnèrent à cœur joie. Les prisonniers politiques les plus jeunes pouvaient être graciés par l'imam s'ils acceptaient d'abréger les souffrances des condamnés à mort en leur assenant le coup de grâce. Le visage couvert de bleus, les mains tremblantes et le pantalon trempé d'urine, des centaines d'adolescents âgés de treize à quatorze ans – qui n'avaient commis d'autre crime que de participer à une réunion politique, de lire des pamphlets interdits ou de distribuer des tracts dans la rue – durent abattre d'une balle dans la tête des suppliciés qui les fixaient de leurs yeux aux pupilles clignotantes.

Dans ce chaos, les bourreaux assaillis par l'odeur délétère qui avait envahi la prison étaient pris de folie et transférés directement à l'asile militaire avant de disparaître ou d'être exécutés à leur tour quelques mois plus tard. Du 29 juillet 1988, début de la première vague d'exécutions de moudjahidine du peuple et de détenus communistes, à la mi-septembre de la même année, plus de cinq mille personnes furent mises à mort à Téhéran, à Karaj et dans d'autres villes iraniennes, soit par pendaison, soit par un peloton d'exécution. Ils ne furent que trois soldats à désobéir à l'ordre de tirer. Chacun reçut trois balles de plomb, comme les condamnés à mort. Dès le mois d'août, sur les dizaines de chauffeurs de semi-remorques réfrigérées qu'on avait chargés de transporter les corps jusqu'aux déserts les plus éloignés de la ville, seuls quatre hommes finirent à l'asile. À force de respirer la puanteur des cadavres en décomposition, ils s'imaginaient qu'elle émanait d'eux, qu'elle les suivait partout et les trahissait. Ils soupçonnaient leurs épouses de la sentir, mais de n'en rien laisser paraître, par pitié. Ils craignaient les regards épouvantés qu'on leur lançait dans les longues files d'attente lorsqu'ils attendaient leur tour pour des tickets de rationnement, du pain ou du lait pasteurisé. L'un d'eux croyait que les corbeaux noirs qui se massaient de plus en plus nombreux autour des fosses communes le traquaient. Qu'ils soient perchés sur les murs de sa maison, sur les poteaux électriques ou qu'ils tournoient dans le ciel au-dessus de Téhéran, il les croyait attirés par la puanteur de sa chair, bien décidés à causer sa perte. Dans d'autres déserts, à l'extérieur d'autres villes, deux soldats furent abattus d'une balle dans le dos pour avoir pris la fuite au moment où leur peloton d'exécution s'apprêtait à tirer sur des prisonniers politiques. Pendant ce temps, en raison de « l'excellence des services rendus », des centaines d'exécuteurs des hautes œuvres et de transporteurs de corps en putréfaction furent promus gardiens de la révolution, maires et d'autres eurent l'honneur de se voir chargés d'interroger les suspects, d'administrer des châtiments ou de surveiller les détenus.

Au matin du 19 août, quand Papa rappela à Maman de sa voix enjouée que c'était l'heure du thé et du pain *kondak*, il savait bien qu'elle n'était pas près de renoncer à sa dernière lubie. Aussi s'empressa-t-il d'ajouter :

— S'il y a une chose que nous avons héritée de nos ancêtres, c'est cette passion pour tout ce qui est nouveau. Une passion pour l'impossible.

Puis le brouillard s'épaissit et enveloppa nos silhouettes, notre lanterne, notre feu et notre bouilloire. Il offrit à Maman une autre occasion de parcourir l'immensité du monde qui, si vaste qu'il fût, avec ses religions et ses livres, ses guerres, ses révolutions et ses exécutions, ses naissances, sans oublier le plus haut chêne de notre forêt, n'était rien de plus qu'un grain de poussière dans l'univers.

À quarante-quatre ans, Maman vieillit d'un coup et, en l'espace de trois jours, ses cheveux devinrent tout gris. Quand elle revint à la maison, Beeta fut la première à la revoir.

— Il y a une vieille femme chez nous ! s'écria-t-elle.

Papa et moi accourûmes au salon où ma mère, installée sur le divan, se limait l'ongle du pouce gauche avec un calme déconcertant.

Soudain, l'illumination de Maman et les trois jours qu'elle avait passés sur son arbre me donnèrent une idée. Elle commençait à polir l'ongle de son pouce droit quand je me mis à vider la bibliothèque de mes livres. Le sourire aux lèvres, j'annonçai à ma famille que si des objets venaient à disparaître dans la maison, ils seraient en ma possession. Tous me dévisagèrent, Beeta avec des yeux étonnés, Maman de son regard surnaturel et Papa avec le petit sourire satisfait dont il était coutumier. Mais sans plus me soucier d'eux, j'allai dans l'atelier de mon père où je pris ce qu'il me fallait : un marteau, des clous, une scie et de la corde. Il me fallut cinq jours pour construire la cabane que je voulais. À l'abri des regards, au sommet du plus haut chêne de la forêt – celui-là même qui avait été le théâtre de l'ascension de ma mère –, elle avait une fenêtre au levant et une porte au couchant, un petit balcon qui donnait sur notre maison et une balustrade en corde. Sur son toit de branchages, j'étendis une grande bâche goudronnée sur laquelle on entendrait tambouriner la pluie, un bruit que j'avais adoré pendant treize ans – l'étendue de ma courte vie. Avant l'arrestation de Sohrab, chaque été, cette même bâche servait à produire des vers à soie. On l'étalait sur des planches posées à même le sol de la cave et les vers passaient deux semaines entières à grignoter des feuilles de mûrier, jusqu'au jour où, rêvant de devenir papillons, ils se mettaient à tisser leurs cocons – bien loin de se douter qu'ils allaient finir noyés et ébouillantés dans une grande cuve. De ces cocons, il ne sortirait jamais rien d'autre qu'une soie blanche réservée à quelques marchands de tapis fortunés d'Ispahan, de Nain et de Kashan. Ceux-ci confieraient les précieux écheveaux à des tisserands indigents qui s'échinaient à la tâche dans des sous-sols froids et humides sans voir la lumière du jour et ne savaient rien d'autre que l'art de transformer en étoffe les rêves des vers à soie.

Assis sur le divan vert en face de Maman qui se limait les ongles d'un air absent, Papa la regardait en songeant que lui, l'habile fileur de soie grâce auquel notre famille prospérait, lui, l'héritier incontestable du don d'interagir avec des créatures surnaturelles, n'avait jamais eu la chance de voir léviter son épouse.

Quand il l'avait vue pour la première fois, sur la route de Darband, Roza avait tout juste dix-sept ans et se consumait d'un amour impossible. Un beau jour, portée par cet amour, elle s'était soudain élevée dans les airs au-dessus de la rue Nasser Khosrow, de ses passants et de ses librairies d'occasion – pour la première et la dernière fois. À peine six mois avant de connaître mon père, elle avait fait une autre rencontre, bien plus grisante mais sans avenir, une rencontre tellement exaltante que dès lors et jusqu'à la fin de ses jours, elle se mit à pousser des soupirs à nuls autres pareils. De longs et profonds soupirs qu'elle dissimulait de son mieux – quoique pas assez bien pour qu'ils échappent à l'attention de mon père –, année après année. À vingt-cinq ans, Papa était tombé éperdument amoureux au premier regard si bien qu'il épousa Roza – Maman – le jour même, à la nuit tombée, dans le brouillard le plus épais que Darband eût jamais connu, encore tout étourdi et en présence d'un mollah qui passait par là. Le mollah avait peur des spectres et du brouillard, aussi marmonna-t-il quelques prières au pas de course puis, ayant reçu ses vingt tomans et un pourboire, il n'attendit même pas que les jeunes mariés aient échangé leur premier baiser passionné pour s'éloigner dans la rue en pente avec sa lampe à huile. Ayant déposé une baie de cornouiller dans la bouche de Maman, Papa lui dit :

— Allons te présenter à ma famille.

Malgré mille et une étrangetés dont pouvaient s'enorgueillir Papa et Maman, de tous les membres de notre famille, mon préféré était Khosro, le petit frère de mon père. Tout en construisant ma cabane, je me rappelai qu'il avait le don de transformer n'importe quelle tâche en un rituel mystique. C'était le deuxième d'une fratrie de trois enfants nés à trois ans d'intervalle et le digne héritier de la folie familiale. Il avait fait un an de prison sous le chah Mohammad Reza, deux autres sous Khomeiny, s'était marié, puis avait divorcé. Khosro avait ensuite choisi de vivre reclus chez lui pour étudier le mysticisme de l'Inde et de l'Asie orientale en soixante-neuf volumes et apprendre le sanskrit. Après un séjour de trois jours et trois nuits dans le tombeau vide d'un cimetière tibétain, il s'était mis à léviter à un mètre du sol en pratiquant la méditation d'Osho. Il avait aussi passé un mois entier sur une barque au milieu d'un lac de Sibérie, comme un chaman le lui avait ordonné.

Tandis que j'entrelaçais des branches pour former l'un des murs de ma cabane, je fus prise de désespoir en repensant à la folie de mon oncle Khosro : quel exploit nouveau et inédit me restait-il à accomplir sur cette Terre ? Nous n'avions plus qu'à attendre sa venue car de nous tous, c'était celui qui avait le plus de chances de comprendre Maman. Contrairement à moi et aux trois autres membres de la famille, il avait appris à chercher des réponses aux énigmes de la vie. Et cette quête ne faisait que commencer.

Toujours occupée à bâtir ma maison dans les arbres, je songeais à tout ce qu'avait fait mon oncle, à l'illumination inattendue de Maman et à sa soudaine lubie ascensionnelle, lorsqu'une averse d'été me surprit sur mon perchoir. La pluie continua à tomber pendant trois jours et trois nuits. Elle m'aurait sans doute changée en créature couverte d'écailles se nourrissant d'algues, de fruits gâtés et de mousse si Beeta n'était apparue tel un ange déchu avec son parapluie orange et sa jupe plissée bleu ciel pour me ramener à la maison. Au soir du cinquième jour, dans le verger silencieux et alors que nous attendions toujours l'oncle Khosro et des nouvelles de Sohrab, ma cabane fut enfin terminée.

2

On dit souvent que ceux qui arrivent ne sont jamais ceux qu'on attend. C'est donc ma tante Turan, quarante ans et des poussières, et ses six enfants déjà plus ou moins grands qui jouèrent le rôle de ceux qu'on n'attendait pas.

Je les revois encore entamer l'ascension de notre verger à flanc de coteau. Bien cachée par l'épais feuillage du chêne, je les aperçus la première par la fenêtre de ma cabane. Ayant épousé à dix-sept ou dix-huit ans un homme de treize ans son aîné, tante Turan s'était mise en devoir de donner une abondante progéniture à cet époux issu de la vieille et illustre famille Esfehani ; voilà la femme qui gravissait la colline en soufflant comme un bœuf, une femme que les grossesses avaient alourdie de cinquante kilos. Ses six rejetons stupides et paresseux la suivaient comme les wagons d'un train poussif ; accrochés les uns aux autres, grimaçants et haletants, ils cassaient des branches pour manger des fruits au passage et, telle une hydre à six têtes, dévastaient tout en une fraction de seconde. Assise comme à son habitude sous un prunier sauvage, Beeta les vit à son tour et s'élança vers eux en criant pour les accueillir et pour avertir les habitants de la maison de la venue de celle que tous priaient déjà le Ciel de voir repartir.

Maman et Papa accoururent chacun d'un côté de notre grande maison à cinq chambres. Ma mère pensait aux sept bouches supplémentaires qu'il faudrait nourrir, mon père se dit qu'il lui faudrait fermer son atelier à clé et Beeta se demanda où elle pourrait cacher son justaucorps rose et ses chaussons de danse. Quant à moi, je me préparai à rapatrier le restant de mes affaires dans ma cabane. À en juger par la présence des trois ouvriers de la région chargés de porter les lourdes valises de la smala, il était clair que les nouveaux venus s'apprêtaient à élire domicile dans notre logis pour quelque temps. Avant même d'arriver jusqu'à la maison, les enfants avaient tout saccagé dans leur sillage tandis que leur mère maugréait des remontrances à leur encontre pour conserver un semblant de dignité au moment de se présenter devant ses hôtes. Elle n'était pas encore entrée dans la maison que déjà elle égrenait bravement les nouvelles de tout le clan Esfehani de Téhéran, sans se douter que, depuis l'arrestation de Sohrab, Maman et Papa n'avaient plus rien à faire de ces interminables récapitulatifs.

Shahriyar, le petit-cousin paternel de mon père – celui qui avait un doctorat en sciences économiques, mais s'était fait renvoyer de l'université à cause de ses penchants socialistes pendant la révolution culturelle et travaillait désormais comme chauffeur spécialisé dans les transports à longue distance entre Téhéran et Ispahan – avait encore eu un accident et cette fois-ci ses quatre passagers étaient morts sur le coup. C'était la cinquième fois que l'ombre de la mort venait rôder autour du petit-cousin de mon père, mais il en était ressorti indemne.

Un jour, après ce terrible épisode, en arrivant à Ispahan, Shahriyar remarqua qu'un de ses passagers n'était pas descendu de voiture. Il lui lança un coup d'œil interrogateur dans le rétroviseur et reconnut immédiatement le visage froid et impassible de l'homme vêtu de noir. Aussi, sans un mot, il laissa monter un autre client et repartit pour Téhéran. À la fin de cette course, en pleine nuit, seul l'homme en noir était toujours là. Shahriyar le regarda à nouveau dans le rétro et, en pointant sa clé de voiture dans sa direction, il lui dit :

— Monsieur, je crois que j'ai fini mon service pour aujourd'hui !

— Et moi, je crois que tu sais qui je suis, répondit l'homme.

D'après tante Turan, Shahriyar avoua à ce sinistre visiteur qu'il pensait à lui du matin au soir depuis si longtemps qu'il l'avait reconnu dès qu'il avait posé les yeux sur lui.

Voyant que ses bavardages suscitaient enfin une lueur d'intérêt chez Papa et Maman, tante Turan prit un malin plaisir à s'interrompre avant de conclure :

— Bref, Shahriyar a cru qu'il avait rendez-vous avec la mort, mais en fait l'homme était juste là pour lui dire de ne pas se désespérer, il n'en avait pas après lui.

Arrivée dans la cour qu'elle traversa péniblement, tout essoufflée par ses cent vingt kilos, ma tante nous raconta que depuis cette funeste rencontre, plus aucun membre de la famille ne voulait monter dans le taxi de Shahriyar, pas même une minute. Tous pensaient qu'il avait fait un pacte avec Azraël, l'ange de la mort. Sa femme et leur enfant l'avaient quitté, ils le croyaient maudit et craignaient que l'opprobre des voisins ne s'étende à eux.

Mais le cousin Shahriyar ne s'en souciait pas le moins du monde et soutenait que la mort réserve un sort différent à chacun.

Le récit de tante Turan était véridique, mais il y manquait de nombreux détails dont elle n'avait pas connaissance. Ainsi, elle ignorait qu'en voyant que son passager était toujours à bord de son taxi à son retour à Téhéran, Shahriyar, que la dépression avait fait plonger dans l'alcool après la purge des universités, redémarra pied au plancher et prit la route qui montait jusqu'à Shahran Heights d'où on voyait les lumières de la ville scintiller comme des diamants. S'étant assuré qu'il n'y avait personne dans les parages, il avait alors sorti deux petits verres et une flasque rangés sous son siège. Toujours assis au volant, il avait rempli les deux verres d'alcool et en avait tendu un à l'inconnu installé sur le siège arrière pour porter un toast :

— À ce qui est écrit et ne peut pas être réécrit !

Sans laisser à son passager le temps d'ouvrir la bouche, Shahriyar avait vidé deux petits verres et lancé :

— Voilà, je suis fin prêt maintenant !

Impressionné par tant de magnanimité, le messager de la mort avait avalé le contenu de son verre en écoutant Shahriyar.

— J'ai toujours voulu mourir à cet endroit précis, avec Téhéran à mes pieds dans toute sa crasse et toute sa splendeur. Si j'ai toujours aimé venir ici, ajouta-t-il après quelques instants de silence, c'est aussi parce que j'adore chercher la maison de celle que j'aime au milieu de toutes les autres… Mais après des années passées à regarder les lumières clignoter dans le noir en pensant à l'amour, je me suis aperçu que je n'aimais aucune des femmes de ma vie, avait-il conclu en s'esclaffant.

L'homme, qui était bel et bien venu prendre l'âme de Shahriyar, se dit qu'il allait le laisser profiter de ses derniers moments. Aussi lui demanda-t-il de lui servir un autre verre. En entendant cela, Shahriyar éclata de rire, sortit de la voiture et alla récupérer un bidon de quatre litres d'alcool de contrebande qui était caché sous la roue de secours, dans le coffre. Sans mot dire, ils trinquèrent, chacun buvant à la santé de l'autre, encore et encore, pour finir complètement soûls. Après cela, ils coururent dans la montagne, nus comme des vers, chantèrent et dansèrent en faisant tourner leurs caleçons autour de leur doigt. Tandis que Téhéran – ses mollahs, ses riches citoyens, ses soldats du Hezbollah, ses prostituées, ses prisonniers politiques, ses amants, ses sans-abri et ses poètes – s'endormait à leurs pieds, ils se campèrent face à la ville et pissèrent sur la capitale. Ils s'amusèrent à comparer la taille de leur sexe en riant aux éclats, puis s'effondrèrent ivres morts et sombrèrent dans un profond sommeil. Ils se réveillèrent en sursaut, à l'aube, sous une fraîche brise qui leur donna la chair de poule. Alors que les vapeurs astringentes de l'alcool lui faisaient encore tourner la tête, le messager de la mort avoua qu'il ne s'était jamais aussi bien amusé. Ensuite, il décida qu'il était temps de retourner en ville. Une fois à Shemiran, il insista pour payer sa course malgré les protestations de Shahriyar et lui dit qu'il n'avait plus à s'inquiéter de la mort désormais. Toujours en proie à l'ivresse, il descendit l'avenue Shariati en tâtant son entrejambe, car il avait découvert que son membre était beaucoup plus petit que celui de Shahriyar.

Ayant allumé une cigarette, tante Turan entreprit de nous donner des nouvelles de Shokoofeh, sa cousine au second degré ; Shahram, le fiancé de la jeune femme, l'avait quittée pour partir en Amérique. Un jour, bien plus tard, Shokoofeh s'était endormie pour se réveiller au bout de trois jours.

— Où est Shahram ? avait-elle demandé avec anxiété.

Sa crainte redoubla quand elle comprit qu'elle avait dormi trois jours et trois nuits d'affilée et qu'elle avait complètement oublié que son fiancé l'avait quittée depuis des lustres. Ce soir-là, elle sombra dans un sommeil qui dura un mois entier et à son réveil, elle se demanda à nouveau, non sans alarme, où était Shahram. Cette fois-ci, quand elle s'aperçut qu'un mois entier s'était écoulé et que sa mémoire flanchait toujours plus, elle eut peur de se rendormir. Aussi, chaque soir, elle s'entailla le doigt avec un couteau et se frotta les yeux avec du sel pour tenir le sommeil en respect. Il n'empêche qu'un soir, après plusieurs jours et nuits sans fermer l'œil, Shokoofeh s'assoupit à nouveau. D'après tante Turan, cela faisait à présent six mois et seize jours qu'elle dormait et ne s'était toujours pas réveillée en demandant : « Où est Shahram ? »

Maman et Papa poussèrent un soupir de commisération pour cette cousine éloignée puis, prenant tante Turan par l'épaule, ils l'emmenèrent sous le ventilateur de plafond qui brassait d'un côté à l'autre du salon la touffeur de cette belle journée d'été que chauffait un soleil à son zénith. Il était loin de rafraîchir la pièce, ce ventilateur. L'air était absolument immobile, lourd du chagrin causé par les événements de sinistre augure qui planaient sur cet été maudit comme autant de menaces silencieuses. Aussi loin que remontent les souvenirs conscients ou inconscients de tous les vivants de la famille, les Esfehani n'avaient jamais connu pareil été. Même en remontant deux siècles en arrière, l'oncle Khosro qui, à cette époque, consacrait tout son temps à lire des livres d'histoire et à établir des corrélations entre les événements du passé et l'histoire familiale pour dresser notre arbre généalogique, n'était tombé sur aucune mention ou récit de massacre comparable à celui qui eut lieu cette année-là.

Depuis que nous avions quitté Téhéran tous les cinq pour venir nous installer dans cette petite plantation de cinq hectares à l'extérieur d'un village perdu de la province du Mazandéran, tante Turan était la première de la famille à nous rendre visite. Aucun d'entre nous ne savait comment elle nous avait retrouvés et personne n'osa lui poser la question de peur qu'elle nous réponde : « Si nous ne sommes pas les bienvenus, nous n'avons plus qu'à repartir. » Nous n'allions pas tarder pas à comprendre ce qui l'avait amenée chez nous, même si, à ce moment-là, il serait déjà trop tard. Deux semaines après leur arrivée inattendue sous le soleil d'une chaude journée d'été, tante Turan et ses six enfants allèrent nager dans un petit étang au milieu des bois et se volatilisèrent sous nos yeux.

Chez nous, c'est Beeta qui aimait le plus nager, aussi se trouvait-elle dans l'eau avec eux lorsqu'ils s'évaporèrent tous les sept dans les airs en même temps que l'eau de l'étang. En un clin d'œil, ma sœur se retrouva en train de patauger dans la boue visqueuse, le corps et le visage couverts de fange. Elle ouvrait et refermait la bouche, l'air ahuri, comme un petit poisson agonisant dans la vase qui articule en silence « *de l'eau… de l'eau… de l'eau !* ».

Ce jour-là, je les vis enfin tous épouvantés par l'un des étranges événements qui nous arrivaient. Beeta se mit à hurler et se réfugia dans les bras de Maman. Maman continua si longtemps à fixer le vide qu'avaient laissé l'étang et les sept baigneurs que la nuit tomba et Papa dut venir la chercher avec une lanterne. Ayant assisté à la scène, j'attendis en silence pour voir si Beeta savait quelque chose. Oui, elle savait. Elle savait précisément ce qui s'était passé. Ce soir-là, alors que Maman s'était mis du sel dans la bouche pour combattre le mauvais œil, quand ma sœur se fut enfin remise du choc, elle avoua avoir vu tante Turan aller dans la forêt à plusieurs reprises le soir au coucher du soleil pour s'entretenir et faire cabale avec des êtres invisibles.

Après cela, certains des livres de mes parents disparurent peu à peu de leur bibliothèque. Ensuite, ce fut un grand tapis inutilisé qu'on avait rangé sous mon lit ; puis une lampe à huile, une assiette, une fourchette et une cuiller, une marmite, de la nourriture et, pour finir, une couverture prirent le même chemin. La veille, l'appareil photo de Sohrab n'était plus sur son bureau. Ayant oublié que je l'avais prévenue, Maman attribua ces chapardages à la présence invisible de tante Turan et de ses six enfants. Excédée, Maman finit par s'emporter ; elle alla au salon et s'écria d'un ton acrimonieux :

— Mais que se passe-t-il donc dans cette maison !

Effrayée, je lui répondis du tac au tac depuis ma chambre :

— C'est moi qui ai hérité de l'appareil photo de Sohrab !

— Imbécile ! me lança Beeta en enlevant ses chaussons de danse. Tu dis ça comme s'il était mort, comme s'il avait été exécuté.

Étant la seule au courant, pour Sohrab, je sautai par la fenêtre avec les dernières affaires dont j'avais besoin et courus me réfugier dans ma cabane. Alors que j'avais officiellement déclaré que je n'étais plus responsable d'aucun vol, d'autres choses disparurent ou furent déplacées dans la maison.

Certains jours, les objets prenaient un malin plaisir à bouger sous nos yeux. Cela alla si loin qu'un jour, à l'heure du déjeuner, alors que nous étions tous à table, un bruit de mâchoires qui mastiquaient frénétiquement parvint à nos oreilles et le souffle malodorant de plusieurs rots nous chatouilla le nez. Il fallut alors nous rendre à l'évidence, la nourriture quittait nos assiettes et s'élevait dans les airs, puis elle se volatilisait sous nos yeux au son des mandibules qui s'activaient bruyamment. Si Papa n'avait pas réussi à mettre un terme aux excès de tante Turan et de ses six gloutons mal dégrossis, il aurait dû faire appel au devin de Razan, une perspective terrifiante pour les djinns. Après la mort du premier devin, celui qui avait péri dans l'incendie du village, le nouveau était venu de la forêt, à ce qu'on racontait. Quoi qu'il en soit, sans l'aide de l'un de ces mages, les habitants de Razan étaient bien incapables de maîtriser leurs relations avec les êtres invisibles qui vivaient parmi les arbres, sans parler de leurs excès, car ces créatures essayaient constamment d'imposer leur présence, leurs préférences et leurs lois aux gens de la région.

Un soir, alors que nous étions tous dans la cour en train de rire et de bavarder autour du feu en mangeant des graines de tournesol, Papa saisit soudain le poignet invisible de tante Turan dans le vide et la menaça de faire venir le devin pour son malheur si elle ne nous laissait pas tranquilles. Elle fut si surprise qu'elle avala de travers et se mit à tousser, une graine de tournesol coincée dans la gorge.

— C'est ta faute, finit-elle par dire, à force de nous voir comme un fardeau, voilà ce que nous sommes devenus. Tu n'as plus qu'à nous supporter, maintenant !

Mais Papa ne céda pas ; il serra le poignet de tante Turan et répondit :

— Dans ce cas-là, c'est moi qui dicte les conditions !

L'espace d'un instant, ma tante eut l'air de regretter ce qu'elle avait fait.

— Personne ne veut de nous, dit-elle d'une voix triste et sincère. Nous n'étions pas les bienvenus sous notre propre toit. Mon avare de mari considérait nos enfants comme des rivaux, il s'était acheté son propre frigo et il y gardait ses aliments sous clé. Où que nous allions, nos hôtes ne tardaient pas à mettre des cadenas sur la porte de leur réfrigérateur. Alors cette année j'ai décidé de me jeter à l'eau. J'ai lu un des livres de notre père sur les secrets des relations avec les djinns. Grâce à eux, j'ai trouvé le chemin de ta maison. Je suis venue ici pour les rejoindre. Maintenant, je suis avec eux et je suis heureuse.

À compter de ce jour, nous n'avons plus entendu manger les enfants de tante Turan ni senti leurs rots malodorants, mais nous fûmes tous profondément attristés par son histoire et nous nous fîmes la promesse de ne pas réagir si d'autres choses venaient à changer de place dans la maison. Nous ne pouvions jamais être sûrs de trouver notre réfrigérateur garni, et même si la vie n'était facile pour personne, à cette époque, aucun d'entre nous ne s'en plaignit.

À peine trois jours plus tard, le bruit courut qu'une bande de djinns affamés mettait à sac le village de Razan. Il fut temps de faire venir le devin. Les villageois racontèrent qu'il n'avait pas plutôt essuyé la poussière de son miroir et prononcé sa première formule, que les apprentis djinns, effrayés, préférèrent la fuite au combat. Depuis lors, de temps à autre, des rumeurs nous parviennent de villages situés plus loin dans la forêt où l'on se plaint de recevoir la visite d'esprits avides de nourriture qui engloutissent toutes leurs provisions.

Pendant plusieurs mois, personne ne soupçonna l'existence de ma cabane. Puis, un jour, alors qu'il baguenaudait en fumant sa pipe sur son cheval brun vers les confins de notre verger, Papa aperçut l'échelle en corde de mon repaire et y monta. Là, il trouva mes papiers parmi les affaires que j'avais chapardées chez nous et les lut. Ce soir-là, à table, au moment où chacun contemplait son assiette bientôt vide, Papa sortit un carnet et, sans me regarder, se mit à lire à haute voix :

— Quand c'est arrivé, j'avais encore mon instrument entre les mains, le târ* que Papa avait fabriqué. Les mots me manquent pour décrire ce supplice. Je voudrais oublier cette sensation atroce, ma peau brûlait, mes yeux étaient en feu... Il faut que je m'occupe l'esprit. J'ai besoin d'écrire, il faut que je pense à eux, à eux qui sont si seuls à présent.

J'eus l'impression que mon visage et mon cou étaient devenus cramoisis sous l'effet de la colère. Je ne pouvais pas injurier mon père. Cela ne se faisait pas chez nous, mais j'avais vraiment envie de le traiter de « sale con », la pire insulte que je connaissais.

— Et après ? demanda Beeta.

— J'ai besoin d'écrire, poursuivit Papa, il faut que je pense à prendre le gros carnet de cinq cents pages dans la chambre de Papa. Quand j'écris, j'arrive mieux à me concentrer sur ce qui me distrait.

Sans finir mon repas, j'arrachai le carnet des mains de Papa et le lançai à travers la pièce. Au moment où sa course s'achevait de l'autre côté de la porte, Maman intervint.

---

* Le târ est un luth persan dont la caisse, profonde et bombée, est taillée dans un bloc de bois de mûrier ; son ouverture évoque la forme d'un huit. (Note de la traductrice)

— Tu grandis. Tu ne peux plus te comporter ainsi, me tança-t-elle sévèrement.

— Vous avez donc oublié ? Je ne grandirai plus ! répondis-je avec insolence, en m'obstinant à leur tourner le dos.

Tandis que je sortais de la maison, Maman répéta un de ses adages préférés.

— Peu m'importe qu'il y ait un avant et un après Norouz* dans la vie des autres gens, peu m'importe qu'il y ait un avant et un après la révolution. Dans ma famille, il y a avant et après l'invasion arabe.

Depuis ces terribles événements, Maman parlait toujours d'« invasion arabe », elle ne disait pas « incendie » ou « immolations », elle insistait sur le fait que les révolutionnaires étaient venus pour brûler, piller et tuer. Exactement comme mille quatre cents ans plus tôt.

---

* *Nowruz*, qui signifie « jour nouveau », marque le jour de l'An, ou premier jour de l'année solaire persane, équivalent de l'équinoxe de printemps. (NdT)

3

C'EST ARRIVÉ L'ANNÉE DERNIÈRE, avant que Maman ne grimpe sur le prunier, avant que Sohrab ne soit exécuté et que tante Turan et ses enfants ne deviennent des djinns. Le 6 février 1988 au petit matin, quand les aboiements de Gorgi, notre chien de garde, nous réveillèrent tous les cinq, il était déjà trop tard, nous ne pouvions plus aider Sohrab à s'enfuir dans les bois. En un clin d'œil, quatre gardiens de la révolution armés et un mollah étaient déjà dans la maison. Ils passèrent les menottes à mon frère qui était encore au lit, saisirent des livres et des pamphlets par-ci par-là et l'emmenèrent sous la pluie. Sans laisser le temps à Papa de courir derrière eux ni à Maman de leur crier « Où emmenez-vous mon fils, espèces de voyous ? », leurs voitures de patrouille démarrèrent sur les chapeaux de roues en nous aspergeant le visage de boue tandis que Gorgi continuait à japper.

Pendant cinq mois, personne ne sut où Sohrab était détenu, jusqu'au jour où un inconnu aux yeux tristes et à la barbe mal peignée arriva à Razan et désigna notre maison sur la colline au premier passant qu'il croisa :

— Dis-leur que leur fils est à la prison d'Evin.

L'inconnu aux yeux tristes s'en repartit comme il était venu par les ruelles sinueuses et les chemins qui menaient à la forêt, porter des messages destinés à d'autres familles. Mais au moment où il s'en allait, un homme qui était assis dans un coin sur la place du village lui demanda tout en aiguisant son couteau sur une pierre :

— Pourquoi te donnes-tu tant de mal à transmettre des nouvelles à des gens que tu ne connais pas ?

— C'est une longue histoire, tu n'aurais pas la patience de l'écouter jusqu'au bout, répondit l'homme triste.

Il se remit à marcher, mais le villageois le suivit à petits pas réguliers et lui tendit une cigarette roulée.

— J'ai beaucoup de patience, lui dit-il.

C'est ainsi que l'inconnu s'assit en face du villageois qui se remit à affûter sa lame et lui raconta :

— J'ai grandi dans une famille si pauvre que notre plus grand rêve était de manger un poulet. J'avais à peine douze ans quand ma mère est retombée enceinte une fois de plus. Une nuit, je l'ai entendue dire à mon père qu'elle était prête à se damner pour une cuisse de poulet. Le lendemain, on m'a jeté en prison pour vol, mais j'étais heureux parce qu'avant mon arrestation, nous avions eu le temps de cuisiner le poulet pour ma mère qui s'en était délectée. Quand je suis ressorti un an plus tard, quel choc ça a été de revoir mes parents ! Ils avaient vieilli de dix ans et ils étaient encore plus pauvres qu'avant. J'avais quinze ans quand je suis retourné en prison ; cette fois-ci j'avais tué mon patron qui s'était refusé à me payer mon dû.

Chaque jour, mon désir de revoir ma mère grandissait dans mon cœur, mais elle ne me rendit jamais visite, pas une seule fois. Les années ont passé. J'ai été conduit au gibet six fois, mais à chaque pendaison, la corde se cassait, alors pour finir, ils ont décidé de me libérer. Quelques jours plus tard, cependant, le petit frère que mes parents considéraient comme la lumière de leur vie m'a rejoint en prison. J'avais beau lui demander quel était son crime, il refusait de me le dire. Finalement, au milieu de la nuit, le gardien me l'a révélé. Il m'a raconté que mon cadet avait tué mes six frères et sœurs ainsi que nos parents. En entendant cela, je suis devenu sourd et aveugle ; sans plus attendre, j'ai pris un rasoir et tranché la gorge de mon frère dans son sommeil. Il n'a eu que le temps d'ouvrir des yeux pleins de larmes et de me sourire avant de mourir.

Le lendemain, quelqu'un a introduit un journal dans la prison et la nouvelle a commencé à circuler de cellule en cellule. C'est en écoutant les chuchotements des prisonniers que j'ai découvert la vérité. Mon petit frère, le seul d'entre nous qui allait à l'école, avait appris en cours de science qu'on pouvait rendre les gens inconscients avec de l'éther. Cette nuit-là, il avait posé huit chiffons imbibés d'éther sur le nez de tous les membres de la famille endormis pour aller vendre des cigarettes dans la rue et ramener un peu d'argent à la maison. Il ne fallait pas que mes parents le sachent, ils ne voulaient pas qu'il travaille. Le rêve de mon père était que son fils passe tout son temps libre à étudier, pour qu'au moins un de ses enfants réussisse au lieu de vivre dans la pauvreté jusqu'à la fin de ses jours. Malheureusement, le professeur avait oublié de dire à ses élèves que l'éther était mortel si on en respirait les vapeurs un peu trop longtemps. Cette tragédie aurait pu être évitée. Mais quand mon frère rentra chez nous au petit matin, tout content de la petite somme qu'il rapportait à nos parents, il enleva les chiffons de leurs visages et les découvrit tous raides morts.

L'inconnu alluma une cigarette et tira longuement dessus avant de poursuivre son récit.

— En entendant cela, je me suis entaillé le poignet avec la lame de rasoir qui avait tué mon frère. Je suis mort, j'ai passé une nuit à la morgue, mais le lendemain matin, un des gardiens a remarqué la condensation qui s'était formée sur le plastique recouvrant mon visage. On m'a emmené à l'hôpital et il a été constaté que j'étais toujours vivant, avec une artère sectionnée dans laquelle le sang avait noirci.

L'inconnu au regard triste souffla un panache de fumée avant de tirer une vigoureuse bouffée sur sa cigarette et, ce faisant, il montra son poignet gauche au villageois. Sous son bracelet en cuir, on voyait une profonde blessure ; manifestement, la veine avait été tranchée en son milieu et elle était toujours noire. Le villageois qui aiguisait toujours son couteau y jeta un coup d'œil.

— Tu es certain de vouloir en entendre plus ? demanda l'homme.

— Bien sûr, répondit l'autre, si tu promets d'écouter mon histoire toi aussi.

Portant la cigarette à ses lèvres, l'inconnu au regard triste observa les gestes lents et calmes du villageois affûtant sa lame. Les yeux fixés sur le va-et-vient tranquille du couteau sur la pierre, il reprit la parole.

— Ils m'ont hissé sur la potence trois fois encore, mais chaque fois la corde a lâché. Après ça, ils m'ont libéré dans le plus grand secret, convaincus que j'étais maudit et que je ne méritais même pas de mourir.

J'étais bien décidé à tuer le professeur dont l'oubli avait été fatal à ma famille, mais cette nuit-là, alors que je dormais dans un fossé, j'ai rêvé de ma mère pour la première fois. Elle vivait dans une maison tout en verre, mais sans ouvertures. Je faisais le tour d'une salle des glaces qui me paraissait sur le point de se fissurer et de voler en éclats. La maison était entièrement vide. Ma mère se tenait près d'un mur et regardait dehors. Quand elle m'a vu, elle a effleuré mes cheveux d'un geste tendre et m'a dit : « Si j'avais su que tu étais vivant, je serais venue te rendre visite chaque semaine. » Puis elle m'a tendu un sac en toile. Elle m'a caressé les mains et elle a ajouté : « Prends ce sac et va par là-bas » en me montrant la direction à prendre. En me réveillant, j'ai trouvé le sac par terre à côté de moi. Il était plein de lettres que des prisonniers avaient écrites à leur famille. Depuis ce jour, je suis la route que m'a indiquée ma mère et, au passage, je transmets des messages car je sais que si les mères savent que leurs enfants sont en prison, bien vivants, elles iront les voir.

L'inconnu tira une dernière fois sur sa cigarette, puis il l'écrasa.

— Mais je n'ai toujours pas compris pourquoi elle voulait que je vienne par ici… vers le nord, dit-il.

— Le jour où tu l'auras compris, tu seras prêt à mourir, répondit calmement le villageois.

Une lueur fugace s'alluma dans les yeux de l'inconnu.

— Je suis mort depuis ma première pendaison, mais personne ne le sait, dit-il après quelques instants de silence.

— Alors, écoute un peu ça, commença le villageois en se curant les dents avec sa lame effilée. Ma famille était très pauvre, elle aussi. Des années avant ma naissance, mon père voyageait par monts et par vaux, de village en village et de ville en ville, jusqu'au jour où il est arrivé à Téhéran. Là, à force de labeur et de privations, il a réussi à se construire un petit four à briques de ses propres mains. Mais quelques mois plus tard, il a été assassiné. Un soir, avant sa mort, mon père avait rêvé qu'un serpent sortait de sa manche pour le piquer. Dès le lendemain, il a confié à sa femme qu'il devait cent tomans à son apprenti et qu'il avait aussi des dettes envers d'autres personnes, ensuite il lui a expliqué ce qu'elle devrait faire s'il venait à mourir. Aussitôt, ma mère a enlevé son alliance, roulé le tapis qui se trouvait sous ses pieds et lui a dit d'aller les vendre, de payer ce qu'il devait et de faire l'aumône pour éloigner la mort. Mais après avoir monnayé ces objets, mon père a dépensé une partie de l'argent pour acheter un linceul et deux ou trois choses nécessaires à un enterrement. Il a gardé cent tomans dans sa poche pour son apprenti et le reste, il l'a mis dans le placard de ma mère.

Ce jour-là, à midi, avant que mon père n'ait eu le temps de lui payer son dû, l'apprenti furieux l'a poignardé et l'a tué. Quand ma mère a appris la nouvelle, elle s'est mise à dépérir et elle est morte de chagrin en me laissant seul au monde. J'avais à peine dix ans et j'ai dû mendier et travailler comme ouvrier saisonnier en allant de ville en ville et de village en village jusqu'au jour où je suis arrivé à Razan. La première nuit que j'ai passée ici, j'ai rêvé de mon père. Il vivait dans une maison tout en verre sans fenêtres et sans meubles, j'avais peur qu'elle se brise et s'effondre soudain sur sa tête. Il a caressé et embrassé mes pieds avec tendresse et il a dit : « Si j'avais su quelles souffrances tu allais endurer, j'aurais fait l'aumône. » Ensuite, il s'est approché d'un des murs en verre et il a ajouté : « Va attendre sur cette place, là-bas, avec un couteau. »

Le villageois montra son couteau à l'inconnu.

— C'est le couteau qui a tué mon père.

À ces mots, l'inconnu au regard triste se leva.

— Laisse-moi te baiser la main avant de mourir, dit-il.

Le villageois lui tendit calmement la main. L'inconnu la baisa.

— Je te suis reconnaissant de m'aider à atteindre ce que je désire.

Marchant en silence, ils s'enfoncèrent dans la forêt et, quand ils furent assez loin du village pour que personne ne les voie, le villageois plongea son couteau jusqu'à la garde dans le cœur de l'homme aux yeux tristes. Le regard empreint d'une mélancolie que le villageois n'oublierait jamais et un léger sourire aux lèvres, l'inconnu mourut. Ensuite, alors que le villageois s'apprêtait à jeter son corps et le couteau dans un marais pour les donner en pâture aux asticots et aux insectes, il regarda sa victime dans les yeux pour la première fois et sursauta. À la vue de ses pupilles dilatées, il s'aperçut que cet homme n'était pas celui qu'il avait attendu pendant tant d'années, le cœur plein de haine. Le villageois contempla ces yeux ouverts jusqu'à la tombée de la nuit, puis il alluma un feu et passa une semaine à fixer le cadavre à travers les flammes ; il observait les chairs se dilater peu à peu et commencer à sentir tandis que des asticots, des cafards et des serpents s'en repaissaient. Il resta là jusqu'à ce que l'odeur putride lui emplisse les narines comme la haine avait infesté son existence. Finalement, écœuré par l'immonde prolifération de larves, par l'infestation de serpents et de scorpions, il en vint à se mépriser lui-même. Quand la puanteur fut telle que les fleurs environnantes commencèrent à flétrir, que les papillons et les libellules se mirent à dévier de leur trajectoire pour éviter de voler à proximité, il se décida enfin à jeter ce qu'il restait du corps et le couteau dans le marécage. Puis il hissa le lourd sac de l'inconnu sur son épaule et partit vers les villages plus éloignés du

Mazandéran. Mais avant de prendre la route, en arrivant au sommet de notre colline, il trouva mon père assis sur le perron et lui transmit le message concernant Sohrab d'une voix claire et posée.

Soulagé d'avoir enfin des nouvelles de mon frère, Papa eut une pensée fugace pour cet homme dont les yeux étaient si tristes. Après être entré dans la maison afin de rassembler ses affaires, il se mit en route pour Téhéran sans plus tarder. Ce qu'il ignorait – et il ne le saurait jamais –, c'est qu'avant d'être transféré à la prison d'Evin, Sohrab avait passé onze jours dans une autre ville proche de la capitale, oublié de tous, en isolement.

Papa ne sut jamais que dans cette ville, après avoir jeté Sohrab dans sa cellule, le gardien de la révolution était allé se changer dans les vestiaires, avait signé le registre de sortie de la prison et s'en était allé. Il avait passé onze jours dans son village près d'Ardabil, où il avait célébré son mariage, fait l'amour et engrossé sa femme avant de repartir au travail. À son retour, alors qu'il buvait du thé en bavardant avec ses collègues, il avait demandé ce qui était arrivé à ce garçon de Téhéran.

— Qui ? s'écrièrent-ils en chœur.

Ils se précipitèrent tous vers la cellule d'isolement située au fond d'un long couloir souterrain sombre et humide, où Sohrab se tordait de douleur, en proie à des hallucinations, terrifié, affamé et à l'article de la mort. Onze jours plus tôt, quand le soldat était parti en le laissant sans eau et sans nourriture, mon frère avait tout d'abord pensé qu'on viendrait l'interroger au bout de quelques heures. La puanteur de sa geôle – un mélange d'urine, de sang frais, de sexe, de sueur et de vomi – lui avait immédiatement donné mal à la tête. Il s'était efforcé de se rassurer en se disant qu'on n'allait pas tarder à venir lui dire ce qui l'attendait. Il faisait noir comme dans un four dans son cachot. Sohrab s'était levé pour essayer d'en estimer les dimensions. Un pas dans le sens de la largeur, trois en longueur. À peu près la taille d'une tombe. Il n'y avait pas la moindre ouverture, du moins aucune qu'il pût distinguer dans l'épaisse obscurité. Il colla son oreille à la porte en fer et entendit un faible bruit au loin. Après plusieurs heures sans percevoir aucun son à l'extérieur, il se sentit submergé par la peur. La peur d'être oublié pour de bon. Terrifié, il se leva et se mit à tambouriner sur la porte, puis à donner des coups de pied dessus, frénétiquement. Après de longues heures de lutte, effrayé, affamé et assoiffé, en tâtonnant à l'aveuglette le long du mur, il trouva un tout petit robinet près du sol, si bas qu'il dut coller sa joue par terre pour boire goulûment. Un goût de rouille lui emplit la bouche. Était-ce celui de l'eau ou la peur lui donnait-elle des aigreurs d'estomac ? Il n'y avait pas de toilettes dans la cellule. Sohrab attendit encore une heure. Pour finir, il dut se résoudre à se soulager là-dedans et à se laver avec l'eau du petit robinet. L'odeur de la diarrhée provoquée par la peur le fit vomir plusieurs fois. Il se déshabilla et jeta ses vêtements sur ses excréments pour en masquer l'odeur – ce fut peine perdue.

Il commença alors à délirer. La peur était là. Il se croyait sur le point de mourir. Il suffoquait. Vomissait. Pour se consoler, il chercha à se comparer à tous les protagonistes des romans politiques qu'il avait lus, mais leurs noms ne lui revenaient plus en mémoire. Il n'arrivait même plus à se rappeler la musique qu'il aimait tant écouter sur la stéréo. Dès ces premières heures d'incarcération, il lui fut impossible de distinguer la nuit du jour.

Au bout de soixante-douze heures, il était devenu incapable de dire quel jour du mois on était et, après une semaine, il ne savait même plus quel jour, de quel mois et de quelle année on était. Il avait passé si longtemps à fixer l'obscurité et le néant, à regarder la mort dans les yeux que ses globes oculaires exorbités lui donnaient l'impression de ne plus être irrigués. Il n'arrivait plus à saliver, ce qui le faisait tousser sans arrêt. Du bout des doigts, il essayait de déchiffrer les traces laissées sur le mur par un ongle ou un objet pointu. À un moment, il réussit à lire une phrase entière : « *Le tiers-monde, c'est l'endroit où l'on partage la même souffrance, mais pas le même chemin.* » Il eut beau chercher, impossible de retrouver de qui était cette citation. S'il ne s'occupait pas l'esprit, il allait devenir fou. Il aurait voulu graver un poème sur le mur avec le fer de sa ceinture, mais il ne tarda pas à s'apercevoir qu'il en avait oublié le texte. Il avait tellement faim qu'il prit le plâtre qui s'était détaché de la pierre et se le fourra dans la bouche. La sensation de brûlure sur sa langue desséchée le fit tousser de plus belle. À partir du septième jour, il ne trouva même plus l'énergie de se traîner jusqu'à la porte et d'y coller son oreille pour guetter les bruits lointains qu'il avait récemment pris pour les chuchotis de ceux qui complotaient pour le tuer. Des voix indistinctes se concertaient afin de venir l'étrangler dans le noir. Elles se confondaient. Le rire tonitruant d'un assassin, d'un bourreau, d'un interrogateur et celui de l'homme chargé de retirer son tabouret au condamné debout sur l'échafaud. Au huitième jour, il passa des heures à promener ses mains par terre, cherchant en vain un cafard qu'il pourrait manger, comme ce personnage d'un livre dont il ne retrouvait pas le titre. Ensuite, il alla jusqu'à envisager de manger ses propres excréments pour rester en vie, pour ne pas se laisser vaincre par les infâmes chiens qui l'avaient jeté là comme une bête. Il se servit du tissu de sa chemise pour prendre une crotte desséchée et essaya de se convaincre que cela avait le même goût qu'une galette de boue. Mais il n'eut pas le temps de la porter à ses lèvres ; pris de violents vomissements, il aspergea le mur du peu de bile qu'il lui restait dans l'estomac. Ensuite, il ne se rappela plus rien. Ni peur ni voix effrayantes et imaginaires. Ni la faim ni la mort. Ni le chagrin ni la douloureuse absence de Maman, de Papa, Beeta et moi.

Il ne savait pas combien de temps s'était écoulé quand il vit un minuscule rai de lumière filtrer entre ses paupières mi-closes. Il reprit conscience dans un lit, avec des perfusions dans les deux bras ; il entendit le bruit d'une grande claque suivie d'une pluie de coups de poing et de coups de pied. Quelqu'un hurla :

— S'il y était passé, qui aurait été tenu pour responsable de sa mort, espèce de crétin d'Azéri ?

Le lendemain, l'infirmière qui vint changer sa perfusion lui chuchota à l'oreille que le gardien de la révolution qui l'avait laissé pour mort ne ferait plus partie de l'armée d'ici un mois. Le cauchemar était fini. Comme si rien n'était arrivé. Comme s'il n'était pas censé survivre à cette épreuve. À moins qu'ils n'aient dans l'idée de le ramener à la vie rien que pour l'exécuter à l'issue d'une cérémonie digne de la révolution.

Trois semaines plus tard, une fois Sohrab transféré à la prison provinciale, quand Papa alla demander de ses nouvelles à Evin, on lui fit la même réponse qu'auparavant :

— Qui ça ?

Le soldat consulta sa liste et secoua la tête.

— Non, monsieur, on n'a personne de ce nom-là, déclara-t-il d'une voix empreinte de commisération.

Pendant que Papa allait de ville en ville pour retrouver son fils, Sohrab était transféré d'une prison à l'autre comme un colis encombrant et passé à tabac avec une telle violence que sa vessie se remplit de sang car un de ses reins avait cessé de fonctionner. Pour finir, ses tortionnaires décidèrent de l'envoyer à la prison de Téhéran afin de ne pas se retrouver avec son cadavre sur les bras. Son dossier, qui ne comportait que deux accusations – il s'était soustrait à ses obligations militaires et avait lu divers pamphlets de la *guérilla fedayin* du peuple iranien –, fut gonflé pour justifier ce transfert. C'est ainsi qu'avec la mâchoire brisée, des côtes enfoncées et un seul rein en état de marche, Sohrab fut expédié au centre pénitentiaire de la capitale où Maman, Papa et Beeta purent le voir pour la première fois depuis cinq mois. Pendant tout le temps que dura cette visite, ils plaisantèrent tous et rirent si joyeusement que les autres visiteurs leur lancèrent des regards courroucés.

Ce jour-là – huit ans après notre arrivée à Razan –, Maman eut honte d'elle-même parce qu'elle dut se plier à l'obligation de porter le foulard. Huit ans plus tôt, quand nous avions décidé de quitter Téhéran pour venir nous installer dans ce lieu reculé, elle s'était juré de ne quitter ni le village ni même notre verger sur la colline tant que ce régime resterait en place ; ainsi elle n'aurait pas à se voiler. Pendant ces huit années, elle avait vécu au milieu de ses livres et de ses souvenirs, elle s'était occupée de ses coqs et de ses poules, elle avait écouté le bruit de la pluie et beaucoup de musique. Même quand nous avions appris la mort d'un parent qui avait péri dans l'inondation de Darband le 26 juillet 1987, Maman s'était refusée à quitter notre petit domaine pour ne pas avoir à se couvrir la tête le jour de l'enterrement. Elle n'avait pas pu s'y résoudre non plus pour aller témoigner sa solidarité à un jeune garçon de la famille et à ses proches. L'adolescent de treize ans avait été condamné à recevoir soixante-dix coups de fouet sur la place Enghelab* pour avoir mangé une prune jaune pendant le ramadan. Maman nous expliqua qu'elle ne voulait pas assister à des scènes de châtiments collectifs.

— Si nos yeux s'habituent à voir de la violence dans les rues et sur les places publiques, ils s'y accoutumeront de plus en plus facilement. Petit à petit, nous deviendrons nos propres ennemis, ceux-là mêmes qui propagent la violence, nous répétait-elle.

Quelques années plus tard, elle ne fut pas étonnée d'apprendre que ce jeune garçon avait quitté notre pays pour la France, le cœur rempli de haine envers le peuple iranien et sans se retourner. Elle ne pouvait pas lui en vouloir parce qu'elle avait entendu dire que, le jour de son châtiment, l'homme chargé de lui administrer le fouet avait eu pitié de ce frêle adolescent et s'était efforcé de retenir ses coups. Mais les gens avides de brutalité qui s'étaient massés dans la rue pour assister au supplice comme on assiste à un spectacle de rue s'étaient mis à crier : « Tu ne frappes pas assez fort ! Encore ! Recommence ! Reprends du début ! » tant et si bien que le jeune garçon avait reçu quatre-vingt-treize coups de fouet au lieu de soixante-dix. Par la suite, il confia à sa famille que, pendant qu'il se tordait de douleur sur le sol et que les lanières de cuir s'abattaient sur la peau de son corps délicat, il s'était fait une promesse. S'il en réchappait, il saisirait la première des deux occasions qui se présenterait à lui : soit il se vengerait, soit il quitterait l'Iran pour toujours. Quand il laissa l'Iran derrière lui, dans l'avion qui survolait la frontière turque

* Littéralement, la place de la révolution. (NdA)

et l'emmenait en Europe, le jeune homme décida de changer de nom et d'identité – et ensuite, chaque fois qu'on lui demanda d'où il venait, il répondit : « Je suis né en Grèce ! »

Toujours est-il que Maman n'avait pas encore compris que « l'inévitable, c'est inévitable », comme disait toujours Papa. Elle serait bien obligée de briser la règle qu'elle s'était fixée le jour où elle irait rendre visite à son fils. C'est ainsi qu'après cinq mois sans nouvelles de lui, ils partirent tous les trois à Téhéran pour le voir. En découvrant qu'il avait perdu vingt kilos, ils décidèrent non seulement de faire comme si de rien n'était, mais aussi de rire et de bavarder pour atténuer le chagrin que leur causaient le hijab imposé à ma mère et la détention arbitraire de mon frère. Maman lui demanda comment était la nourriture et il répondit en s'esclaffant qu'elle était excellente. Papa l'interrogea sur la date de sa libération. Sohrab rit à nouveau et dit qu'à sa connaissance, il n'était absolument pas question de le libérer ! Ensuite, pour changer de sujet, Beeta leur raconta qu'ils m'avaient cherchée partout pour m'emmener à Evin, mais qu'ils n'avaient pas réussi à me trouver. Ni dans le poulailler ni dans l'écurie ! Hilare, Sohrab répliqua qu'il ne se faisait aucun souci puisqu'il avait rêvé de moi la nuit d'avant. Papa lui demanda avec le plus grand sérieux :

— Alors, comment va Bahar ? Que t'a-t-elle dit ?

Tout le monde s'esclaffa, sauf Sohrab qui répondit le plus sérieusement du monde :

— Elle m'a dit « la vie continue ».

Ainsi, ils enchaînèrent les plaisanteries pendant les trente minutes que dura la visite, réjouis à l'idée que mon frère avait simplement été arrêté par erreur et qu'il serait bientôt relâché. Pourtant, quand Maman surprit les conversations tout aussi enjouées d'autres visiteurs, elle commença à s'inquiéter. Mais il était trop tard pour le manifester, la cloche du gardien retentit, faisant sursauter tout le monde.

Il y avait du grabuge dans la cour principale de la prison, et certains visiteurs ne purent s'empêcher de nourrir l'espoir fugace qu'un mouvement de protestation contre le régime islamique venait enfin de naître. À cette époque, beaucoup de gens étaient assez naïfs pour s'écrier joyeusement : « Ça y est, ils sont là ! Ils sont arrivés ! » au moindre signe d'agitation, dès qu'ils entendaient des coups de feu, chaque fois que les programmes télévisés s'interrompaient brusquement, qu'une coupure de courant les laissait soudain sans électricité ou qu'un autre événement inhabituel survenait. Mais qui donc venait d'arriver à Evin ? Personne n'en savait rien. Ainsi, quand la première hirondelle fonça tout droit dans l'une des petites fenêtres situées près du plafond du parloir, le gardien pris de panique tira une rafale de balles sur la vitre – lui aussi, il avait immédiatement pensé « Ça y est, ils sont là ! Ils sont arrivés ! »

Tout le monde retint son souffle et regarda l'hirondelle ensanglantée aux plumes déchiquetées qui tomba par terre et mourut sous leurs yeux. Le gardien, les prisonniers et les visiteurs ne s'étaient pas encore remis de l'émotion causée par les coups de feu quand une deuxième hirondelle entra par le carreau cassé. Puis une autre, et encore une autre. En un clin d'œil, la salle fut pleine d'oiseaux criards et résonna de leurs plaintes angoissantes. Sans trop savoir ce qu'il faisait, Papa se mit à hurler :

— Les hirondelles… les hirondelles !

Les soldats firent alors feu sur les oiseaux effrayés et désorientés. Soudain, tout devint noir tandis que l'écho des balles ricochait sur les murs, le sol et le plafond. Terrifiés, les visiteurs se couvrirent la tête de leurs mains ; rassemblés sous la menace des fusils, ils furent poussés dans la cour de la prison, comme du bétail et sans avoir eu le temps de dire au revoir à leurs proches. Là, sous une pluie de balles et de plumes, des milliers d'hirondelles furent fauchées en plein vol. Après plusieurs jours de météo printanière, elles avaient cru que la saison des migrations avait commencé et s'étaient massées dans le ciel de Téhéran. Dans la grande cour rectangulaire d'Evin, les volatiles affolés et déroutés fonçaient sur les gens, sur les murs de la prison, dans les barbelés et essuyaient les tirs des soldats. Des nuées d'oiseaux morts s'abattaient sur le sol comme autant de grêlons noirs. Plusieurs personnes moururent sous les balles. Les corps ensanglantés des humains et des volatiles tombaient les uns après les autres ; les visiteurs que l'on continuait à pousser vers la porte de derrière les piétinaient, hurlaient de terreur et pleuraient les victimes de ce massacre. Un vieil homme en larmes qui criait « Les pauvres hirondelles… les pauvres hirondelles ! » fut frappé à la bouche avec le canon d'un revolver.

Moins d'une demi-heure plus tard, le ciel était à nouveau bleu et dégagé, indifférent à la noirceur des événements qui s'étaient déroulés dans la cour d'Evin, à présent jonchée de plumes d'hirondelles, des cadavres sanglants des oiseaux abattus et des visiteurs tués par des balles perdues. Assis autour de la cour, les soldats se reposaient en regardant les dépouilles meurtries dont les pennes noires et blanches voletaient encore dans les airs. Ces malheureux oiseaux avaient été décimés simplement parce qu'ils s'étaient trompés de saison – qui l'aurait cru ? À cette idée, l'un des hommes s'esclaffa. Puis un autre et encore un autre. Les hauts murs d'enceinte résonnèrent alors de gros rires. Un vent se leva dans la prison d'Evin et se mit à souffler sur les hauteurs des quartiers nord de Téhéran, sur les militaires hilares et victorieux ; il poussa les plumes en suspension hors de la prison et elles retombèrent les unes après les autres sur les maisons et les passants qui, ignorant tout de ce qui s'était passé, couraient d'un bout à l'autre de la ville comme ils le faisaient chaque jour. Des allées et venues interminables et sans fin. Une heure plus tard, l'une de ces pennes maculées de sang et trouées de balles se colla au pare-brise d'une Buick Skylark gris métallisé conduite par un homme terrifié qui roulait vers le nord, les yeux pleins de larmes. Vers la forêt, le dernier endroit au monde où il risquerait de revoir un autre être humain.

4

PENDANT LE CARNAGE DES HIRONDELLES au-dessus d'Evin, alors que Maman, Papa et Beeta couraient dans tous les sens pour échapper aux rafales de tirs et que Sohrab regardait tristement les oiseaux sanglants par l'unique lucarne de sa cellule, j'étais libre de me promener dans le dédale de couloirs de notre maison, furetant dans toutes les pièces où je chapardais ceci ou cela. J'entrai dans l'atelier de Papa, derrière la cuisine ; il y avait une petite porte donnant sur l'arrière-cour. La pièce était pleine de morceaux de bois, de livres, d'outils de menuiserie et d'encadrement. Sur ces entrefaites, Miss Henna, la poule préférée de Maman fit irruption dans l'atelier, profitant du fait que la maison était vide pour laisser des crottes un peu partout – et fouiner ici et là, comme moi. C'est alors que je tombai sur la photo que je cherchais depuis des mois. Elle était rangée dans une enveloppe jaunie avec d'autres clichés appartenant à mon père – Papa et son târ préféré, Papa en train de fabriquer un târ, Papa à côté de

Djalil Chahnaz, de Farhang Sharif et de Dariouche Pir-Niakan* ; Papa qui m'enlace de ses bras, derrière moi, pendant que nous jouons du târ ensemble. C'était bien la photo que je voulais retrouver ! Je la pris et la glissai sous ma robe où elle rejoignit le reste de mon butin : quelques noix, restes du petit déjeuner. Dans un coin de l'atelier, il y a une vieille causeuse couverte de poussière et une table où s'accumulent toutes sortes d'objets. Tout sauf des târs. Ce jour-là, il y avait un cendrier, une lampe de bureau et un vieil aquarium sans eau ni poisson, mais rempli de coquillages que Papa allait ramasser au bord de la mer. Il se passionnait pour les coquillages depuis un certain temps déjà. Cela avait commencé en même temps que la passion des lucioles, chez Maman. Chaque soir, elle allait dans la forêt et revenait avec des bocaux pleins de ces mouches lumineuses. Elle attendait que tout le monde soit endormi pour les relâcher à la lisière du bois et les laisser s'envoler dans l'obscurité. Mais avant cela, sans se douter que je l'observais, elle s'allongeait par terre au milieu d'une pièce pour les regarder briller comme des étoiles et s'entremêler amoureusement dans ses épais cheveux. Une nuit, alors qu'elle venait partager avec elles l'insomnie et l'angoisse causées par l'arrestation de Sohrab dans la maison silencieuse et enténébrée, elle me trouva entourée d'une nuée d'insectes phosphorescents qui m'illuminaient. En la voyant me regarder tout apeurée, les cheveux ébouriffés, je fus prise d'un fou rire. Cette nuit-là, Maman vint s'asseoir par terre près de moi et consentit à savourer avec moi l'harmonieuse féerie des lucioles. C'est alors que je m'aperçus que je la connaissais bien peu, cette

* Célèbres maîtres du târ qui ont donné leur nom à différentes façons de jouer de cet instrument. (NdA)

mère à côté de laquelle je mange trois fois par jour, qui me borde chaque soir dans mon lit et dont le « Bonne nuit » doux et paisible est la dernière chose que j'entends résonner dans la maison. Cette nuit-là, elle partagea un de ses poèmes avec moi. Un poème qu'elle avait écrit dans sa vie d'avant, avant son mariage, à une époque où elle rêvait de devenir poète. Adossée à la table basse, les yeux fermés, au milieu des lucioles scintillantes, elle récita :

Le Créateur de lui-même toujours content
Entouré d'espoir et de joie, et de lucioles, un jour est seul.
La fin du monde.
Sans aucun trouble nocturne, un cri :
Ô Créateur, où est ta justice ?

Pendant ces nuits sans sommeil, Papa jetait un œil dans la chambre de Beeta et dans la mienne, inquiet de nous voir subir le même sort que Sohrab, puis il montait dans sa Buick Skylark grise et roulait jusqu'à la côte. Il allait s'asseoir sur le sable humide pour écouter le bruit des vagues si effrayant dans la nuit. Il examinait la plage à la lueur de sa lampe torche et il remplissait ses poches de coquillages aux couleurs irisées. De retour à la maison, il les disposait dans son aquarium jusqu'au matin. Il lui arrive encore de se réveiller en pleine nuit, d'allumer la radio et de la régler sur une chaîne américaine pour avoir des nouvelles de la politique menée en Iran. C'est le seul outil de communication de masse que nous ayons chez nous. Chaque fois que le présentateur de *Voice of America* annonce un interlude musical, entre deux reportages, s'il s'agit de chanteurs qui ont fui l'Iran pour les États-Unis après la révolution, Papa baisse le volume et colle l'une des plus grosses coquilles à son oreille pour écouter la mer. Il ferme les yeux, il tire longuement sur sa pipe et il étend ses jambes sur le divan, tout comme au bon vieux temps, quand on allait tous à l'hôtel Ghou, au temps où il n'y avait pas de gardiens de la révolution pour nous traiter de bourgeois ou accuser Beeta d'infraction à la sécurité nationale parce que son foulard ne couvrait pas assez sa tête. Et parfois, en sciant une pièce de bois, en vernissant un objet ou en préparant le papier marbré qu'il allait orner de calligraphies, Papa écoutait ses chanteuses et ses chanteurs préférés. Il écoutait Delkash qui est en exil on ne sait où, il écoutait Marzieh ou Vigen. Il écoutait Hayedeh qui a fui en Amérique après la révolution :

Pour ma triste maison
Pour ma triste rue
Pour toi, pour tous ceux qui sont comme nous
Cette chanson dit ma tristesse

Ou Gholam-Hossein Banan qui chante :

Chaque soir comme une flûte, je me lamente
Tu as pris mon cœur et mon âme sans devenir mon amante
Tu étais avec moi, tu es partie sans moi
Comme le parfum d'une fleur, où es-tu partie ?
Seul, je reste seul ; seule, tu es partie.

Parfois, Maman se réveillait au milieu de la nuit, elle aussi, et rejoignait Papa dans l'atelier où ils taillaient le bois et le vernissaient ensemble. Une nuit, quand le journaliste politique de *Voice of America* avait rompu le silence qui s'était installé entre eux, ils ne s'étaient même pas regardés puisqu'en son for intérieur chacun avait les yeux tournés vers Sohrab. Ils avaient simplement continué à manier leurs scies – *rr-rr, rr-rr, rr-rr*... L'ayatollah Khomeiny avait accepté de mettre fin à la guerre qui durait depuis huit ans, annonçait le journaliste, la résolution 598 du Conseil de sécurité avait été signée, mais certains signes laissaient penser qu'il cherchait à se venger de sa défaite. Cela ne présageait rien de bon pour l'Iran même si aucun analyste politique ne pouvait encore dire à quoi il fallait s'attendre. Papa avait alors pensé que Maman s'était mise à pleurer et Maman s'était dit la même chose à propos de Papa.

Le lendemain matin, le cocorico de Capitaine Namu, mon coq préféré, avait ramené Papa et Maman à la réalité ; ils s'étaient alors aperçus que l'aube se levait et que le sol était jonché de petites pièces de bois si mal taillées qu'elles ne pouvaient plus servir à rien. Papa avait commencé par reprocher à Maman d'avoir gâché toutes les lattes destinées à la fabrication des cadres. Maman s'était mise à crier qu'il n'avait qu'à pas la laisser y toucher ! Pour finir, ils avaient éclaté de rire, sans pouvoir s'arrêter, si fort que des larmes avaient commencé à couler. Puis Papa avait entouré Maman de ses bras et appuyé sa tête contre sa poitrine pour que ses sanglots et ses gémissements ne troublent pas notre sommeil.

Dans notre maison sur les hauteurs de Razan, ce qui ressemblait le plus à notre demeure ancestrale de Téhéran, c'étaient les combles. Ils étaient infestés de souris qui couraient partout – sur les tissus en satin, sur les tables en marqueterie, sur les portraits de nos aïeux vivants ou morts – et qui allaient jusqu'à grignoter les boules de naphtaline. Cet immense grenier recelait des monceaux de carnets, de papiers, de manuscrits envahis par les termites et de vieilles photos. On y trouvait de beaux tapis anciens, des *jajims* et des *kilims* que Maman avait remisés là-haut pour que les souris, les papillons de nuit et les termites les détruisent, tous et aussi vite que possible. Elle haïssait tellement la vie d'après la révolution qu'elle voulait se protéger des souvenirs du passé, elle avait peur du moindre objet qui pouvait la faire penser au bonheur d'avant. Voilà pourquoi les combles grouillaient de rongeurs. Parfois, quand les souris et les termites faisaient vraiment trop de bruit là-haut, Maman montait s'asseoir sur un des divans couverts de poussière et, dans l'air suffocant du grenier, elle contemplait le festin des souris qui grignotaient l'histoire par petits bouts et réduisaient en miettes les beaux objets. Toutes ces choses représentaient des décennies de souvenirs, l'identité héritée du passé. Certains objets avaient traversé les siècles. *Nous ne sommes pas le premier peuple qui s'est voué à l'autodestruction, dans une ville dotée de tout ce qui pouvait faire son bonheur*, pensait-elle alors. Puis elle redescendait, les larmes aux yeux, et s'éloignait de la maison autant qu'elle le pouvait. Elle partait se réfugier dans les bois et sanglotait sous un arbre. Quand elle avait pleuré tout son soûl, elle revenait, le nez rouge, les yeux gonflés et se mettait aux fourneaux en fredonnant lentement un poème d'Ahmad Châmlou :

Endormi le soleil, endormie la terre,
Comme à la mort de son fils, pleure la mère.
Tournée vers la toile sombre de la nuit, hagarde,
La mer sur la mort de mon bonheur, s'attarde.

Avec notre assentiment à tous, une sorte d'accord tacite qui ne nous posait aucun problème, Maman vouait un amour étrange à Sohrab. Sohrab n'était pas seulement son fils adoré de vingt-six ans. Pour Maman, Sohrab, c'était bien plus qu'un fils incarcéré dans un lieu incertain où on lui réservait un sort tout aussi incertain. Sohrab, c'était tout pour elle, tout ce qui avait jamais fait battre son cœur, la somme des désirs, des passions et des espoirs d'une vie entière ; celui dont elle avait rêvé, celui qu'elle avait cherché dans chaque roman et dans chaque poème – et, pour finir, celui qu'elle avait perdu. Elle n'avait pas dit un mot le jour où son fils avait été arrêté, et pourtant elle savait très bien quel sort l'attendait. Oui, Maman avait été frappée d'une illumination au sommet du prunier à l'instant précis où Sohrab était exécuté. Oui, cette révélation spirituelle l'avait saisie quelques secondes à peine après qu'elle eut repensé au rêve qu'elle avait fait la nuit précédente. Oui, cette nuit-là, Maman s'était réveillée en sursaut, terrifiée par un cauchemar et, une main crispée sur son sein gauche, elle s'était dit : *Ils ont tué Sohrab !* Puis elle avait remarqué non sans angoisse une tache de sang sur sa chemise de nuit. Sous le tissu, elle avait découvert la marque de deux petites dents de bébé à l'endroit même où son petit Sohrab l'avait mordue quand il était encore en âge de téter. Dans les instants qui suivirent cette découverte, une force invisible l'avait attirée au sommet du prunier sauvage où elle avait été frappée par cette silencieuse lubie, cette subite illumination.

Bien avant d'apprendre qu'il y avait un lien entre le prénom de notre frère et l'amour de jeunesse de Maman, nous avions entendu une autre histoire. Quand elle était enceinte de lui, elle avait rêvé qu'à l'intérieur de son ventre, Sohrab rêvait qu'il rampait nu dans une épaisse forêt. Il rampe, rampe, il finit par s'arrêter devant un arbre comme les autres et il y grimpe. Au bout d'un moment, il s'arrête, puis il se remet à grimper. Le bébé s'aperçoit alors que plus il monte, plus l'arbre grandit, mais s'il s'arrête, l'arbre s'arrête aussi. Le bébé se remet à monter de plus en plus haut et l'arbre à pousser de plus en plus. Il va tellement haut et l'arbre devient si grand et vaste qu'il s'étend sur la moitié de la Terre. Quand le bébé finit par atteindre le sommet de cet arbre immense, il regarde en bas, s'immobilise et disparaît, absorbé par l'écorce de l'arbre.

Par la suite, quand elle avait raconté ce rêve le jour où nous fêtions le quinzième anniversaire de Sohrab, chacun y était allé de son interprétation. Sauf Sohrab. Il s'était contenté de hausser les épaules.

— Eh bien, moi je n'en garde aucun souvenir, avait-il dit avec son humour habituel.

Quand Sohrab était encore parmi nous, pendant l'été, nous partions à la chasse aux souriceaux avec des raquettes de badminton, nous les traquions dans toutes les pièces de la maison et sous les combles. Ensuite, mon frère, ma sœur et moi, nous les faisions passer en jugement pour décider de leur sort ; nous rendions notre jugement et nous l'exécutions avant que Papa – le grand massacreur de rongeurs – ne rentre.

— La mort d'un souriceau ne résoudra pas le problème. Il ne faut pas violer les lois de la nature. Évitons d'avoir du sang sur les mains.

Ayant prononcé cette clémente sentence, nous relâchions les souris terrifiées du coin où nous les retenions prisonnières et, avec un sourire satisfait, nous les regardions disparaître dans le reste du grenier. Il était pourtant bien précieux, le trésor d'artisanat iranien entreposé sous les combles qui fut victime de leur voracité ! Mais comparé à tout ce qu'il y a dans la maison de mon grand-père, il ne remplirait même pas un petit magasin d'antiquités. À l'automne 1961, quand Maman posa les yeux sur la maison familiale de Papa pour la première fois, la magnificence de cette immense demeure, avec ses dix-huit chambres, ses couloirs, ses vestibules, ses mezzanines et ses terrasses, la laissa sans voix et, pendant quelques instants, littéralement pétrifiée. Si Papa ne l'avait pas prise par la taille pour la faire avancer au moment opportun, la première belle-fille de la famille se serait sans doute couverte de honte face à Gordafarid, la mère de son époux, et son père Jamshid. En fait, il s'agissait d'une demeure kadjare dont les salles, les vestibules et les couloirs étaient ornés de dorures, de bas-reliefs et de miroirs d'une beauté à couper le souffle de ceux qui y pénétraient pour la première fois. Ce lieu regorgeait d'objets que Roza ne connaissait que par les descriptions qu'elle avait lues dans les livres et les photos qu'elle avait vues dans les magazines : soies d'Iran, de Chine et d'Inde aux couleurs magnifiques, fauteuils lambrequins, lourds rideaux en velours d'Iran, lustres en cristal à cent branches, vases en porcelaine et bouquets de tulipes violettes, vaisselle de porcelaine décorée de fleurs et d'oiseaux, coussins aux motifs cachemire, tapis de soie rares de Nain et de Kashan. On pouvait y admirer des portraits des membres des dynasties kadjares, des Pahlavi, sans oublier celui de Zakariya al-Razi*, l'illustre ancêtre de la famille ; on y découvrait des tables et des fauteuils en bois sculptés ou rehaussés de marqueterie par les grands maîtres d'Ispahan, des meubles d'Italie, des plats en argent ainsi qu'une bibliothèque pleine de livres écrits dans toutes les langues – en russe, en chinois, en anglais, en français, en allemand, en tibétain, en sanskrit, en araméen, en pahlavi, en latin et en arabe.

* Abu Bakr Mohammad Ibn Zakariya al-Razi (865-925), appelé Rhazès en latin, est un scientifique perse qui s'est notamment illustré dans les domaines de la médecine, de l'alchimie et de la philosophie. (NdT)

Dans cette demeure remplie d'ouvrages et de meubles anciens et modernes se rencontraient la Perse kadjare et l'Iran pahlavi. Elle était à l'image de ses habitants. Le jour où il avait rencontré ma mère, Papa venait de passer toute une semaine dans une petite grotte qu'il avait découverte près d'Abshar Dogholu. Là-bas, il n'avait fait que jouer du târ pendant sept jours jusqu'à ce que le sang coule de ses doigts meurtris et tombe sur les pierres où un lichen écarlate avait germé et fleuri. En rentrant à Téhéran, alors qu'il faisait encore jour sur la route vallonnée de Darband, il avait aperçu Maman, si captivée par la lecture d'un recueil de poèmes de Sohrab Sepehri qu'elle ne voyait ni les gens qui l'entouraient ni les magnifiques teintes orangées du coucher de soleil. Ce qui permit à Papa de l'observer pendant un certain temps. Maman ne releva pas la tête avant d'avoir terminé *Le Voyageur*. Quand elle finit par lever les yeux, elle était toujours ailleurs, dans un autre monde, aveugle à ce qui l'entourait. Elle parcourait des chemins connus d'elle et de Sohrab, cet autre voyageur. Des bruits environnants, elle ne percevait qu'une vague rumeur. Seule une strophe résonnait encore à ses oreilles, comme l'écho du tonnerre fait vibrer les fenêtres d'une chambre dans la solitude de la nuit.

Et l'amour, seul l'amour
m'emporta dans l'étendue des chagrins de la vie
et me déposa en ces lieux où l'on devient oiseau.

Papa aborda Maman aussitôt qu'il la vit et s'il n'avait pas fait preuve d'une grande intelligence, il aurait pu la perdre à jamais. Mais il eut la bonne idée d'entamer la conversation en citant des vers de Sepehri et il lui apprit des choses qu'elle ignorait sur ce poète. Ainsi, dès les premiers instants, elle eut l'impression qu'ils avaient beaucoup de choses à se dire, si bien qu'avant 10 heures ce soir-là, Roza prit la décision la plus audacieuse de toute sa vie : elle accepta d'épouser l'homme qui allait devenir mon père, sans se soucier de l'avis et de la permission de la seule famille qu'elle avait – sa mère. Lorsqu'un austère mollah tenaillé par la peur des spectres et du brouillard apparut dans la pénombre et accepta de les marier sur-le-champ, il ne leur en coûta que vingt tomans.

Bien des années plus tard, quand Beeta, Sohrab et moi demandâmes à nos parents pourquoi le prénom de Sohrab commençait par la lettre S contrairement aux nôtres, Maman nous raconta toute l'histoire. Un jour, elle était allée acheter des livres dans la rue Nasser Khosrow où se trouvaient alors toutes les librairies de la ville et elle avait fait l'acquisition du recueil de poésie intitulé *Le Voyageur* qui venait de paraître. Alors qu'elle lisait ce long poème, ses pieds s'étaient soudain détachés du sol et elle s'était envolée au-dessus des passants et des libraires dans le nuage de bruine qui mouillait son livre. Papa l'écouta raconter ces souvenirs d'une oreille attentive en tirant sur sa pipe. Transportée par *Le Voyageur* sous une douce pluie, tout étonnée de voir que ses pieds ne touchaient plus terre et qu'elle lévitait au-dessus de la rue Nasser Khosrow, Maman fut ramenée à la réalité par la main d'un jeune homme sur son épaule. Il était extrêmement mince et sa barbe épaisse lui donnait l'air d'un hippie. S'il n'avait pas fait montre de tant de douceur et de politesse, elle aurait réservé un très mauvais accueil à ce jeune inconnu frêle et barbu qui, malgré sa petite taille, tira fermement sur ses pieds et les posa sur les pavés. Il la regarda et lui dit qu'elle avait fait tomber son portefeuille. Elle le ramassa sans un mot de remerciement et, tout à son poème – *Mon cœur est étrangement triste et rien/ni les instants parfumés qui s'écoulent silencieux sur les branches de l'oranger amer/ni les franches paroles échangées en silence entre deux pétales de giroflée/non, rien dans cette foule vide qui m'entoure/ne peut me libérer* –, elle poursuivit son chemin. Roza n'eut pas le temps d'aller bien loin, au bout de quelques pas, ce même jeune homme posa à nouveau la main sur son épaule et cette fois-ci, ce fut pour l'inviter à venir prendre un café avec lui. Maman accepta, ce qui les surprit tellement l'un et l'autre qu'ils éclatèrent de rire. Deux heures plus tard, après avoir parlé de la beauté aérienne et pleine de vitalité du *Voyageur*, quand Roza – qui sortait à peine du lycée – lui eut confié son désir de devenir poète, quand le jeune homme lui eut raconté le mystérieux voyage en Inde dont il revenait à peine, ils s'étaient tant livrés l'un à l'autre que le café avait eu le temps de refroidir deux fois dans leurs tasses. Roza se rappela soudain qu'elle devait rentrer chez elle aussi vite que possible si elle ne voulait pas inquiéter sa vieille mère solitaire. Ils se dirent au revoir en toute hâte et, voyant que la nuit était déjà tombée, Roza se mit à courir sous une pluie battante, fendant la foule qui encombrait la rue Shah Reza ; elle s'éloignait de l'inconnu quand elle entendit son nom, malgré le vacarme des Klaxons, le vrombissement des moteurs et le crissement des pneus : « Sohrab Sepehri ! »

Maman nous raconta qu'en entendant le nom du poète, elle avait senti ses genoux se dérober sous elle et failli se faire renverser par une voiture. Elle aurait voulu s'élancer vers lui, de l'autre côté de la rue. Elle aurait voulu crier. L'appeler. Lui dire « Ne pars pas… Reste ! » mais il était trop tard. Sohrab avait disparu dans le flot de gens qui couraient pour échapper à l'averse, laissant Roza debout sur le trottoir, dans le vacarme assourdissant de la circulation, un stylo Parker dans la main. Ce stylo que le jeune inconnu lui avait donné en souvenir de leur rencontre et qui serait subtilisé sur son bureau bien des années plus tard lors de l'arrestation de son fils, Sohrab – caprice chapardeur du mollah qui accompagnait les gardiens de la révolution. Était-ce la peur de perdre un autre homme qui la poussa à accepter la demande en mariage de Hushang, mon père, quelques mois plus tard ? La volonté de saisir cette seconde chance ? Par la suite, Maman avoua à Papa que si elle avait revu Sohrab Sepehri rien qu'une fois, elle ne l'aurait plus jamais laissé ressortir de sa vie. Papa ne s'en offusqua pas ; ayant ses entrées dans de nombreux cercles littéraires et artistiques, il s'était laissé dire par des amis que Sohrab était un poète détaché du monde qui n'avait jamais eu de petite amie et ne voulait pas se marier. L'avenir confirma leurs dires. Bien plus tard, le 21 avril 1980, quand les journaux titrèrent « L'AUTEUR DU *VOYAGEUR* EST PARTI POUR SON DERNIER VOYAGE », Sohrab était toujours célibataire. Papa se garda bien d'annoncer la nouvelle à Maman, il ne voulait pas lui briser le cœur plus tôt qu'il ne le fallait. Il se passa plusieurs mois avant que Roza ne feuillette les journaux de Papa et n'y lise l'annonce de la mort de Sohrab Sepehri. Hushang la laissa alors s'isoler pour pleurer seule toute la journée la disparition de son voyageur bien-aimé.

Tout en me promenant dans le grenier déserté où s'entassaient les objets sacrés de la famille, je me rappelai que c'est aussi un terrain de jeux, un lieu de rencontre et de récréation pour les fantômes des Esfehani. C'est ce que disait Beeta, persuadée d'avoir entendu maintes et maintes fois des bruits de pas, des ricanements et le *clic* de l'interrupteur, là-haut sous les combles. D'après elle, bien que les Esfehani résistent admirablement à la mort, les défunts du clan ne se comptent pas sur les doigts de la main. Un jour, attirée par la fraîcheur et l'un des livres de mon père qu'elle voulait lire en son absence, elle était allée s'asseoir dans l'atelier de Papa ; elle avait alors vu un petit homme rachitique vêtu d'une cape en soie blanche et coiffé du calot blanc des zoroastriens descendre l'escalier du grenier. Levant sur lui des yeux écarquillés, elle l'avait immédiatement reconnu. Ce n'était autre que notre ancêtre Zakariya al-Razi, l'érudit du xe siècle qui avait découvert l'alcool et écrit cent quatre-vingt-quatre traités de médecine, d'alchimie et de philosophie. Celui-là même qui avait été excommunié par d'autres Iraniens nouvellement convertis à l'Islam pour avoir commis deux livres sur l'inutilité et l'imposture des prophètes – ces livres qu'ils brûlèrent par la suite dans un autodafé.

— Es-tu venu pour m'épouvanter ? lui demanda-t-elle.

Le dos voûté, les yeux affaiblis par la vapeur et les émanations de mercure, notre illustre aïeul se tourna vers Beeta.

— Tu vas devoir faire quelque chose pour moi, dit-il.

— Pourquoi moi ? rétorqua-t-elle, effrayée.

— Parce que tu seras la seule à hériter du coffre, répondit le frêle vieillard.

— Quel coffre ? voulut savoir ma sœur.

— Tu le découvriras plus tard. Promets-moi de le protéger de leur malfaisance jusqu'à ce que l'heure soit venue.

Le spectre appuya ce « leur » d'un mouvement des yeux et des sourcils qui ne laissa aucun doute sur l'identité des malfaisants auxquels il faisait allusion.

Pour s'en débarrasser au plus vite, Beeta répondit :

— D'accord, c'est promis. Mais comment saurai-je ce qu'il faut faire ? Ceux que tu crains sont partout. Même ici.

Le vieil homme s'assit sur la dernière marche de l'escalier et dit pensivement :

— Tu as raison.

L'un et l'autre s'absorbèrent dans leurs réflexions. Le regard de Beeta se posa sur le visage et les mains du vieil homme et, à la vue de sa peau pâle et ridée, sa peur reflua peu à peu pour laisser place à la pitié. Elle eut vraiment envie de l'aider. Aussi reprit-elle la parole.

— Envoie-moi quelque part à l'abri de *leur* pouvoir et je tiendrai ma promesse.

Le vieil homme réfléchit un instant avant de répondre.

— Où ça, par exemple ?

— Je n'en sais rien, moi non plus, admit ma sœur. À toi de trouver.

À ces mots, il se leva et remonta l'escalier comme il l'avait descendu, à pas mesurés, l'air digne et posé, pour disparaître dans la poussière crasseuse des tapis et des amas d'étoffe de l'ère kadjare qui moisissent toujours sous les combles. Après son départ, Beeta ne pensa plus du tout à cette rencontre, jusqu'au jour où sa main se posa sur les écailles visqueuses de sa queue de poisson. Alors, leur conversation immergée dans les eaux troubles de l'oubli refit surface.

Moi, j'avais vu un seul fantôme errer parmi les vivants jusqu'au soir pluvieux où je fus réveillée par une odeur fraîche et mouillée alors que je dormais dans ma cabane. Ce n'était pas la peine d'allumer la lumière : il y avait manifestement quelqu'un près de moi. L'esprit s'approcha lentement, tira sur la mèche d'une lanterne et fit craquer une allumette. C'était l'âme errante d'un chasseur de Sibérie qui s'était perdu dans la forêt du Mazandéran des dizaines et des dizaines d'années plus tôt. Je me levai pour lui donner un gobelet d'eau et deux pommes de terre rôties, car je savais que ces fantômes-là ont toujours faim et soif. Sans mot dire, il s'assit dans un coin et engloutit le tout avec un appétit vorace. Il voulut du sel et je lui en donnai. Après avoir bu, il me redemanda de l'eau. Ensuite, alors que je ne lui avais posé aucune question, il me montra ses habits en daim auxquels étaient attachées plusieurs peaux de lapin et fourrures de renard ainsi que plusieurs grands couteaux de chasse fabriqués de ses mains. Il me raconta son histoire : il avait été dupé par un chaman qui lui avait promis de l'aider à épouser la fille du chef dont il était amoureux. Pour cela il lui fallait tuer un gros ours, mais l'animal l'avait mis en pièces et l'avait dévoré. Ensuite, c'est le chaman qui épousa la fille du chef. Le vieux chasseur m'expliqua qu'il n'avait que vingt ans quand il avait été tué et pourtant, comme il l'avait appris par la suite, même les morts finissent par vieillir peu à peu. Depuis son trépas, il brûlait de se venger. Mille ans s'étaient écoulés sans qu'une seule occasion d'assouvir cette envie ne s'offre à lui. Il avait pourtant réussi à décapiter le chaman dans quatre vies différentes et il l'avait aussi poignardé – toutefois cela n'avait pas suffi à venir à bout de son ennemi. Au cours de sa dernière réincarnation, le chaman avait fini par utiliser certains des rituels magiques dont il avait gardé le souvenir et réussi à piéger le fantôme dans une tornade. Après avoir passé trois jours et trois nuits à tournoyer et tournoyer dans l'œil du vortex, le chasseur avait retrouvé la terre ferme mais, à ce jour, il cherchait toujours le chemin qui le ramènerait dans sa Sibérie natale. Dans le monde des esprits, ce revenant n'appartenait pas du tout au même rang que les fantômes de la région. Aussi était-il bien en peine de trouver la réponse à ses questions puisque les spectres d'ici ignoraient jusqu'au nom du pays qu'ils hantaient, sans parler de localiser la Sibérie. Je l'assurai que je savais où c'était, c'est-à-dire vers le nord, et lui dis que s'il voulait plus de précisions, il devrait revenir la nuit suivante pour que je lui montre cela sur une carte. Le vieux fantôme qui n'en croyait pas ses oreilles – allais-je vraiment le sauver de plusieurs siècles de pérégrinations ? – s'évanouit dans les airs en récitant des formules magiques sibériennes.

Le lendemain, ayant apporté une carte du monde, je m'assis à côté du vieil homme pour lui montrer à la lumière de ma lanterne l'endroit où nous nous trouvions et celui où il devait aller. Il écouta toutes mes explications, posa des questions, effleurant le papier et les différentes couleurs qui correspondaient aux différents pays. Puis il laissa le silence s'installer. Un silence qui dura longtemps. D'abord, je crus que c'était un silence satisfait, mais peu à peu, je m'aperçus qu'il était tombé dans un état de stupeur philosophique. Quand il reprit enfin la parole, sans quitter la carte des yeux, ce fut pour dire :

— Donc la chose sur laquelle j'ai vécu s'appelle Terre, elle est ronde et, d'après toi, tous ces pays et toutes ces terres tribales existent. Sept milliards de gens vivent sur cette boule et je ne sais même pas combien ça fait. Je sais juste que c'est vraiment beaucoup.

Il se tut un instant, puis ajouta :

— Vraiment, vraiment, vraiment beaucoup. Bien plus que toutes les tribus de Sibérie mises ensemble.

Penchée sur la carte, j'attendais de voir à quelle conclusion il en viendrait. Après un long silence contemplatif, il finit par dire :

— Je crois que le jeu n'en vaut pas la chandelle, finalement.

Je me réjouis d'entendre ces mots familiers. J'allais justement lui demander ce qu'il avait l'intention de faire quand il m'annonça :

— Dis donc, s'il y a autant de vivants sur la Terre, pense un peu à tous les morts et à toutes les âmes errantes qui peuplent aussi cette boule. Si chacune de ces âmes mortes cherchait à se venger d'un autre fantôme ou d'une personne, le monde deviendrait un enfer.

Il tourna vers moi ses yeux en amande aux iris foncés, ses lèvres sévères et brûlées par le soleil s'étirèrent et il finit par éclater de rire. Un rire qui me fit rire. Un rire qui enfla au point d'effrayer les oiseaux endormis, au point qu'ici et là, des lumières apparurent aux fenêtres des environs. Puis le chasseur de Sibérie se leva et, toujours en proie à l'hilarité exubérante qui lui secouait l'abdomen, il disparut dans les airs en se tenant le ventre d'une main tout en agitant l'autre derrière son dos en guise d'au revoir.

Au terme de cette longue journée fatale où toutes les hirondelles égarées furent massacrées au-dessus d'Evin, je terminai ma ronde, ayant passé en revue tous les souvenirs que recèlent la maison et les combles. À ce moment-là, Maman, Papa et Beeta étaient retenus à Téhéran par un groupe de *bassidjis** et de gardiens de la révolution qui avaient mis en place un point de contrôle improvisé et arrêtaient les voitures sur la route de Firouzkouh pour inspecter coffres et bagages à la recherche d'objets

* Jeunes volontaires qui font partie du Bassidj, une milice mise en place après la révolution iranienne. Dotés de pouvoirs de police, ils sont chargés de la sécurité intérieure, de l'organisation de cérémonies religieuses, d'assurer le respect de la loi et des bonnes mœurs et d'empêcher les rassemblements de dissidents. (NdA)

interdits. Il n'y avait ni alcool ni cassettes audio dans la voiture de Papa, pas d'enregistrements de discours de Massoud Radjavi* ou de Noureddin Kianouri**, pas non plus d'allocution de Khomeiny au séminaire Feyzieh de Qom*** ; ni backgammon ni jeu de cartes. Peut-être simplement un livre oublié dans un recoin du véhicule. Depuis l'instant où, du haut de ses quatorze ans, un *bassidji* portant un fusil d'assaut G3 sur l'épaule s'était approché de leur voiture, avait donné un coup de pied dans un de ses pneus et, sans même un regard pour Papa, s'était écrié d'un ton moqueur « Une marque étrangère ! » jusqu'à ce qu'ils fussent enfin autorisés à remonter en voiture, Maman, Papa et Beeta passèrent deux heures et demie à attendre au bord de la route en grelottant dans le froid. Après avoir tout retourné, les gardiens de la révolution avaient trouvé *Cent Ans de solitude* de Gabriel García Márquez dans le sac de Beeta. Pendant une heure, ils l'avaient fait circuler entre eux. Ils avaient dû passer des appels radio pour s'assurer qu'il ne présentait aucun danger sur le plan politique, en fin de compte. Quand la voiture de Papa reçut enfin le feu vert pour repartir, faute de trouver une excuse à présenter à la jolie Beeta, le jeune *bassidji* cracha les restes des graines de tournesol qu'il mâchait sur la fenêtre de ma sœur et lui sourit, découvrant une rangée de dents gâtées.

---

* Leader des moudjahidine du peuple. (NdA)

** Leader du parti Tudeh. (NdA)

*** L'un des premiers discours de Khomeiny en 1963 dans lequel il critique sévèrement le chah tout en affirmant qu'il ne souhaite pas le voir destitué et que le peuple ne doit pas se réjouir de son départ. (NdA)

5

MOURIR A BEAUCOUP DE BONS CÔTÉS. On se sent soudain libre et légère, on n'a plus peur de la mort, de la maladie, du jugement d'autrui et on ne redoute plus la sévérité de la religion ; on n'aura pas à grandir, condamnée à reproduire la vie des autres. On n'est plus obligée d'étudier, d'être interrogée sur les principes religieux et sur tout ce que la prière n'absout pas. Mais à mes yeux, le principal avantage de la mort, c'est la connaissance immédiate des choses. *Kon fayakon**. Facile comme bonjour ! Si j'ai envie d'aller quelque part, j'y suis, il n'y a pas plus simple. Tout cela, je l'ai compris le jour où je suis morte. Le 9 février 1979. À peine deux jours avant l'aboutissement de la révolution islamique. Je suis morte le jour où des révolutionnaires enflammés qui se consumaient de haine et de ferveur destructrice ont pris d'assaut notre maison de Tehranpars et, en faisant des bruits bizarres,

* « Soit ! Et cela est. » Paroles prononcées par Dieu au moment de la Création *(Coran, 2 : 117)*. (NdA)

se sont écriés : « Dieu est grand, Dieu est grand ! » Ils ont envahi le sous-sol où se trouvait l'atelier de Papa. Là, après avoir arrosé de kérosène tous les târs qu'il avait fabriqués, les livres qu'il avait calligraphiés et le bois de mûrier qu'il y stockait, ils y ont mis feu. Je n'avais que treize ans. J'étais allée au sous-sol m'entraîner à jouer du târ. Quand ils ont commencé à tout détruire chez nous, je me suis réfugiée sous la table, paralysée par la peur. J'ai vu de mes yeux les assaillants asperger la pièce de carburant et jeter le briquet allumé. *BOUM !*

Cela n'a duré qu'un instant. Je ne me rappelle ni la douleur que j'ai ressentie ni mes hurlements, mais l'odeur de ma chair qui rôtissait et le crépitement de mes cheveux bouclés ne m'a plus jamais quittée. Au milieu d'une brume frémissante de chaleur, portée par la fumée qui est montée jusqu'à la fenêtre du couloir, l'espace d'un instant je les ai tous vus. Maman inconsciente dans les bras de ces mêmes femmes qui avaient allumé l'incendie au nom de la lutte contre le vice du plaisir. Papa, debout, couvert de brûlures, entouré par ces mêmes révolutionnaires qui l'appelaient maître quelques mois plus tôt ; Beeta et Sohrab prostrés par terre dans la cour, ils avaient tant et tant crié qu'aucun son ne sortait plus de leur gorge. Ils ont tous disparu pendant quelques secondes ondoyantes… puis ils sont réapparus. Après tant d'années, l'émotion me soulève encore le cœur quand je revois Papa se jeter dans le brasier pour m'arracher aux flammes qui lui avaient déjà léché déjà la moitié du corps quand on l'a sorti de la maison pour l'emmener à l'hôpital. Je me rappelle encore comment Maman s'est libérée de l'étreinte des femmes aux mains moites qui étaient venues déverser à pleines louches leur ferveur révolutionnaire et leur fléau sur notre bonheur tranquille.

À l'époque, je n'avais aucune idée de ce qu'était la mort et la vie dans l'au-delà, j'ignorais que chaque disparition est le point de départ d'une nouvelle existence. Aussi ai-je été surprise de constater que je me sentais aussi légère qu'une plume alors même que je contemplais d'en haut mon corps qui brûlait toujours. Je n'ai pas tardé à comprendre ce qui m'arrivait : tandis que mes capacités physiques partaient en fumée, d'autres facultés se développaient. J'appris alors qu'il était possible d'emprunter certains chemins occultes et je découvris enfin qu'il valait mieux exaucer le désir le plus cher de ma famille – me revoir.

Quand on ramena Papa de l'hôpital, un silence de mort, un silence terrifiant régnait partout. Personne n'osait s'approcher du sous-sol dont la destruction par le feu et la fumée avaient aussi endommagé la cour, brûlé les arbres et les fleurs. Dans la maison aux murs noircis et dans la cour, dans le jardin aux cerisiers et aux pêchers couverts de suie, le chagrin était si palpable que même les papillons et les libellules de Norouz ne voletaient plus sous nos fenêtres. Sohrab et Beeta cessèrent d'aller à l'école. Tant et si bien qu'un jour, j'en eus assez de tout ce deuil et ce chagrin, et je me mis à leur jouer des tours. Je m'amusai à fredonner « *Ô, demoiselle, demoiselle, demoiselle, viens t'asseoir sur mon genou* » à l'oreille de Maman qui pleurait sans bruit sous sa douche et j'appliquai de la pommade Desitin sur les épaules brûlées de Papa qui, assis sur le canapé, laissait unc larme couler sur sa joue, puis je dérangeai les livres dans le cartable de Beeta et dans celui de Sohrab.

Une autre fois, je mis le couvercle de la Cocotte-Minute dans le sac à dos de mon frère et les chaussures de ma sœur dans le réfrigérateur. Et ainsi de suite jusqu'au jour où je profitai d'un moment où Maman était allongée

– ce qui lui arrivait souvent à cette période où l'énergie lui faisait si cruellement défaut –, pour la chatouiller. Incapable de se retenir, elle partit d'un grand et magnifique éclat de rire. Papa, mon frère et ma sœur accoururent car il y avait bien longtemps qu'ils n'avaient pas entendu autre chose que des bruits étouffés, sans parler de rires, sous notre toit. Ils nous trouvèrent toutes les deux assises sur le lit ; nous leur tournions le dos et nous nous enlacions en riant. C'est ainsi que j'ai repris le cours de mon existence aux côtés des miens. Parfois, Maman oublie et, un manuel à la main, me demande comment s'est passée ma journée en classe, Beeta me houspille pour que je fasse la vaisselle, comme avant, tandis que Sohrab n'arrête pas de me poser des questions sur le royaume des morts.

Je suis devenue un phénomène inexpliqué, une rumeur familiale. Ceux qui étaient venus à mon enterrement se demandaient s'ils avaient perdu la raison quand ils me voyaient cuisiner avec Maman ou lire avec Papa. C'est ainsi que le célèbre dicton de grand-père Jamshid devint le mantra des Esfehani. Tantôt il me voyait et tantôt non, aussi disait-il d'un air philosophe : « Dans ce monde, il s'avère que rien n'explique rien. » C'est ainsi que tous les membres plus ou moins éloignés de notre famille s'accoutumèrent peu à peu à ma présence mystérieuse et incompréhensible.

Après ce que Maman appelait toujours « l'invasion arabe », nous décidâmes de quitter Téhéran. Beeta fut la seule qu'il fallut convaincre. Elle croyait encore que si nous restions, elle pourrait continuer à aller à ses cours de danse et devenir une grande ballerine. Une fois que Papa lui eut montré assez d'avis à la population dans les journaux et les magazines condamnant les femmes qui pratiquaient la danse, la musique et le chant, parce que cela allait à l'encontre de la loi de Dieu, elle céda à regret. Comme disait Papa, nous ne pouvions ni faire la fête avec les gangsters ni partir en lune de miel avec les mollahs et le nouveau pouvoir en place. Mais nous ne pouvions pas non plus assister passivement à tant d'arbitraire et d'injustices révolutionnaires, à tant d'iniquités revanchardes. Nous ne pouvions pas regarder les exécutions de dirigeants et de représentants officiels de la monarchie Pahlavi ni les mises à mort de prisonniers politiques diffusées chaque jour à la télévision. Nous ne voulions plus voir leurs visages livides ni entendre leurs voix chevrotantes quand ils demandaient pardon au leader de la révolution islamique et bredouillaient « Nous avons été dupés ». Nous ne pouvions plus supporter les gens qui avaient pillé la maison d'Alborz, le grand artiste peintre, au nom de la résistance anti-bourgeoise, puis vendu ses tableaux de valeur pour une bouchée de pain au coin d'une rue ou à l'arrière d'un camion. Un jour qu'il traversait Sherabad au sud de Téhéran, Papa avait vu une montagne de cassettes vidéo et de bobines en feu, des films iraniens et du monde entier. C'était l'hiver et, sous la neige dont les flocons fondaient au contact des flammes, les représentants du ministère chargés de censurer les produits occidentaux se tenaient autour de l'immense bûcher, les mains dans les poches des pardessus verts qui faisaient alors fureur chez les révolutionnaires, ils évoquaient en riant leurs souvenirs des vieux films iraniens dont ils désignaient les jaquettes.

Nous n'en pouvions plus. Peut-être que tout le monde y arrivait. Peut-être que les gens ajustaient leur niveau de tolérance au degré croissant de barbarie que reflétaient les événements, plus violents jour après jour.

Mais pour nous, pour notre famille, c'en était assez. Les autres pouvaient regarder une femme bahaïe enceinte qu'on précipitait du toit de sa maison au nom de l'Islam – « Dieu est grand ! » Ils s'habituaient progressivement à voir les exécutions qui avaient lieu dans les prisons se dérouler en ville sur la place publique ou dans les parcs, sous leurs fenêtres. En soulignant le mot *voulaient*, Papa disait que la plupart des Iraniens voulaient s'habituer à tout. Comme s'il s'agissait d'une décision prise par avance au moment où ils avaient fait main basse sur les biens, la terre, les emplois, les entreprises et les usines des ennemis de l'Islam – les riches et les bourgeois – et se les étaient répartis. Du jour au lendemain, ils étaient passés de la condition de villageois laissés pour compte au statut de gardiens de la révolution ou de membres du conseil municipal. C'est ainsi que nous décidâmes de vendre la maison que nous aimions tant et de partir pour une destination encore indéterminée située quelque part du côté des forêts du Mazandéran, une région où il n'y aurait ni télévision ni journal *Keyhan**, ni sœurs garantes de la moralité, armées de fusils et portant le hijab le plus couvrant**, pour combattre le vice alors qu'elles sévissaient autrefois parmi les prostituées du quartier rouge de Shahr-e No***. Nous ne demandions qu'à disparaître en silence de cette page souillée de l'histoire de Téhéran, une histoire de plus en plus violente, meurtrière et haineuse.

---

* D'après *Courrier international*, ce journal fondé en 1943 est le plus ancien quotidien d'Iran. Depuis l'avènement du régime islamique en Iran, il soutient la branche ultraconservatrice du régime. (NdT)

** Type de voile qui couvre la tête, le menton et les épaules ainsi que la poitrine, très populaire en Iran après la révolution. (NdA)

*** Ce quartier, du sud de Téhéran, bien connu pour abriter des bars et des maisons closes jusqu'à la révolution iranienne. (NdA)

Dès le début de l'été suivant, quand l'agent immobilier vint acheter notre maison pour un tiers de sa valeur, Maman se mit à errer en ces lieux qu'elle avait tant aimés ; sous le choc, elle parlait toute seule. Elle alla sur le patio à côté du succulent en fleurs à moitié brûlé, mais dont les branches arrivaient à la hauteur du plafond du salon. Elle alla sur la terrasse garnie d'une multitude de fuchsias et de coléus. Elle s'assit pour y boire son thé en hommage au passé et suivit du regard les passantes dans la rue ; désormais, la plupart d'entre elles portaient un voile ou un tchador.

— Maintenant, les femmes doivent à nouveau se couvrir les cheveux, murmura-t-elle tristement pour elle-même, se cacher la tête comme on cache sa gaieté. Nos maisons et nos rêves deviennent si petits que même les papillons quittent la ville. Les murs deviendront plus hauts, comme autrefois, et les gens achèteront d'épais rideaux pour leurs fenêtres. Les balcons ne seront plus destinés à accueillir des pots de fleurs, des fauteuils et des livres, ce sera l'espace de rangement de ces gens habitués à partager leurs ordures avec leurs voisins.

En attendant qu'un employé de l'agence immobilière vienne finaliser la transaction, Maman descendit s'asseoir sur les marches calcinées du sous-sol ; là, elle effleura d'une main les murs couverts de suie en sondant les ténèbres souterraines du regard. Puis elle prononça une mise en garde de prophète banni :

— Vous qui avez tué une jeune innocente, vous verrez vos enfants innocents périr par la main d'autrui.

Nous quittâmes Téhéran dès que nous eûmes touché l'argent de la vente, en liquide. Après avoir passé plusieurs jours à nous perdre et à retrouver notre chemin dans les forêts et sur un entrelacs de routes boueuses dont les destinations étaient mal indiquées, nous arrivâmes enfin dans un village. Dès qu'il posa les yeux sur ses habitants au regard tranquille, Papa sut que c'était l'endroit que nous cherchions, le refuge qui nous attendait : Razan. Parmi les différents terrains que nous montrèrent les gens de la région, après avoir vu les ruines d'un antique temple du feu, Maman arrêta son choix sur cinq hectares de terre à flanc de colline avec vue sur la campagne environnante. Ce petit domaine était desservi par une route en assez mauvais état et se trouvait assez loin du village pour que personne n'ait jamais songé à y construire une maison. En fait, aucun habitant de cette localité n'avait jamais vendu ou acheté de terrain. Ce don de Dieu leur appartenait depuis toujours et ils nous en firent cadeau comme d'une offrande votive de nourriture en disant : « C'est la terre de Dieu. Construisez et faites-en quelque chose. » Ce jour-là, sur la colline, Maman se tourna vers les ruines du temple zoroastrien et songea à voix haute :

— Nous avons fui, tout comme vous l'avez fait il y a mille quatre cents ans.

Mais au moment où nous posions la première pierre de la maison à la lisière de la forêt, non loin du temple du feu, sur les hauteurs de Razan, nous étions loin d'imaginer que cet exil ne servirait à rien. À peine neuf ans plus tard, la route qui menait au village tremblerait sous le poids d'une voiture dans laquelle se trouvaient un mollah et ses gardes du corps, de là, ils rouleraient jusqu'au sommet de la colline, traverseraient notre verger et s'arrêteraient devant notre porte.

En les observant du haut de ma cabane, je me demande avec quel plaisir obscène, ils nous annonceront la nouvelle. Maman et Beeta ont entendu le bruit du moteur et attendent dans des pièces séparées de savoir ce qu'ils nous veulent cette fois-ci, puisque notre maison est à présent débarrassée de Sohrab et de ses livres. Papa était en train de fumer sa pipe sur la terrasse, il se lève, le front plissé. Le mollah sort de la voiture. L'un des gardiens de la révolution entre dans la cour.

— Soyez au Luna Park* de Téhéran dans trois jours, dit-il.

Trois jours plus tard, dans ce parc évoquant les jeux et les rires de l'enfance, le pop-corn, les épis de maïs grillé et les photos customisées, des patrouilles de gardiens de la révolution armés et des policiers en civil équipés de radio avaient pris possession des lieux, fermé le navire renversé et le train fantôme pour faire régner la terreur et saccager la vie des gens.

Plus d'un millier d'hommes et de femmes vêtus de noir attendaient d'entendre leur numéro tomber des haut-parleurs crachotant qui avaient été installés sur les arbres, sur la grande roue, sur le navire renversé et à l'entrée du palais du rire. Mais comment s'y retrouver entre les grésillements et les grossièretés que l'employé vociférait dans le micro ?

— Fermez-la et asseyez-vous ! criait-il, puis en s'adressant à quelqu'un d'autre : Non mais t'es sourd ? ! Je t'ai dit qu'il a été exécuté, ton fils. Voilà ses affaires. Maintenant barre-toi si tu veux pas qu'on t'arrête !

Dans la foule, il y avait ceux qui, comme Papa, se tenaient dans un coin, pétrifiés par l'angoisse, les yeux fixés sur le numéro qu'ils tenaient entre leurs mains, en se demandant ce qui les attendait. Que leur annoncerait cet homme qui jurait d'une voix forte et grossière ? Allaient-ils recevoir une autorisation de visite ou bien un

* Luna Park était le plus grand parc d'attractions de la capitale avant la révolution. (NdA)

sac de vêtements ? Plus de la moitié de ceux qui avaient été convoqués restaient prostrés, se frappaient la tête et pleuraient. Trois heures plus tard, Papa faisait partie de ceux-là. Ceux qui avaient reçu un sac, ceux à qui on avait hurlé : « Pas de dépouille à enterrer, lieu d'inhumation inconnu ! » De temps à autre, seulement, certains dans cette foule vêtue de noir et abattue saisissaient l'occasion de se dire les uns aux autres : « Nos enfants sont soit à Kharavan*, soit plus loin, dans le désert. »

Chez nous, la maison fut à nouveau envahie par le silence. Comme à l'époque où nous avions tous brûlé – les târs, les livres et moi.

Cette fois-ci, même les couleurs qui en égayaient l'intérieur s'assombrirent peu à peu, nous n'avions pas besoin de porter le deuil. Partout autour de nous, le monde devint noir. Les arbres, noirs ; le ciel, noir ; la neige, noire. Une neige qui s'était mise à tomber en plein été et ne cessa plus de tomber pendant cent soixante-dix-sept jours. Il ne s'était passé qu'un mois depuis la révélation inattendue de Maman sur le prunier et même si elle ne disait rien, elle sentait et devinait tout, elle savait. Il neigeait déjà quand Papa revint de Téhéran, le dos voûté, les yeux gonflés et l'air terrifié. Ce matin-là, les flocons que d'obscurs nuages déversaient avec tant d'obstination ne laissèrent aucun doute à Maman et à Beeta. D'autant qu'un peu plus tard dans la matinée un papillon de nuit géant apparut et agita ses ailes devant la fenêtre de la chambre de Maman, Beeta sentit tressaillir sa paupière gauche et une troupe de corbeaux se mit à croasser près de chez nous. En voyant le papillon

* Désert au sud de Téhéran où les victimes anonymes des exécutions de 1988 ont été enfouies dans des fosses communes. (NdA)

de nuit, Beeta fut certaine que l'esprit de Sohrab était venu nous dire au revoir et pourtant, elle et Maman voulurent ignorer ces signes. Malgré leurs efforts, elles se sentaient lourdes comme le plomb et elles avaient perdu tout entrain. Aussi restèrent-elles simplement assises sur la terrasse, à regarder le ciel couleur d'encre et les fortes bourrasques de neige qui imbibaient et noircissaient leurs jupes. Quand il arriva au beau milieu de la nuit, transi et trempé, Papa ne dit pas un mot et elles ne posèrent pas de questions. Il alla déposer le sac de vêtements dans la chambre de Sohrab, puis il prit une douche brûlante dont il ne ressortit que trois heures plus tard, et seulement parce qu'il entendit les cris terrifiés des villageois dont les toits avaient cédé sous le poids de la neige.

Ces flocons noirs tombèrent sans discontinuer pendant cent soixante-dix-sept jours. Les rizières se remplirent de boue glacée, dans les champs, les aubergines et les tomates se ramollirent, les ailes des papillons restèrent collées ensemble et ils pourrirent dans leurs cocons. Les oiseaux trempés jusqu'aux os moururent de faim et quand les vaches mettaient bas, c'était de veaux mort-nés. Dans la maison, nous nous relayions pour alimenter le feu et éviter qu'il ne s'éteigne parce que nous n'avions plus de fuel et que le bout des allumettes se désagrégeait sous l'effet de l'humidité. Chaque jour, j'allais ramasser plusieurs brassées de bois dans la forêt malgré l'implacable blizzard et je venais les déposer sur la terrasse sans cesser de veiller sur mes parents et sur ma sœur. Des cinq membres de cette famille confiante et joyeuse, il ne restait que trois personnes isolées et accablées. Les murs de la maison se couvrirent de mousse et de moisissures, des trous apparurent dans son toit rouillé. L'eau qui tombait goutte à goutte dans les casseroles était la seule musique qu'on entendait à l'intérieur, avec le grondement du tonnerre, dehors, et le bruit léger mais constant des flocons. Pourtant, tous se taisaient, Maman, Beeta, Papa, tous jusqu'aux moineaux silencieux et trempés qui avaient quitté la forêt pour se réfugier sur notre terrasse.

Ce temps glacial et humide était traître. Le froid et la moisissure s'immisçaient partout. Nos mains étaient si souvent mouillées que nos ongles noircirent et nos cuticules enflèrent. Le jour où nous découvrîmes que les pages des livres et des journaux intimes – ceux-là mêmes que nous avions recommencé à acheter dans les librairies d'occasion de la rue Enghelab – étaient collées ensemble et que l'encre s'était diluée, nous louâmes le Ciel d'avoir laissé le coffre qui renfermait les ouvrages et les écrits de notre illustre ancêtre en lieu sûr et au sec, à Téhéran. Précisément au quarantième jour de ce déluge, alors que nous étions tous assis en silence autour du poêle à bois sans plus prêter attention à nos extrémités noirâtres et à nos estomacs vides, un homme chenu à longue barbe blanche, vêtu d'une longue toge blanche, s'approcha de la maison sans effrayer les moineaux pelotonnés sur la terrasse, frappa à la porte et, sans nous laisser le temps de nous lever, l'ouvrit puis vint s'asseoir à côté de Papa devant le poêle. Un vague sourire joua sur ses lèvres protubérantes lorsqu'il tendit les mains vers le feu pour prier.

— Une prière pour toi, ô feu. Salutations à toi, ô feu. La vérité est le plus grand bien, elle est félicité. Que la félicité soit accordée à celui qui veut la vérité pour l'infinie grandeur de la vérité. Puisse le Créateur et ce qu'il a créé vous apporter, ô feu, ô rayons d'Ahura Mazda, la félicité et les louanges. Flambe dans ce foyer ! Continue à brûler dans cette maison. Ne cesse jamais d'y resplendir.

Que tes flammes s'y multiplient éternellement. La vérité est le plus grand bien, elle est félicité, récita-t-il.

Nous étions si déterminés à garder le silence qu'en voyant le vieil homme immaculé s'incliner légèrement en signe de respect une fois ces paroles prononcées, puis reculer et s'évanouir dans la pénombre avant même d'avoir atteint la porte du salon, nous ne soufflâmes mot. Nous nous contentâmes de fixer le vigoureux brasier qui avait surgi dans le poêle à bois. Ce soir-là et tous les suivants aussi longtemps qu'il neigea, le feu ne s'éteignit plus jamais et le vieil homme revint nous voir. Chaque fois, il revenait avec plusieurs autres sages qui s'asseyaient avec nous, tous vêtus comme lui et tous récitant la même prière.

Quelques jours plus tard, tandis que le groupe de zoroastriens répétaient leur habituelle prière au feu, nos yeux se posèrent sur la terrasse où se tenait un villageois tremblant et trop timide pour oser frapper, accompagné de sa femme et de ses trois enfants. Nous leur ouvrîmes la porte et, pendant que nous allions et venions d'une pièce à l'autre pour leur apporter les quelques serviettes et habits à peu près secs qu'il nous restait, ils écoutèrent l'ode au feu déjà si familière à nos oreilles et qui nous réchauffait un peu le cœur. Les soirées suivantes virent arriver d'autres villageois ; par petits groupes, ils nous offraient leurs dernières casseroles, des couvertures et de la nourriture et se joignirent aux hommes en blanc qui avaient trouvé refuge dans notre maison – la dernière encore debout à Razan. Les toits avaient cédé sous le poids de la neige, les vaches et les moutons qui n'étaient pas morts étaient partis plus haut dans la montagne tandis que les poules et les coqs avaient élu domicile dans les arbres. Certains villageois disaient les avoir vus voler de l'un à l'autre et s'accoupler avec des oiseaux sauvages. Quelqu'un affirma avoir vu des vaches et des moutons qui vivaient dans des grottes, léchaient des pierres médicinales et buvaient aux sources d'eau chaude au lieu de manger de l'herbe.

Au bout de quelques semaines nous n'avions plus assez de place pour dormir et plus rien à manger. Les moineaux sentirent le danger et, déployant leurs ailes, quittèrent notre terrasse. Ce jour-là, cinq jeunes hommes affamés partirent dans la forêt armés d'arcs, de flèches et de couteaux ; ils en revinrent le lendemain avec un mouton, plusieurs lapins et une centaine de passereaux. Ils se mirent alors en devoir d'allumer un feu devant la maison, y firent rôtir leur butin et mangèrent goulûment.

Les gens qui vivaient chez nous s'habituèrent aux étranges hommes en blanc qui venaient chaque jour exactement à la même heure pour disparaître exactement une heure plus tard. Par un accord tacite, tous se taisaient quand les zoroastriens entraient, tous écoutaient la prière en silence et se mettaient à nouveau à parler fort et vite dès qu'ils étaient repartis. Tel villageois se demandait à voix haute où il pourrait s'allonger pour dormir, tel autre geignait qu'il avait faim, une autre encore cherchait son fils qui s'était assoupi quelque part sous un lit ou dans une armoire. Ils faisaient tout leur possible pour ne pas s'approprier nos affaires personnelles, mais un jour, Beeta vit ses chaussons de danse roses aux pieds d'une petite fille. Perdant son sang-froid, elle se mit alors à crier qu'elle en avait assez de toute cette agitation et de ces intrusions. Tous firent silence et baissèrent la tête. Après avoir passé une heure à pleurer et à tempêter, elle maudit les enfants qui fourraient leur nez partout, la neige noire qui tombait, les gens qui nous avaient assassinés, Sohrab et moi, la terre boueuse et le réfrigérateur vide. Ensuite elle arracha ses chaussons à la chapardeuse qui les portait encore aux pieds et retourna dans sa chambre. Les villageois se remirent alors à jacasser bruyamment, à se disputer les restes de nourriture et les espaces de couchage. Seul Issa, le petit-fils de Homeyra Khatun, observait tout le monde sans mot dire, y compris Beeta, loin de se douter que des années plus tard, il lui ferait l'amour avec passion, puis la tromperait avec Delbar – la petite fille blonde qui dormait un peu à l'écart –, Delbar qu'il épouserait et dont il aurait cinq enfants.

Peu de temps après cet incident, alors que la maison se désintégrait dans le chaos ambiant, je suivis les hommes à toge blanche jusqu'au moment où je les vis disparaître autour des ruines de l'antique temple du feu, à l'emplacement d'un cimetière. Là, d'après les gens de la région, reposaient les zoroastriens qui avaient fui les régions islamisées des siècles et des siècles plus tôt. Je tirai sur le vêtement de celui qui avait été le premier à nous rendre visite.

— Qu'est-ce que vous voulez de nous ? lui demandai-je.

— L'espoir, la joie et la prospérité, répondit-il comme s'il s'attendait à cette question.

Ces trois choses avaient quitté notre foyer depuis bien longtemps. Sur ces entrefaites, il se volatilisa et ni lui ni ses compagnons ne revinrent jamais.

Les moineaux, les sangliers et les lapins étaient en voie de disparition quand, au cent soixante-dix-septième jour, le ciel s'éclaircit progressivement. Les nuages noirs virèrent au gris, puis les flocons couleur d'encre fouettés par le vent devinrent fins et légers, d'une teinte laiteuse. À la tombée de la nuit ce soir-là, ils avaient complètement cessé de tomber. Nous avions l'impression que nos oreilles – habituées à cent soixante-dix-sept jours de tonnerre et d'éclairs, au bruit mouillé de la neige et à celui de l'eau qui tombait goutte à goutte dans les casseroles – avaient perdu leur acuité. Elles ne se fiaient ni au cri rauque du coq perché sur un arbre dans la forêt voisine ni au gazouillis des passereaux qui avaient soudain repris leurs chants, volant ici et là dans le ciel encore humide qu'illuminait le soleil.

Comme au premier jour de la Création, l'air était pur et léger. Les villageois se précipitèrent dans les cours et tombèrent dans les bras les uns des autres avec force cris et hurlements ; ils dansèrent et virevoltèrent au rythme d'une *chakkeh sama**. Pourtant, aucun d'entre eux ne pouvait retourner à Razan. Il était tombé tant de neige qu'elle avait recouvert terres et chemins sous son épaisseur. Une fois encore, les gens attendirent. Un mois plus tard, on pouvait à nouveau distinguer le sol, mais ce n'était plus qu'un immense marécage noirâtre qui encerclait notre colline de tous les côtés, noyant tout. Une fois encore, les gens attendirent. Cette fois-ci, chaque soir pendant vingt jours, un groupe d'hommes descendit le coteau jusqu'au vallon pour tester la fermeté de la terre sur laquelle le soleil avait brillé de tous ses feux. Enfin, quand le fleuve eut retrouvé son lit et les arbres leur couleur, quand la nature et son soleil doré leur eurent rendu tout ce que la neige noire leur avait enlevé, quand le sol sous leurs pieds se fut stabilisé, les villageois prirent leur femme et leurs enfants par la main et descendirent le chemin qui menait à la vallée avec ce qu'il leur restait de casseroles et de vaisselle, prêts à reprendre le cours de leur existence. Aucun d'entre eux ne nous remercia… ainsi va la

* Danse locale du Mazandéran que les hommes et les femmes dansent deux par deux. (NdA)

vie. Ce qui se donne tout entier, se reprend tout entier. Comme la terre. Comme l'eau. Comme l'air.

Peu à peu, les poules et les coqs avec leurs étranges poussins, les vaches et les moutons avec leurs nouveau-nés sortirent de la forêt et quittèrent les montagnes pour retourner à Razan. Lentement, le soleil fit disparaître la noirceur et le vert des plantes réapparut. La brise portait à nouveau le son des flûtes, l'écho des chants et l'appel du berger jusqu'à notre verger chaque après-midi. Les dernières vapeurs noires et vénéneuses s'élevèrent vers le ciel comme les fantômes d'une race vagabonde pour se fondre dans les nuages.

J'ignore ce qui transforma Maman – était-ce la révélation qu'elle avait eue au sommet du prunier, les cent soixante-dix-sept jours de blizzard, la mort de Sohrab ou les prières des zoroastriens en toge blanche ? Soudain, elle sortit de sa coquille. Pleine d'énergie et d'ambitieux projets, mais sans qu'aucun sourire n'éclaire ses lèvres pulpeuses et toujours attrayantes, elle parcourait le verger et la maison en tous sens, aussi leste et vigoureuse que la queue d'un dragon, nous épuisant à force d'ordres et d'instructions. Il fallait laver les vitres noircies par la neige. Il fallait jeter les vêtements noirs et en fabriquer d'autres. Ensuite, il fallait séparer les couvertures, les draps et les matelas en lambeaux de ceux qui étaient encore bons et les brûler. Descendre du grenier et des chambres tous les tapis artisanaux de Nain et de Kashan qui avaient survécu et les mettre à sécher au soleil. Chasser l'humidité de tous les livres, de tous les numéros de *Ferdowsi*, de *Sepid va Siah*, de *Khushe* et de *Ketab-e Jom'e*, sans oublier les éditions du journal *Ayandegan* qui étaient rangés à l'abri des souris, des mollahs et de la neige obscure dans les coffres entreposés sous les combles.

— Nous laisserons au moins ça à nos enfants, dit Papa en séparant tristement les pages humides d'un périodique pour les étaler au soleil, sur la terrasse.

Mon pauvre père ne le savait pas encore, mais il n'aurait d'autre descendance que des poissons dénués de mémoire. Les murs de la maison avaient besoin d'être repeints. Il fallait aussi colmater les trous dans le grenier avec de la cire et de la résine. L'un de nous devait aller chercher les chevaux qui s'étaient enfuis dans la forêt et les ramener. Enfin, il fallait replanter les cognassiers du Japon, les forsythias, la viorne odorante et les rosiers dans le jardin. Il fallait s'occuper des murs tachés de moisissure, réparer les cadres des fenêtres piqués de rouille et remplacer le bois vermoulu des portes. Depuis que la neige avait cessé de tomber et que les boiseries avaient commencé à sécher, certains bruits se firent à nouveau entendre. *Krrrt-krrrt-krrrt*... les termites qui avaient dépéri pendant les longs mois de blizzard s'étaient remises au travail avec une ardeur redoublée. Elles étaient partout : dans les meubles, les huisseries des portes et des fenêtres, les placards de cuisine, les rayonnages vides des bibliothèques et les poutres du plafond. Quand nous perçûmes le *krrrt-krrrt* des termites dans les colombages des murs, nous n'y tînmes plus. Nous comprîmes alors que toutes ces réparations ne suffiraient pas à sauver la maison. C'est ainsi que Papa consentit le plus grand sacrifice de sa vie. Quand nous l'entendîmes nous annoncer qu'il était prêt à aller à Téhéran emprunter de l'argent à notre grand-père ou à notre arrière-grand-père pour tout reconstruire, nous nous laissâmes tous tomber sur le sol nu avec un soupir de soulagement. Mais aucun d'entre nous ne sourit ; nos lèvres n'y étaient pas encore préparées.

Si rassurantes qu'aient été les paroles de Papa, nos problèmes d'argent furent résolus bien plus facilement que nous le pensions quand le fantôme d'Effat me rendit visite dans ma cabane. Le soir même, Effat, que je n'avais jamais vue de mon vivant, vint me révéler qu'en faisant exactement dix pas depuis le centre des vestiges du temple du feu en direction de la forêt, on trouvait une dalle en pierre sur laquelle était gravée une tortue. À partir de là, en faisant encore douze pas vers le sud, on tombait sur une autre pierre qui ressemblait à un fauteuil. En s'asseyant dessus, face au levant, on apercevait un vieil arbre de haute futaie qui se distinguait des autres. Enterrée à un mètre au pied de cet arbre, côté sud, une urne en or patientait, une urne que nos ancêtres zoroastriens avaient laissée là pour nous. Quand je lui demandai pourquoi elle me révélait ce secret, elle se contenta de me répondre :

— Parce que c'est ton père qui doit aider les villageois à reconstruire leurs maisons et une école.

Sans attendre qu'Effat disparaisse dans l'obscurité, je retournai à la maison, réveillai Maman, Papa et Beeta et leur tendis une pelle à chacun. Quelques heures plus tard, tout ébahis – Papa se demandait déjà comment il allait bien pouvoir vendre un tel objet –, nous sortîmes une urne pleine de pièces d'or et de bijoux datant de l'Empire sassanide enfouie au milieu des tombes, des ossements et des bols en céramique. Une fois de retour à la maison, nous la déposâmes par terre dans le salon encore épargné par la crasse. Beeta prit un collier serti de gemmes.

— Chaque mètre carré de notre terre natale recèle un trésor antique, dit-elle.

Papa n'ignorait pas qu'avec l'arrivée au pouvoir de plusieurs puissants mollahs à Téhéran et à Qom, le ministère du Renseignement avait saisi toutes ces précieuses antiquités. Ensuite, après avoir jeté en prison ou fait disparaître les personnes qui les avaient mises au jour, ils s'étaient partagé le butin. Aussi Papa n'avait-il pas le choix ; quels que soient les risques encourus, il devait aller lui-même vendre notre trésor à la capitale, avec l'aide de l'oncle Khosro, de Grand-père et de notre arrière-grand-père. Par bonheur, son père et notre aïeul accordaient tant d'importance à notre patrimoine culturel qu'ils furent prêts à puiser dans leurs propres ressources – la fortune familiale et tout ce qu'ils avaient accumulé de leur vivant – pour acquérir ces objets. Par la suite, ils en feraient don aux musées nationaux, à grand renfort de publicité.

Pourtant, tout danger n'était encore écarté et nous nous inquiétions de savoir ce qu'il allait advenir des antiquités entreposées dans la maison de Grand-père, d'autant que le maire de Téhéran avait fait une offre. Comme toutes ses offres avaient été déclinées, le maire menaçait de poursuivre mon grand-père et son père en justice. Peu de temps après, ils reçurent une lettre de la municipalité leur annonçant que la résidence familiale devait être vendue à la ville pour permettre la construction d'une autoroute. Cette simple idée nous faisait faire des cauchemars. Nous étions tous profondément attachés à cette demeure, avec ses dix-huit chambres, ses couloirs, sa vaste entrée à colonnades et ses parquets aux motifs exquis. Elle faisait partie de l'histoire familiale et nationale. Pour finir, l'oncle Khosro, Papa, Grand-mère, Grand-père et mon arrière-grand-père se montrèrent inventifs. Mon oncle appela un journaliste digne de confiance qu'il connaissait depuis des années. Une semaine plus tard, en présence de reporters, les Esfehani firent don du trésor zoroastrien aux collections du musée national en affirmant qu'il s'agissait de précieux legs de famille. Les photographes prirent des clichés des colliers, des bracelets, des couronnes et des pièces de monnaie qui remontaient au temps des Empires achéménide et sassanide ; les journalistes écrivirent de longs articles sur ces antiquités. Après cela, nous pensions qu'il serait moins facile de les confisquer même si nous savions bien que les voleurs d'antiquités sont étroitement liés aux figures politiques et religieuses de premier plan, aux gros industriels et aux grands négociants.

Et voilà qu'un matin des plus ordinaires, sous un soleil qui n'avait pas encore fini de sécher toute la boue, Razan se réveilla au son des moteurs de camions qu'on n'avait jamais vus ici. Une file de lourds engins acheminait du bois et du matériel de construction, deux autres véhicules transportaient des ouvriers du bâtiment et un dernier était plein de livres. Quand ils entrèrent dans le village, la voiture de Papa ouvrait le cortège.

Pendant six mois, les villageois, aidés par les vingt ouvriers venus de la ville, travaillèrent sous le soleil brûlant, tant et si bien que Razan devint une localité qui ferait l'envie des bâtisseurs de nos métropoles – un endroit que Papa et ses habitants ne se lasseraient jamais de contempler. Un réseau de rues et de ruelles séparait les grandes et solides maisons aux murs blanchis à la chaux naturelle et rehaussés d'un bleu pareil au lapis-lazuli ou d'une couleur ocre issue de la terre. Le fleuve coulait désormais dans un canal de pierre qui éviterait de nouvelles crues. Il y avait des poulaillers spacieux et un hammam qu'embaumaient des plantes forestières, des rues bordées de fleurs, des arbres fruitiers dans les jardins et de vastes rizières aux parcelles bien délimitées – et tout cela ne manquait pas d'attirer les regards des nouveaux venus. Un certain nombre d'ouvriers du bâtiment tombèrent amoureux de ravissantes jeunes filles de Razan et les épousèrent – qu'y a-t-il d'étonnant à cela ? Le village allait enfin couler des jours heureux. Ses habitants travaillaient avec un espoir et une énergie retrouvés ; reléguant le souvenir des fils qui n'étaient jamais revenus de la guerre dans un coin de leur mémoire, ils dansèrent pour célébrer leurs filles. Ils bâtirent une école, fabriquèrent des céramiques, tissèrent des tapis, des *kilims* et des étoffes, comme leurs ancêtres avant eux. Dans cette vaste entreprise, Papa ne songea pas un seul instant à aménager une route. Il ne voulait pas de routes qui relieraient la ville à Razan. Si cela n'avait tenu qu'à lui, il aurait sans doute voulu effacer jusqu'aux marques des pneus que les camions avaient laissées dans la terre boueuse et dans l'herbe des prairies. Il embaucha trois des ouvriers mariés à des villageoises et qui savaient lire comme instituteurs du village. Dès lors, du haut de notre colline, forte de tous ses secrets, de ses souvenirs et de ses rêves, Razan paraissait encore plus beau et prospère. Pourtant, malgré la satisfaction que lui inspirait le spectacle étourdissant de cette bourgade si dynamique, pas un sourire n'effleurait les lèvres de Papa. Puisque j'étais six pieds sous terre, mais bien présente, il se posait peut-être la même question que nous tous : pourquoi Sohrab n'avait-il toujours pas donné signe de vie ?

6

Si nous n'avions aucune nouvelle de Sohrab, c'est parce qu'il attendait. Il attendait que les exécutions cessent. Et cela arriva. Certains disent que tout se termina le 27 septembre 1988, d'autres que ce fut plus tard. Quoi qu'il en soit, elles finirent par cesser. Cinq mille hommes et femmes, jeunes et vieux, dont le seul crime était leurs convictions politiques et leurs croyances religieuses avaient été tués dans les prisons de Téhéran, de Karaj, de Machhad et d'autres villes. Une fois qu'ils furent tous morts et que leurs corps eurent servi de nourriture aux corbeaux et aux chiens errants, l'heure n'était pas au repos. Non, ils se mirent en branle.

Les fantômes de cinq mille prisonniers politiques et religieux se relevèrent des déserts qui leur servaient de sépulture, autour de Téhéran, de Khavaran et des autres villes. Ils regardèrent leurs corps disloqués, putrides et infestés d'asticots, qui avaient été éparpillés ici et là, emportés un peu partout par les freux et les chiens, puis ils se mirent en route avec une répugnance partagée. Ils voulaient voir le visage de leurs assassins de près. Ils auraient pu apparaître instantanément dans la chambre de Khomeiny, qui avait signé tous les ordres d'exécution, mais pour commémorer l'existence qui leur avait été volée tout récemment, ils décidèrent de marcher en silence et comme un seul homme. C'est ainsi qu'un groupe de spectres tristes et malheureux quittèrent les déserts du sud, de l'ouest et de l'est de Téhéran et convergèrent au coin de Vali-ye Asr, dans la capitale. Les mains dans les poches ou fumant une cigarette chapardée à des passants, les cinq mille fantômes marchèrent vers la place Vali-ye Asr, les quartiers de Vanak et Tajrish, puis ils remontèrent Jamaran et s'engagèrent dans la rue Khomeiny. Ils regardèrent les hommes et les femmes qui les traversaient sans même deviner leur présence. Ils regardèrent les enfants qui auraient pu être les leurs, les magasins bondés et les rues encombrées de vendeurs ambulants, le théâtre de la ville, le cinéma Qods, le parc Sa'i et le parc Melli. La vie continuait à battre son plein, sans eux ! Toute cette barbe-à-papa devant le cinéma, toutes ces diseuses de bonne aventure et leurs runes en bois de noyer, toutes ces boutiques, ces librairies et tous ces marchands d'or ! Tous ces jeunes hommes si prompts à tomber amoureux de jeunes filles, ils les suivaient dans les rues pour leur donner leur numéro. Et les platanes qui bordaient la rue Vali-ye Asr, toujours aussi magnifiques ! Il y avait des chats et des corbeaux à chaque coin de rue ! Humant l'air à pleins poumons, gonflant leurs cages thoraciques inexistantes, les revenants déambulèrent jusqu'à la tombée de la nuit, puis ils décidèrent qu'ils n'iraient pas affronter leurs assassins. Ils s'aperçurent que leur chagrin était trop grand, la mort de leurs meurtriers ne suffirait pas à le soulager. La vie et la mort prirent une dimension nouvelle pour ces esprits qui erraient en observant les visages des vivants, le cœur plein de nostalgie et de désespoir. Peu à peu, la ville devint silencieuse. Les amoureux sortirent des restaurants et des cinémas deux par deux et disparurent dans le lacis de ruelles. Les lumières des magasins s'éteignirent et, ici et là, les sans-abri allumèrent des feux autour desquels ils se rassemblèrent. Les rues se vidèrent. L'air se remplit d'odeurs de cuisine et les bruits assourdis des conversations nocturnes filtrèrent par les fenêtres. Soudain, les fantômes se sentirent si tristes que leurs gorges nouées laissèrent échapper des sanglots. Marchant vers le nord, s'éloignant de la place Vanak, cinq mille fantômes se mirent à pleurer à l'unisson. Ils pleurèrent encore et encore. Ils pleuraient parce qu'ils ne pouvaient plus dîner avec ceux qu'ils aimaient, parce qu'ils auraient tant voulu se délecter des ragoûts d'agneau aux herbes, des ragoûts d'aubergines et de viande hachée, de poulet aux baies d'épine-vinette. Ils regrettaient tant les rires insouciants partagés avec leurs familles, les baisers et les « bonne nuit ». Leurs larmes coulaient sans discontinuer… tant et si bien qu'elles formèrent un torrent.

Ici et là, les passants qui avaient raté les derniers bus levaient les yeux sur le ciel étoilé en se demandant d'où provenait ce déluge. Seuls les sans-abri drogués et les vagabonds en proie à la folie voyaient les cinq mille fantômes éplorés et désespérés qui déversaient ce flot de larmes dans la rue Vali-ye Asr et avançaient comme une armée vaincue, s'appuyant parfois sur de vieux platanes, le temps d'exhaler une lamentation funèbre. Cette vague de chagrin submergea la place Tajrish, dévala la rue Jamaran, franchit le pont qui enjambait le fleuve asséché et s'écoula entre les pieds des policiers en civil. Elle pénétra dans la cour et partit à l'assaut des marches, mouilla les tapis et se dirigea directement vers la chambre à coucher de l'ayatollah Khomeiny. Elle monta sur son lit double et l'atteignit à 2 h 32, alors qu'il dormait d'un sommeil agité par une nuit d'été des plus ordinaire. Il était en train de faire son cauchemar habituel. Il rêvait que les familles de ceux qu'il avait fait exécuter fondaient sur lui par milliers sur la place Azadi et s'acharnaient sur lui, bec et ongles, avec une telle sauvagerie qu'il ne restait plus rien de lui, pas même une goutte de son sang sur le sol.

Il se réveilla en sursaut et sentit la sueur lui coller à la peau des doigts, des orteils et des tempes. Il se retourna, gratta sa longue barbe broussailleuse et, voyant que son ample chemise, son matelas et son oreiller étaient trempés, il se redressa d'un coup. Il craignit d'abord que ce liquide envahissant et visqueux soit son propre sang. Il posa le doigt dessus, puis le goûta du bout de la langue. C'était salé et un peu gluant. Cela n'avait pas le goût du sang. Cela avait le goût des larmes. Effrayé, il se leva. Lorsque ses pieds décatis d'octogénaire touchèrent le tapis détrempé, ils s'y enfoncèrent jusqu'aux chevilles. À tâtons, il chercha l'interrupteur et l'actionna. Puis il découvrit sa chambre submergée par un flot de larmes. La peur de la mort lui serra le cœur et il poussa un hurlement épouvantable qui sema la panique parmi ses gardes, pétrifia les termites occupés à grignoter les boiseries du plafond et terrifia deux tourterelles turques assoupies dans les parages. Huit gardes habituellement indolents se redressèrent d'un bond et se précipitèrent dans la maison, fusils chargés. Puis ils suivirent le flot de larmes, de la chambre de Rouhollah Khomeiny jusqu'à la place Vanak, à deux pas du lacis de ruelles où les toxicomanes et les clochards s'étaient endormis sous les fenêtres des maisons, là où flottait encore l'odeur des repas chauds.

Il fallut trois jours et trois nuits d'un nettoyage acharné et méticuleux pour éponger les flaques de tous les recoins de la maison de l'impasse Rahbari* qui donnait sur la rue Jamaran. Cependant, Khomeiny continua à trouver de petites mares à des endroits incongrus ; il y trempait l'auriculaire de sa main droite, goûtait le liquide et poussait un grand cri de peur et de colère. Cela dura jusqu'à 10 h 20 le 3 juin 1989, date de sa mort. Ainsi, une fois qu'il cherchait ses lunettes, sa main effleura le manteau d'une cheminée et le trouva mouillé de larmes. Il s'égosilla au point qu'il fut incapable de parler pendant les trois jours suivants et sa gorge irritée le contraignit à annuler une rencontre avec des chefs religieux de Qom prêts à soutenir son régime. Il se retira alors craintivement dans une mystérieuse pièce souterraine en cours de construction.

Au lendemain de la procession des larmes, dès l'aube, la cohorte des fantômes éplorés et malheureux se dispersa et chacun partit de son côté. Certains retournèrent auprès de leur famille dans les villages et les villes d'Iran ; d'autres restèrent dans les rues de Téhéran, où ils rendaient hommage aux aspirations et aux rêves de la flambée révolutionnaire sans jamais cesser d'espérer voir un jour de leurs propres yeux la destruction du régime qui les avait tués comme des mouches. D'autres encore conçurent une telle aversion pour la vie terrestre qu'ils entamèrent une quête de la transcendance vers le monde spirituel.

Sohrab était de ceux-là.

* *Rahbar* signifie « chef ». (NdA)

7

DES PORTES GRINÇAIENT. Des chaussures et des sandales volaient dans le jardin. Des cailloux heurtaient les vitres des fenêtres. Des ampoules s'allumaient et s'éteignaient, on ouvrait et on fermait les rideaux. Sous les yeux écarquillés et terrifiés des gardes, des empreintes de pas se creusaient dans la neige fraîchement tombée, les précédaient jusqu'à la cour et montaient les marches du perron, puis la porte s'ouvrait et se refermait. Une main décrocha la cape de Khomeiny et la jeta par la fenêtre dans la cour. Une autre main déroula son turban, en laissa tomber une extrémité dans la cuvette des toilettes et tira la chasse. Au beau milieu de la nuit, alors que tous les gardes fouillaient partout et que sa femme Batoul récitait la prière de la peur* dans sa chambre, ils entendirent des bruits de pas sur la terrasse et des voix qui chuchotaient. Ensuite, la housse qui recouvrait le fauteuil strictement réservé aux jours où Khomeiny prononçait ses discours bougea et

* Prière que les musulmans disent quand ils ont peur. (NdA)

s'affaissa sous le poids de quelqu'un. Une nuit, un jeune garde eut si peur en entendant des voix claires sortir de sous les arbres et de derrière les buissons tout autour de lui – « *Assassin… assassin… assassin !* » – que son doigt pressa nerveusement la détente de son arme, arrosant de balles les pétunias et le jasmin jusqu'à ce que le reste de la patrouille intervienne pour faire cesser ce vacarme. Même en pleine nuit, quand les verres de Rouhollah posés sur le manteau de la cheminée s'élevèrent dans les airs, tournoyèrent sur eux-mêmes et, sous ses yeux affaiblis, furent projetés par terre où ils volèrent en éclats, aucune des personnes présentes ne bougea, faute d'en avoir reçu l'ordre.

Oui, cet homme qui s'était fait une habitude de dicter ses ordres et ses décrets assis devant un immense miroir depuis qu'il était devenu le Guide suprême de la révolution islamique, des années et des années plus tôt, avait fait silence. Pourtant, face à son reflet, il ordonnait jadis avec une belle assurance, avec une audace qui lui donnait l'impression de pouvoir conquérir des montagnes, des déserts et le ciel tout entier. Lui, l'ayatollah, il n'avait qu'à lever le petit doigt pour diffuser la parole de l'Islam le plus pur partout dans le monde. Mais il resta obstinément silencieux. Si les fantômes n'étaient pas allés trop loin la nuit où ils soulevèrent son corps engourdi par le sommeil pour le sortir de la chambre comme s'il lévitait au-dessus du tapis Kermani et lui faire traverser toute la longueur du salon, s'ils n'avaient pas essayé de le jeter du deuxième étage, ses gardes seraient restés sur leur réserve. Mais cette nuit-là, Khomeiny eut si peur et fit un tel tapage que douze gardiens de la révolution qui patrouillaient dans la rue Jamaran entendirent ses cris, eux aussi, et pénétrèrent dans la maison au pas de course. Là, ils découvrirent huit officiers de sa garde rapprochée en train de tirer l'ayatollah par les jambes, terrifié, pour le ramener dans sa chambre. Deux des gardiens firent feu sur la force invisible qui s'exerçait contre le Guide suprême, permettant enfin à ses gardes de rentrer le vieil homme décati et fripé à l'intérieur alors qu'il allait tomber par la fenêtre. S'apercevant qu'ils avaient tous vu les filets d'urine jaunâtre qui imprégnaient son pantalon, Khomeiny se mit à pleurer et, pour la première fois, laissa transparaître toute la peur et la solitude cachées derrière la façade renfrognée, froide et arrogante de l'homme d'État.

Une heure plus tard, les douze gardiens de la révolution et les huit soldats de la garde rapprochée l'entendirent parler dans sa chambre. Ils supposèrent qu'il s'adressait une fois de plus à son miroir. Tantôt il haussait le ton au point de hurler et tantôt ses sanglots déchirants résonnaient dans toutes les pièces de la demeure enténébrée. Le lendemain à midi, quand il sortit de son antre, les yeux creusés, le visage couvert de sueur, bras et jambes tremblants, une poignée de papiers froissés dans la main, ils comprirent : pendant la nuit, derrière la porte de la chambre, les objets projetés d'un bout de la pièce à l'autre n'étaient pas les seuls à s'être brisés. Ce jour-là, Khomeiny ordonna la construction d'un palais souterrain à deux ingénieurs agenouillés devant lui. Aucun d'entre eux n'osa soulever d'objection en voyant les plans bizarres qu'il dessinait en toute hâte, nerveux et apeuré, sous leurs yeux. Il faut dire qu'il avait tout de suite annoncé la couleur :

— Questions suspendues.

Contrairement à ce qui était publié dans les journaux, diffusé à la radio et à la télévision, et même à ce que proclamaient les gigantesques panneaux dans les rues

Vali-ye Asr, Tohid et Enghelab, la plupart des soldats qui s'étaient enrôlés pour aller au front n'étaient ni des militants qui ne pensaient qu'à imposer l'islamisme à tous, ni des partisans de la révolution et de Khomeiny. C'étaient simplement de jeunes patriotes qui ne voulaient pas qu'un seul centimètre carré de leur terre natale tombe entre des mains ennemies. Quand les rangs des morts comptèrent plus de dix mille âmes, puis dépassèrent les quinze mille et les cent mille âmes, les martyrs choisirent les représentants qui iraient rejoindre la cohorte des prisonniers politiques exécutés dont certains continuaient d'errer dans les rues de Téhéran, en souvenir de leurs rêves révolutionnaires et pour achever Khomeiny. Au milieu de la nuit fatidique de janvier 1989 où ils se trouvèrent enfin nez à nez avec lui dans sa chambre alors qu'il neigeait dehors, leur message fut sans équivoque :

« Soit tu meurs sur-le-champ, soit tu construis un palais de miroirs dont nous te fournirons les plans au fur et à mesure. Le jour où il sera achevé, tu mourras. »

C'est ainsi que des centaines d'ouvriers se mirent à travailler jour et nuit pour creuser sous les fondations de la maison et s'enfoncer dans les montagnes. Quand les ingénieurs leur ordonnaient de poursuivre leur tâche, Khomeiny apparaissait et, agitant l'index, leur hurlait d'arrêter. Quand les ingénieurs leur enjoignaient d'interrompre les excavations pour éviter un effondrement, Khomeiny semait la confusion dans les esprits en insistant pour qu'ils continuent. Il fallut un an pour dégager une cavité à flanc de montagne qui pût accueillir le palais des glaces ; elle mesurait plusieurs centaines de mètres carrés, elle était profonde de trente mètres par endroits et de seulement un mètre à d'autres. Cependant, contrairement à ce que pensaient les ingénieurs, non seulement le travail était loin d'être terminé, mais les plus grosses difficultés ne faisaient que commencer. Au fil des jours le projet prenait forme, mais il se fit chaque jour un peu plus nébuleux. Sur le chantier, tout le monde était dérouté et épuisé, Khomeiny encore plus que les autres. Or, si l'appât du gain poussait les ouvriers à aller de l'avant, Khomeiny n'avait d'autre motivation que le désir de vivre alors même qu'il devenait de plus en plus désorienté et sénile. Mètre par mètre, la structure fut érigée selon les instructions minutieuses transmises d'heure en heure à Khomeiny par le Conseil des combattants morts au front et des prisonniers politiques exécutés. L'entrée du palais était en fait un long couloir étroit et sinueux dont certaines portions étaient si basses que les ingénieurs et les ouvriers devaient se plier en deux pour avancer tandis que d'autres étaient hautes de trente mètres. Il y avait des miroirs partout : dans les escaliers, sur les murs, les plafonds, les balustrades et dans les corridors. Au sol, des éclats de verre réfléchissants crissaient si obstinément sous vos pas qu'il était impossible d'oublier leur présence un seul instant. Certains des escaliers donnaient sur des murs à la verticalité aussi abrupte que celle d'une falaise. Il y avait aussi des couloirs qui s'incurvaient insensiblement jusqu'à rejoindre le plafond. Selon les consignes fantaisistes du Conseil des fantômes, sept étages alambiqués furent construits et l'ensemble était d'une telle complexité qu'au moment où les ouvriers pensaient travailler au deuxième niveau, ils se retrouvaient au quatrième, et un jour qu'ils pensaient redescendre du cinquième au premier étage, ils se retrouvèrent dans un espace sans issue, au septième. Il y avait des fenêtres par terre, des vitres sur les portes et au plafond. Des colonnes disposées ici et là, de hauteurs variables. Douze cheminées furent construites, mais une seule comportait un tuyau qui donnait sur l'extérieur ; l'une d'entre elles se trouvait dans une chambre sans porte, les conduits de plusieurs autres se réunissaient en un seul et le reste s'enfonçait dans la montagne au lieu de déboucher à l'air libre. À l'intérieur d'une chambre à coucher, ils construisirent une deuxième, puis une troisième chambre dont le parquet comportait une trappe s'ouvrant sur le sol de la deuxième, mais sans escalier entre les deux. Et des dizaines de couloirs faisaient des tours et des détours pour aboutir Dieu savait où.

Des miroirs. Des miroirs partout, chacun se retrouvait pris au piège de son propre reflet, au dépourvu et sous tous les angles. La peur gagna peu à peu ceux qui travaillaient sur ce chantier. On entendait des hurlements de terreur jour et nuit, des appels au secours qui montaient du labyrinthe. Certains ouvriers affirmaient avoir vu des spectres mutilés à qui il manquait la tête ou une jambe errer dans les couloirs obscurs. Un jour, un homme vit le fantôme de son frère mort en martyr. Il se mit à verser des larmes de joie, pleurant si fort que les autres fantômes se rassemblèrent autour de lui et l'enlacèrent pour le consoler. Bientôt, la rumeur circula : si on cherchait un martyr et un soldat non identifié mort au combat, il fallait se faire embaucher sur le chantier du palais. Il arriva alors des gens de tous le pays et de longues files d'attente se formèrent devant la maison de la rue Jamaran. Les candidats attendaient des heures sous la pluie et sous la neige pour rejoindre les rangs des ouvriers, prêts à travailler pour rien, dans l'espoir de croiser le spectre d'un proche bien-aimé. Par la suite, les gardes démasquèrent plusieurs femmes déguisées en hommes qui avaient réussi à se faire engager pour retrouver leurs maris assassinés, faire l'amour avec eux dans les recoins obscurs du palais et tomber enceintes.

Les gardes, les ingénieurs et Khomeiny s'étaient tout d'abord réjouis de ce qu'ils avaient pris pour un élan de ferveur révolutionnaire et d'adulation envers son Guide suprême. Ils s'imaginaient que les gens étaient venus lui exprimer leur amour. Toutefois, Khomeiny et ses huit gardes eurent vent des rencontres secrètes entre les ouvriers et leurs frères, leurs fils, leurs pères et leurs maris morts en martyrs et s'arrangèrent ensuite pour embaucher de façon plus sélective. À partir de ce moment-là, les candidats durent remplir de longs formulaires détaillés pour attester qu'il n'y avait pas de victimes du régime dans leur famille. Ces complications irritèrent les fantômes des combattants qui avaient trouvé joie et réconfort dans les retrouvailles avec leurs proches parents. Il s'ensuivit qu'un ingénieur disparut dans un sombre couloir du palais et qu'on ne le revit jamais. Peu de temps après, le corps d'un des membres de la garde rapprochée de l'ayatollah fut retrouvé pendu à l'une des portes creusées dans le plafond, la bandoulière de son fusil nouée autour du cou. Après cela, pour éviter que les gens se perdent ou disparaissent, des cordes multicolores et phosphorescentes furent tendues partout dans le palais et on y accrocha des clochettes. Mais la futilité de cette entreprise devint bientôt évidente : à certains endroits, les cordages convergeaient ; ailleurs, ils étaient parallèles, et tous finissaient à un moment ou à un autre par vous ramener à votre point de départ. Peu à peu, le nombre d'ingénieurs et de gardes, tous terrorisés, diminua. Avaient-ils décidé de ne pas revenir travailler ou avaient-ils disparu en rentrant chez eux ? Personne ne le savait. Quand on le vit pour la dernière fois, le seul membre du génie civil qui n'avait pas encore disparu ouvrait une fenêtre qui donnait sur la paroi rocheuse de la montagne pour se retrouver nez à nez avec un miroir à cinq centimètres de son visage. Une lanterne à la main, Khomeiny scrutait craintivement les couloirs, les chambres et les escaliers inachevés qui étaient plongés dans les ténèbres. En voyant l'ingénieur, il lui demanda ce qu'il faisait. Sans même tourner la tête, ce dernier lui répondit :

— Je réfléchis au travail d'hier.

Cela dura ainsi pendant quelque temps, puis Khomeiny s'aperçut non sans étonnement qu'aucun membre du gouvernement n'était venu le consulter. Peu à peu, la vérité se fit jour dans son esprit. Le pays n'avait plus besoin de lui. Il n'y avait pas de guerre, pas d'agitation politique. Toutes les voix dissidentes avaient été réduites au silence, tous les agitateurs avaient déserté les rues et les champs de bataille pour rentrer chez eux. Le temps était venu de reconstruire l'Iran. Les autres leaders politiques pouvaient sans doute s'en charger à sa place. Les jours passant, le vide se fit progressivement autour de Khomeiny, qui finit par se retrouver complètement seul, perturbé par l'omniprésence des miroirs, par le silence et les ténèbres. Après la disparition du dernier ingénieur, personne n'osa plus à travailler sur le chantier. Les ouvriers partirent et ne revinrent jamais. Finalement, Khomeiny fut obligé de consacrer un certain nombre d'heures par jour à la construction de son labyrinthe réfléchissant. Pour la première fois en quatre-vingt-sept ans de vie, il n'eut d'autre choix que de manier une hachette de ses mains tremblantes, de découper les miroirs au diamant, de scier du bois et de soigner ses plaies en les saupoudrant de poudre de pénicilline. Les premiers jours furent éreintants, mais au fil du temps, son propre reflet et le bruit de ses outils qui résonnait dans les couloirs silencieux du palais exercèrent une telle attraction sur lui qu'il en oubliait de rentrer chez lui jusqu'à une heure très avancée de la nuit. Le parfum du bois coupé était ensorcelant et, pour la première fois depuis un millénaire, Khomeiny se souvint que des décennies plus tôt, il avait rêvé de devenir charpentier.

Les jours, les nuits et les semaines passèrent. Il continua à poser une pierre après l'autre, un miroir après l'autre ; il installa l'électricité, posa et cloua les marches des escaliers. Il mangeait les restes de nourriture que les ouvriers effrayés avaient laissés un peu partout dans le labyrinthe, accrochés comme les clochettes aux cordes phosphorescentes. Il finit par perdre tout contact avec le monde, la vie politique de son pays et ses subalternes. Il se replia sur lui-même. Finalement, il s'enfonça au cœur du dédale de couloirs, de miroirs, d'escaliers en colimaçon et de pièces inachevées, si loin qu'il ne trouva plus rien à manger – car les ouvriers ne s'étaient jamais aventurés dans des lieux aussi reculés.

Il arriva aux confins du labyrinthe souterrain, là où il n'y avait ni électricité, ni escaliers, ni couloirs, ni chambres, pas même de murs. C'était une sorte de trou noir où, à bien y réfléchir, il ne sentit même plus le sol sous ses pieds. Il régnait une obscurité totale et l'air se raréfiait. Khomeiny eut beau tâtonner, il ne trouva aucun mur. Saisi d'effroi, il comprit qu'il était arrivé au bout du voyage. Il cessa de lutter. Le souffle court, il déplaça sa vieille carcasse voûtée en direction de ce qu'il pensait être une lumière et un escalier, mais une fois de plus, il déboucha sur le néant. De temps à autre, une faible lueur vacillante apparaissait au loin et il entrapercevait alors ce qui l'entourait. Parmi les pâles reflets démultipliés de cette lointaine lumière, un vague souvenir d'enfance se faisait jour de loin en loin pour disparaître aussitôt que Khomeiny essayait de s'en approcher.

Il se récitait à haute voix les noms de sa grand-mère, de son grand-père, de ses tantes et de ses oncles pour garder les idées claires. Quand il arriva aux prénoms de ses cousins et cousines, il se rappela soudain qu'il était tombé amoureux de l'une d'entre elles, une jeune fille de cinq ans son aînée. Elle avait les bras blancs comme l'ivoire. Rouhollah avait dix ans le jour où il l'avait vue s'éveiller et chercher son voile à tâtons sur le lit, les yeux encore pleins de sommeil. Il eut beau fouiller dans sa mémoire, l'enfant qu'il était alors ne se souvenait pas avoir vu un bras d'une telle beauté. Quand elle l'avait vu l'épier derrière la porte, elle l'avait appelé en riant. Mais il s'était enfui, effrayé et penaud. Et à présent Khomeiny était absolument incapable de se rappeler son nom ! *Peut-être était-ce Aqdas,* se dit-il, *puisque sa sœur s'appelait Akram.* Comme une vague et lointaine réminiscence, le souvenir honteux et refoulé de sa première masturbation lui revint à l'esprit – c'était sous la douche, dans une épaisse couche de buée. Ensuite, alors qu'il continuait à marcher dans l'obscurité où l'air se faisait rare, cherchant toujours un mur à tâtons, il se dit qu'elle s'appelait peut-être Fatima puisqu'il se rappelait que son frère s'appelait Ali.

Il avança à l'aveuglette et se maudit d'être devenu si vieux et vulnérable. Puis il essaya de revoir le visage de sa cousine. Elle avait assurément des traits gracieux et une peau blanche comme la neige. Des yeux bleus, ou peut-être noisette. En tout cas elle ne ressemblait pas du tout à Batoul, l'épouse de Khomeiny.

Pantelant, progressant toujours dans le néant, il pensa soudain avoir atteint une porte. Mais quand il tendit la main, ses doigts rencontrèrent la surface froide et lisse d'un miroir. Il continua à chercher. À un moment donné, il perdit ses mules quelque part, aussi ses pieds étaient-ils froids et engourdis au contact du sol en verre. Il arriva dans un espace qui ressemblait à un couloir, mais quand il cria son nom – « Rouhollah ! » –, sa voix s'évanouit dans le noir, sans un écho. Il tendit les bras de tous côtés, mais ne sentit rien ; il n'y avait pas de murs. Tout à coup, son pied heurta une marche : un escalier descendait vers une pièce sans porte, mais menait vers une autre salle. Khomeiny franchit plusieurs portes, longea plusieurs couloirs et descendit un escalier après l'autre. Au passage, il effleura de nombreuses colonnades et des fenêtres, mais aucune ne débouchait sur la lumière et pourtant, on pouvait les ouvrir puisqu'elles avaient été construites face à la montagne.

À nouveau, il cria son nom dans l'obscurité noire comme l'encre :

— Rouhoollaaah !

Sa voix fut une nouvelle fois engloutie par les ténèbres, mais cette fois-ci un écho lui parvint. Il lui semblait qu'il se trouvait dans une vaste salle. Ensuite, son pied heurta une volée de marches qui montaient. Il marcha et marcha encore, traversa des corridors et des passages, monta des escaliers, suivant un itinéraire sinueux qui le mena d'une pièce à l'autre. Comme s'il émergeait d'un sommeil profond et troublant, il eut l'impression de se retrouver à son point de départ : au fond de l'impasse la plus obscure de toute son existence. Sans fenêtres. Sans lumière. À bien y réfléchir, il ne sentait même pas le sol sous ses pieds. Il ne réussirait plus jamais à se rappeler le prénom de sa cousine et encore moins son visage. Il voulut au moins essayer de donner de la voix une dernière fois. Sa voix lui appartenait encore. Cette fois-ci, le vieillard de quatre-vingt-sept ans s'époumona de toutes ses forces :

— Rouuuhoooollaaah !

Sa voix porta, le cri se prolongea jusqu'à ce qu'un « Oui ? » au timbre enfantin se fasse entendre.

Une pâle lumière issue d'une source indistincte illumina la silhouette d'un garçon d'une dizaine d'années qui regardait Khomeiny, adossé à un miroir.

— Qui êtes-vous ? demanda l'enfant.

Comme si voir son reflet dans le miroir lui avait rendu sa force et son assurance, Khomeiny répondit :

— Je suis qui je suis. Un homme pour qui des millions de gens ont voté. Qui a mené une guerre de huit ans. Qui a diffusé le message de l'Islam aux quatre coins de la Terre.

— Pourquoi ? demanda l'enfant avec un léger sourire.

— L'Islam doit devenir universel.

— Pourquoi ? répéta l'enfant.

— Parce que l'Islam est l'ultime religion et la foi la plus parfaite.

— Pourquoi ? répéta l'enfant.

Avec emportement, Khomeiny s'exclama :

— Il n'y a pas de « pourquoi » ! Ton esprit n'est pas encore assez mûr pour comprendre, sinon tu saurais que cette question est sans réponse.

D'un ton calme mais insistant, l'enfant demanda :

— Oui, mais *pourquoi* ?

L'ayatollah fronça ses sourcils broussailleux. Chaque fois que ses yeux se posaient sur son image dans le miroir, il retrouvait sa confiance en lui et sa résolution s'affermissait, mais quand il regardait à nouveau le garçon nonchalamment adossé à la paroi vitrée, il en était réduit à bredouiller, incapable d'expliquer la grande mission à laquelle il avait consacré sa vie et pour laquelle il avait fait tuer ou déplacer des milliers de gens. Pendant quelques instants, le dictateur se tut et sonda les profondeurs de ce « pourquoi » enfantin. Puis, comme s'il venait de comprendre une vérité sidérante, le sillon qui lui barrait le front s'effaça soudain. Au désespoir, il s'aperçut qu'en l'espace des quelques secondes qui le séparaient de la mort, il n'avait pas le temps d'expliquer ce qu'il venait tout juste de saisir. Son cœur épuisé cessa enfin de battre et l'ayatollah expira, un œil sur son reflet et l'autre posé sur l'enfant. Dans cette fraction de seconde, il comprit que, lorsqu'il monologuait, il était un dirigeant redoutable, mais quand il s'agissait de dialoguer, il n'était plus qu'un petit garçon affublé d'une barbe, sans logique, obstiné et sentencieux. Il n'eut que le temps de murmurer une dernière phrase :

— Il m'aura fallu quatre-vingt-sept ans pour comprendre que la logique intellectuelle du monologue est fondamentalement différente de celle du dialogue.

Trois mois plus tard, son corps fut retrouvé par des volontaires qui avaient signé un contrat de deux milliards de tomans avec son fils Ahmed avant d'accepter d'entrer dans le palais. Même en utilisant des systèmes GPS, des boussoles, des radios et des cordes phosphorescentes, il leur fallut trois mois pour trouver son cadavre en putréfaction qui se reflétait dans la noirceur des miroirs. En fin de compte, ce fut la puanteur des chairs en décomposition qui les guida. Cette odeur délétère que tous les dictateurs finissent par sécréter.

8

COMME TOUS LES DICTATEURS, Khomeiny mourut sans savoir à quel point sa révolution et l'islamisation qui s'ensuivit gâchèrent la vie des Iraniens. Pas seulement celle des citadins, mais aussi celle des gens du désert et des habitants des montagnes qui n'avaient jamais mis les pieds en ville, qui n'avaient même pas de routes menant à la ville, ni de cartes où figurait la capitale du pays et, s'ils en avaient eu, auraient été bien incapables de les lire puisqu'ils étaient illettrés.

Autrefois, pendant le règne du chah, l'Armée du savoir et de la santé allait instruire les habitants des localités les plus reculées, mais depuis lors les gardiens de la révolution ne s'y aventuraient que pour recruter des soldats. Razan sentit venir le danger dès 1979 quand les membres de l'Armée du savoir qui venaient au village depuis des années et que l'on considérait quasiment comme des locaux – l'un de ces professeurs ayant même épousé une fille d'ici – partirent en ville toucher leur salaire annuel pour ne jamais revenir. Personne ne savait au juste quelle était la nature du danger, mais le départ définitif de cinq enseignants ne présageait rien de bon. La petite de celui qui s'était marié n'était déjà plus une fillette lorsqu'un matin de 1986, on entendit crisser les pneus d'un véhicule dans tout le village, ce qui eut pour résultat d'attirer ses habitants encore ensommeillés, mais néanmoins terrifiés sur la place. Là, ils virent l'un des cinq anciens professeurs arriver dans un véhicule couvert de boue en leur faisant signe de la main. Ils ne le reconnurent pas tout de suite. Il était accompagné d'une escorte de trois hommes armés qui arboraient des barbes broussailleuses et se trouvaient à bord de voitures de police. Ils étaient tous vêtus d'uniformes kaki identiques et portaient de gros fusils en bandoulière. Le sourire aux lèvres, le professeur descendit de son véhicule en lançant des salutations à la cantonade et s'avança vers les villageois. Il alla serrer la main de l'un d'eux et lui chuchota discrètement :

— C'est moi, Bahram !

Au même instant, l'un des soldats lui dit :

— Hossein, mon frère, on est enfin arrivés ?

— Oui, c'est ici, mes frères, répondit Bahram, désormais connu sous le nom de Hossein*.

Il se tourna alors vers les gens de Razan et leur présenta ses compagnons :

— Voici mes frères d'armes.

— Frères ? Combattants ? demandèrent les habitants déconcertés par cette étrange visite et ces non moins étranges paroles.

— Mes frères d'armes dans la guerre pour l'Islam ! Mes frères de religion ! répondit Bahram en donnant une grande claque dans le dos d'un vieil homme.

* Hossein est un prénom musulman et chiite alors que Bahram est persan. (NdA)

— La guerre ? répétèrent les villageois comme un seul homme, horrifiés.

— Oui, la guerre entre l'Iran et l'Irak ! Quoi, vous n'êtes pas au courant ? Vous n'avez pas entendu parler de la révolution islamique ? L'*ayatollah Khomeiny*, ça ne vous dit rien ? !

Comme nous nous étions intentionnellement abstenus de transmettre les nouvelles de ce qui se passait à Téhéran aux habitants de la région, ils n'eurent vent de la révolution islamique de 1979 que sept ans après, par l'entremise du professeur-devenu-barbu-et-gardien-de-la-révolution. Il leur apprit aussi ce qu'étaient devenus les quatre autres enseignants de l'Armée du savoir : l'un avait été exécuté parce qu'il faisait partie des moudjahidine du peuple, un autre était mort au combat dès son premier jour au front, le troisième avait trahi l'Islam et son pays en fuyant à l'étranger. Enfin, le quatrième avait été condamné par un juge religieux, puis lapidé avec la femme dont il était tombé amoureux alors qu'elle n'était pas encore officiellement divorcée.

Les villageois étaient des âmes simples ; pour eux, les plus grandes épreuves de la vie, c'étaient les forces naturelles et surnaturelles qui occupaient les forêts et les prairies des alentours – il fallait s'en accommoder et trouver une forme d'équilibre avec elles. Ils restèrent abasourdis par cette avalanche de nouvelles effrayantes. Ils ne surent ni comment réagir ni à quoi réagir. À la révolution ? à l'islamisation ? à la guerre ou aux lois religieuses qui avaient toujours été édictées d'une tout autre façon ?

La visite de Hossein et de ses camarades soldats dura une semaine ; elle fit plaisir à son épouse et à sa fille, mais quels ne furent pas le choc et l'horreur des habitants de la région quand ils surent tout ce qui s'était passé à Téhéran pendant son absence ! Il leur raconta brièvement que, sept ans plus tôt, les gens étaient descendus dans la rue en scandant « Mort au chah ! » et « Mort à l'Amérique ! ». Le chah et sa famille avaient donc fui l'Iran et sa sainteté l'ayatollah al-Amzi Imam Rouhollah al-Musavi al-Khomeiny était rentré de son exil en France. La sainte République islamique d'Iran avait alors remplacé le régime tyrannique de Pahlavi puisqu'elle avait remporté quatre-vingt-dix-huit pour cent des suffrages populaires. Les dirigeants de l'ancien régime avaient été mis à mort. Ensuite, tous ceux qui s'opposaient encore à la République islamique avaient été arrêtés et incarcérés. L'ayatollah Khomeiny avait décrété que les Iraniens bénéficieraient de logements gratuits et n'auraient plus à payer l'accès à l'eau et à l'électricité, et aussi que les femmes devraient porter le voile. Le Guide suprême avait également ordonné la fin des relations avec les États-Unis et les autres pays bourgeois. Hossein expliqua aux villageois de Razan que l'Irak venait d'envahir l'Iran et qu'à présent tous les hommes, jeunes et vieux, et même les enfants, étaient au front où ils se battaient pour la sauvegarde du saint État islamique. Perdu dans ce flot de nouvelles, seul un vieux du village osa demander :

— C'est où l'Irak, en fait ? Et qui est l'Amérique ?

Si Hossein et ses compagnons avaient su que la voix plaintive du chanteur de guerre Kuwaitipour gagnerait aussi rapidement le cœur simple et candide des villageois lorsqu'elle entonna « *Mohamed tu n'y étais pas/Tu n'as pas vu la destruction/Une fois la ville libérée/Le sang que tes camarades ont versé/a porté ses fruits* », ils ne se seraient pas donné la peine de passer sept jours et sept nuits à chanter les louanges de la révolution et de la sainte République islamique pour édifier les pauvres et faibles esprits de Razan : soudain tout feu tout flamme, les jeunes hommes du village se marchèrent littéralement dessus pour s'enrôler les uns après les autres et goûter au doux nectar du martyre ! Le lamento geignard de Kuwaitipour était si émouvant, déchirant même, qu'avant d'avoir écouté la cassette une deuxième fois, les adolescents hébétés et larmoyants – dont les plus âgés n'avaient pas plus de seize ans – formaient déjà une file d'attente pour recevoir une bande de tissu kaki des mains de Hossein. Ce bandeau sur lequel était écrit « *Combattre, combattre jusqu'à la victoire, Ô Sarallah**, *le chemin de la sainteté passe par Karbala et mort à l'Amérique !* », ils s'en ceignirent le front et ils reçurent aussi des bottes trop grandes pour eux, qu'ils devraient porter en l'honneur de la guerre jusqu'à ce qu'elles leur soient enlevées le jour de leur martyre.

Les chants et les histoires de Hossein et de ses compagnons évoquant les sauvetages mystiques menés par l'imam Zaman étaient si captivants que plusieurs garçons du village au cœur simple les prirent pour argent comptant. Eux qui n'avaient jamais vu une route asphaltée et encore moins une voiture, une ville ou des armes crurent alors qu'il leur suffirait de jeûner pendant quarante jours et de faire leurs ablutions pour voir l'imam Zaman venir à leur rencontre sur son cheval blanc et leur accorder leur souhait le plus fou. Les corps de ces adolescents, que deux jeûnes de quarante jours auraient allégés de quinze kilos, seraient pulvérisés en quarante lambeaux de chair par l'artillerie irakienne – envolé, leur rêve de voir l'imam Zaman et de lui dire que leur unique vœu était de survivre aux horreurs de la guerre !

* Ce qui signifie « le sang de Dieu », en arabe. (NdA)

Pour les villageois, le monde fut soudain terni par l'ombre du soupçon. Au bout de quelques mois à peine, Hossein revint, la barbe plus broussailleuse, l'air plus dur, et ses compagnons d'armes ne prirent même plus le temps de chanter les louanges de la révolution et de l'Islam pour gagner le cœur des jeunes. Au beau milieu d'une nuit pluvieuse, ils débarquèrent à Razan, trempés, boueux, irascibles et affamés après avoir coupé par la forêt, ses chemins de traverse, ses buissons épineux et ses marais. Ils allèrent directement d'une maison à l'autre, cognant aux portes avec la crosse de leurs fusils et forçant tous les villageois qu'ils trouvaient à monter dans leurs fourgons sous la menace de leur arme pour les emmener. Quand les premiers coups de feu déchirèrent le sommeil paisible du village, quand la peur se logea brutalement dans le cœur de ses habitants, le silence se fit soudain. Les moineaux s'immobilisèrent et, la queue entre les jambes, les chiens allèrent se terrer derrière les maisons. La crête des coqs se ratatina, le pis des vaches et des moutons s'assécha sous l'effet de la peur.

Entre le jour où Hossein et ses compagnons étaient arrivés chez nous pour la première fois – nous prenant tous par surprise – et leur retour quelques mois plus tard, tous les hommes en âge de porter un fusil sur l'épaule quittèrent Razan. Les seuls qui échappèrent à cet enrôlement étaient ceux qui s'étaient cachés dans la forêt avec la complicité des femmes du village. Personne ne savait où ils se trouvaient sauf elles, qui allaient les rejoindre de temps à autre et revenaient enceintes. Issa faisait partie de ces jeunes fuyards, sa grand-mère l'aida à rester dans les bois jusqu'à la fin de la guerre. Sohrab aussi.

Et dire que nous étions venus jusqu'ici pour échapper à Téhéran, pour trouver un refuge ! Plus que tous les autres, nous étions au désespoir. Nous vîmes tous nos rêves d'une vie tranquille et à l'abri du danger s'évanouir à l'instant où Hossein et sa meute arrivèrent. Ils se présentèrent chez nous à l'improviste pour emmener Sohrab, mais nous avions réussi à l'envoyer dans la forêt quelques minutes plus tôt et nous niâmes son existence. L'expression qui se peignit sur leurs traits montrait clairement qu'ils ne nous croyaient pas. À ce moment-là, nous pensions encore avoir une chance de leur échapper. C'était sans espoir.

Quand cette guerre insatiable, avide de chair à canon, prendrait-elle fin ? Les femmes priaient pour ne donner naissance qu'à des filles ou ne pas concevoir d'enfant jusqu'à ce qu'elle soit terminée. Aucun de ceux qui étaient partis au front n'en revint. Même leurs dépouilles n'en revinrent pas. Il fallut attendre un an après l'enrôlement forcé de nos hommes pour voir apparaître un groupe de femmes vêtues d'un tchador et d'émissaires armés de la Fondation des martyrs et vétérans – ils étaient envoyés par Hossein. Ils apportaient plusieurs sacs de riz, des boîtes d'huile végétale et des horloges murales et quand ils se présentèrent aux familles de Razan, ils furent accueillis avec des sourires, du thé et des douceurs jusqu'au moment où ils leur annoncèrent que leurs fils, leurs frères ou leurs époux étaient morts en martyrs. À peine les villageois avaient-ils entamé l'une de ces douceurs que les émissaires laissaient échapper sans réfléchir :

— Répandez la bonne nouvelle, vos enfants ont rejoint les Quatorze Immaculés* !

* Soit les douze imams chiites, le prophète Mohamed et sa fille Fatima. Dans l'Islam chiite, ces quatorze individus sont immaculés et infaillibles au péché car ils sont les envoyés de Dieu. (NdA)

Le choc était si grand que les villageois ne savaient pas s'ils devaient avaler ce qu'ils avaient dans la bouche ou le cracher au visage de ces funestes messagers. Ils éclataient en sanglots. Ils gémissaient, se griffaient le visage et se mettaient aussitôt à porter le deuil. Le monde qui était si coloré avant l'arrivée de Hossein vira soudain au noir. Mais après avoir retourné leurs sacs et le coffre de leurs véhicules pour retrouver les plaques de martyrs qu'ils devaient donner aux familles, les émissaires de la Fondation des martyrs et vétérans s'aperçurent qu'ils avaient complètement oublié de les emporter. Ils reprirent les provisions qu'ils avaient distribuées en expliquant aux familles qu'ils s'étaient trompés, ce n'était pas le bon village, puis ils leur laissèrent les horloges murales et quelques excuses. Sur ce, ils sautèrent dans leurs véhicules et s'éloignèrent aussi vite que la piste le permettait pour disparaître derrière les fourrés et les arbres. Il se passerait des années avant que Hossein ne revienne à Razan et, cette fois-ci, ce serait avec des tronçonneuses.

Il ne resta que les horloges de la Fondation des martyrs pour égrener les minutes, accrochées aux murs de la désolation, et rappeler aux gens que même si le temps passait et même si toutes les horloges du village carillonnaient à l'unisson, rien ne leur ramènerait leurs hommes.

Quelques mois plus tard, un matin comme les autres à exactement 9 h 24 et trois secondes en cette année 1988, à l'instant où un homme qui respirait la tristesse arrivait au village, un sac plein de plaques de martyrs sur l'épaule, toutes les horloges de la Fondation se mirent en sommeil.

Malgré les années qui s'écoulèrent sans que Hossein ne remette les pieds à Razan – il ne revenait même pas voir sa femme et sa fille –, son ombre continua à planer sur le village. Peu après l'enrôlement forcé des villageois et la lamentable visite de la Fondation des martyrs, le rêve de l'un des enfants de Razan devint réalité. Ce jour-là, un mollah descendit de la Jeep qui s'était arrêtée sur la place du village ; il tenait un gros mégaphone en métal et il pénétra dans le tekiyeh*, en souillant les marches du Saqa Néfar** avec ses chaussures boueuses. Ensuite, il se tourna vers le village, souffla plusieurs fois dans son porte-voix et se mit à crier à pleins poumons :

— Habitants de Razan, vous qui avez élevé des martyrs, je vous demande votre attention ! Habitants de Razan, vous qui avez élevé des martyrs, je vous demande votre attention ! Le Guide suprême de la révolution islamique a décrété que dorénavant chaque livre, cassette audio et discours enregistré devra être examiné pour permettre l'éradication de tout ce qui va à l'encontre de la révolution ou de l'Islam ! Par conséquent, tous les villageois devront remettre immédiatement l'ensemble des livres et des cassettes qu'ils gardent dans leurs maisons pour qu'on puisse vérifier leur qualité islamique !

Quand il avait parlé de livres, les villageois, dont le cœur s'était brisé à chaque mention des martyrs invoquant le souvenir cruel de leurs enfants disparus, ne purent s'empêcher de jeter un regard du côté de notre maison – la maison d'une famille que des voies mystérieuses avaient menée jusqu'à Razan, d'une famille qui

---

* Espace religieux où l'on joue des pièces de théâtre (*taz'ieh*), sorte de mystères de la Passion qui mettent en scène la mort de Hassan et de Hossein à Karbala. (NdA)

** Dans le Mazandéran, ces espaces religieux sont situés à proximité des mosquées. Aussi appelés *hosseiniyeh* (une salle de la congrégation consacrée aux cérémonies commémoratives chiites), ils sont généralement dédiés à Abu Fazl. (NdA)

avait cru trouver ici le sanctuaire et la sérénité espérés par un matin brumeux de 1979.

Sur la seule colline surplombant le village, notre maison reconstruite ne manquait pas d'attirer les regards des nouveaux venus. Elle n'échappait certainement pas à leur attention, peut-être était-elle d'ailleurs la raison même de leur venue à Razan. Comme ils l'avaient fait par le passé, ils traversèrent notre verger et entrèrent chez nous sans s'être annoncés. Mais nous avions entendu le mégaphone, ce qui nous avait juste laissé le temps d'expédier Sohrab dans la forêt avec deux sacs pleins de livres traitant de politique. Quelques minutes plus tard, les bottes des intrus tachaient de boue nos tapis anciens tissés à la main. Ils ne se donnèrent même pas la peine d'examiner les livres restants qu'ils fourrèrent tous dans des sacs en toile pour les emporter. Et une fois dans la Jeep, le mollah ne le regarda même pas quand il ordonna à Papa :

— Sois sur la place dans une heure.

Comme elle se refusait à mettre un voile pour quitter le verger, Maman fut la seule à ne pas venir, mais une heure plus tard, nous étions sur la place de Razan aux côtés des villageois. Nous vîmes alors le mollah debout à l'arrière de la Jeep, en train de hurler d'une voix si forte que le mégaphone était superflu.

— Des livres pernicieux ! Des livres contre Dieu et contre le Coran ! Des livres contre la révolution !

Il s'empara des livres de Papa, les sortit par poignées des sacs en toile et les jeta par terre avant de reprendre la parole.

— Le Guide suprême de la révolution a ordonné une révolution culturelle ! Nous ne devons pas permettre que des livres sataniques pervertissent l'esprit des simples gens !

Ensuite, avec l'aide d'autres gardiens de la révolution, il déversa des brassées entières de livres au milieu de la place. L'un des hommes, qui était plus jeune que les autres, s'approcha nonchalamment avec un gros bidon d'essence qu'il avait pris dans le véhicule et le vida sur le tas de livres. Ses camarades se postèrent près du bûcher, leurs fusils dressés et tournés vers nous, le peuple. Je jetai un regard à Papa dont le visage s'était empourpré ; je l'entendis grincer des dents et je lançai un coup d'œil à Beeta qui serrait sa main dans la sienne en se rongeant les ongles. Quand le jeune homme encore imberbe commença à asperger les livres, l'assemblée des villageois laissa échapper un soupir collectif. Eux qui ne savaient ni lire ni écrire, ils avaient quand même entendu la plainte innocente des œuvres qu'on allait immoler. Inquiets, tous se tournèrent vers mon père qui avait su gagner leur cœur et leur confiance dès le premier jour.

En s'époumonant inutilement dans son mégaphone, peut-être dans l'espoir d'insuffler sa haine et sa colère aux lézards qui se trouvaient aux confins de la forêt, le mollah se tourna vers Papa.

— Nous avons engendré des martyrs... nous avons mené une révolution... Nous avons juré sur le Coran de protéger la pureté du sang de nos martyrs et de ne pas laisser l'ennemi pénétrer dans nos maisons... de ne pas laisser le diable s'insinuer dans l'esprit des gens au cœur simple. Au nom du Guide suprême de la révolution, je vais mettre le feu à ces livres porteurs de perversion pour rappeler à tous que, comme il a été dit quand l'Islam est né, nous n'avons besoin d'aucun autre livre, seul le Coran peut nous guider et nous délivrer du mal !

Sur ces mots, d'un geste lent qui resterait à jamais gravé dans ma mémoire, il prit une allumette, la craqua et la jeta sur le tas de livres. Dans un souffle assourdi, les flammes se mirent à ondoyer sur les pages en commençant par consumer les livres anciens dont le papier bruni sentait si bon. Je garde un souvenir vivace de la façon dont *Le Cœur de Danko* s'embrasa d'un coup et je revois les flammèches qui gagnèrent ensuite la jupe de la Luce de Romain Rolland ; sous mes yeux, Luce essaya d'éteindre le feu qui s'emparait d'elle en serrant Pierre tout contre son cœur. Je regardai le brasier consumer d'autres amants enlacés – Pierre et Natacha, Heathcliff et Catherine Earnshaw, Scarlett O'Hara et Rhett Butler, Elizabeth et Mr Darcy, Abélard et Héloïse, Tristan et Iseult, Salaman et Absal, Wis et Ramin, Vamegh et Azra, Zohre et Manouchehr, Shirin et Farhad, Layla et Majnûn, Arthur et Gemma, la Rose et le Petit Prince – sans leur laisser le temps d'échanger un dernier baiser ou de se chuchoter un dernier « Je t'aime ».

Oh ! Remedios la Belle et ses draps blancs, les délicates ailes jaunes des papillons de Mauricio Babilonia ainsi que le grincement obstiné des pagaies de Huckleberry Finn et son radeau se désintégrèrent dans la fournaise et partirent en fumée comme s'ils n'avaient jamais existé. Comme si aucun être humain n'avait jamais eu besoin d'amour ou de vérité, d'histoire ou de sagesse, d'aventures ou de connaissances. Comme si les humains n'avaient plus envie de rien. Peut-être n'aspiraient-ils qu'à se réfugier dans le silence, à l'abri des hordes révolutionnaires qui s'en prenaient même aux habitants des forêts les plus reculées du Mazandéran – des forêts qui, disait-on, avaient résisté au joug arabe pendant deux siècles entiers lors la première conquête arabo-islamique de la Perse. Un coin à soi au bout du monde, loin de la violence, de l'oppression et de l'ignorance des autres, n'est-ce pas le plus humain des rêves ? Papa n'aspirait à rien d'autre, lui non plus, mais en l'entendant continuer à grincer des dents, mon cœur se déchirait et mon âme saignait. Les flammes s'élancèrent vers le ciel, éclairant les visages barbus du mollah et des trois gardiens de la révolution qui restaient tout près du bûcher pour se tenir chaud. Nul ne souffla mot. Ni le mollah ni les villageois, pas même Papa. Le souffle incandescent engloutissait les ouvrages reliés et des livres de poche avec une telle puissance que personne ne pouvait détacher son regard de l'autodafé.

L'*Histoire de la civilisation* de Will Durant, les cinq volumes de la *Philosophie* de Platon, l'*Histoire du Conquérant du monde* d'Ata-Malik Juvaini, l'*Histoire de Baïhaqi*, la *Chronique de Tabarí*, le *Yi Jing* et *L'Idiot* brûlaient, avec *Cent Ans de solitude*, *Nina*, *Rebecca*, *Croc-Blanc* et un exemplaire de *Et l'acier fut trempé*. J'entendis les hurlements solitaires de Rebecca, et les protestations du colonel Aureliano Buendia qui confiait à Ursula, écœuré : « Dans toute ma tyrannie, je ne suis jamais allé jusque-là. » Je vis André Breton, grand iconoclaste devant l'Éternel, s'en prendre encore et encore aux prêtes et à l'Église sans se laisser abattre par la combustion. La ferme des animaux se consumait : les vaches, les ânes, les porcs, les chiens et les chevaux poussaient des cris stridents, une odeur de chair rôtie se répandit dans le village de Razan, mais le mollah et ses acolytes ne sentaient rien.

Le Vieil Homme et la Mer, *Le Petit Poisson noir*, *Talkhun*, *Ulduz and the Crows*, *Vent d'est, vent d'ouest*, l'*Iliade* et l'*Odyssée*, *Antigone*, *Pour qui sonne le glas*, *Hamlet*, *La Divine Comédie*, *La Terre vaine*, *Le Rouge et le Noir*, *Zorba le Grec*, le *Mahabharata*, le *Gulistan*, le *Masnavi*, les poèmes de Hafez, les livres de Hallâj, *Crime et Châtiment*, *L'Étranger*, *Le Prince*, *La Chouette aveugle*, *Le Château*, *La Dernière*

Tentation du Christ. Toutes ces voix, tous ces livres étaient le corps et l'âme de chaque membre de notre famille – ils étaient nos bras, nos cœurs, nos cheveux, nos rêves, nos yeux, nos lèvres. Après les târs de Papa – qui étaient nos oreilles, notre esprit et notre âme –, après mon embrasement, voilà que les livres périssaient aussi par le feu. Nous avions perdu et nos membres et notre voix.

Incapables d'endurer plus longtemps les douloureuses plaintes de Shakespeare et de Rûmi, de Hafez et de Confucius, de Zoroastre, de Bouddha et de Khayyâm, nous repartîmes vers notre maison. En nous éloignant de la place du village, alors que nous nous dirigions vers la ruelle, puis le sentier qui escaladait notre verger, je vis de mes propres yeux les nombreuses mèches grises qui étaient apparues dans la chevelure de mon père. Après cette scène, aucun d'entre nous ne dit plus rien pendant sept jours. Debout sur la terrasse, en regardant les lueurs et la fumée du brasier se répandre dans la vallée, tandis que la brise chassait au loin l'odeur de brûlé des pages de *The Feather* de Charlotte Mary Matheson, même Maman se mit à pleurer. Pendant ce temps, Sohrab surveillait les environs, embusqué au sommet d'un arbre, à bonne distance de chez nous. Soudain, toute joie avait déserté la maison. Elle redevint silencieuse. Vide. Creuse.

Après cette semaine de mutisme, c'est Papa qui rompit le silence. Il arriva au salon avec quatre cahiers de cent pages sous le bras et des stylos noirs, bleus et rouges. Il nous annonça que nous devions nous mettre à écrire. Nous le regardâmes comme s'il avait perdu la tête, mais par respect, nous prîmes les cahiers qu'il nous tendait. Nous écoutâmes ses explications en ouvrant des yeux gros comme des soucoupes.

— Écrivez. Écrivez tout ce qui vous revient en mémoire. Les personnages des romans, leurs amours, leurs guerres, leurs paix, leur aventures, leurs haines et leurs trahisons... Écrivez absolument tout ce qu'il vous reste de ces livres.

Et c'est ce que nous fîmes. De matin au soir pendant quarante jours, à l'exclusion de toute autre activité, nous fîmes courir nos stylos sur le papier. Les jours passèrent ; assis à nos bureaux, tristes et silencieux, nous essayions de décider par où, par quel livre, commencer. Peu à peu les personnages revinrent à la vie et reprirent le cours de leurs aventures, de leurs amours. La résurrection des personnages et de leurs auteurs, des poètes et des philosophes, des mystiques, des compositeurs et des peintres, les voix et les mélodies, les murmures, les chuchotis et les rires s'invitèrent subrepticement sous notre toit. Une fois de plus, notre foyer retrouva un peu de poésie et de lumière. La musique et les strophes porteuses d'espoir revinrent à leur tour. Beeta se rappela quelques citations de Rûmi qu'elle récita d'une voix animée :

Ni esclaves de la vertu ni de ceux que ruine l'ivresse
Ni ici ni là-bas, nul ne peut dire d'où nous sommes
Tel Halladj nous ne craignons pas l'échafaud
Et la connaissance affolante de l'amour fait de nous des dieux.

Sohrab se souvint des passages de *La Ferme des animaux* et écrivit : « Tous les animaux sont égaux mais certains sont plus égaux que d'autres. » Ensuite, Maman retrouva une phrase de Scarlett O'Hara et dit :

— Après tout, demain est un autre jour.

Papa écrivit quelques vers de Charles Baudelaire : « Il faut être toujours ivre... Mais de quoi ? De vin, de poésie ou de vertu, à votre guise. Mais enivrez-vous. »

À partir de ce jour et jusqu'à l'arrestation inopinée de Sohrab, une fenêtre de joie et d'espoir s'ouvrit dans notre maison même si nous savions à quel point le souhait de Papa – consigner les grandes œuvres de la littérature dans les quatre cents pages de nos cahiers bon marché – était dérisoire. Jour et nuit, penchés sur le papier, tout en reconstituant le contenu de romans et d'ouvrages historiques traitant de la Perse antique, de philosophies mystiques et laïques, tout en écrivant les vers des grands poètes, nous sentions une sorte de désespoir s'insinuer dans chaque cellule de notre être. En couchant les mots sur le papier, nous comprîmes peu à peu que, contrairement à ce que pensait Papa, la culture, le savoir et l'art reculent face à la violence, face à la brutalité du glaive et du feu – et qu'au cours des années qui suivent l'annihilation de ses œuvres, la civilisation réduite au silence n'engendre plus rien. Des années qui ressemblaient peut-être à cette période de notre passé qu'on appelle « les deux siècles de silence* ».

* Référence à l'ouvrage éponyme de l'érudit Abdolhossein Zarrinkoub, qui relate les événements et la situation du pays après la conquête arabo-musulmane de la Perse, au VIIe siècle apr. J.-C. (NdA)

9

SI NOUS VENONS À MOURIR EN LAISSANT NOS ENFANTS SEULS et sans défense, ils reçoivent le nom d'orphelins, mais quand nos enfants meurent et nous laissent seules et sans défense, quel nom y a-t-il pour nous ? songeaient les mamans des martyrs. Aussi se donnèrent-elles le nom de « mamans orphelines ». Des mamans laissées orphelines par leurs enfants.

Le souvenir de la malencontreuse visite des émissaires de la Fondation des martyrs commençait enfin à s'effacer quand Razan, sous ses apparences paisibles, fut à nouveau frappé au cœur. Soudain, ce cœur s'avéra n'être qu'une plaie béante, un immense cimetière à ciel ouvert, un cimetière assez vaste pour contenir les souvenirs, les espoirs et les rêves anéantis, un cimetière aussi profond que le passé, le présent et l'avenir. Dans les jours et les mois qui avaient suivi le blizzard et la fin de la guerre Iran-Irak, nous n'avions reçu aucune nouvelle des vétérans, aucune aide n'était venue de la capitale de la province ou de Téhéran, tout le monde avait oublié jusqu'à l'existence des habitants de Razan. Si le fantôme d'Effat n'était pas apparu dans ma cabane pour nous permettre de secourir les villageois grâce au trésor des zoroastriens, Razan serait resté un tas de ruines. Ailleurs dans le pays, les combats avaient pris fin, les soldats qui étaient revenus du front se disputaient les emplois et s'arrachaient les honneurs et les rétributions de la guerre. Ils n'avaient pas le temps de penser aux campagnes, et encore moins à une localité si reculée qu'elle ne figurait sur aucune carte d'aucun pays, de celles où seuls les âmes vagabondes et en mal d'amour venaient se perdre. Occupées à féliciter ceux qui avaient décroché un poste, à organiser des cérémonies d'inauguration, à mener des transactions commerciales, à ordonner la démolition et la construction d'immeubles dans les villes, les autorités n'envoyèrent d'autres nouvelles à Razan que l'annonce des morts, des disparitions et les noms des soldats faits prisonniers.

C'est au cours cette période de son histoire qu'un homme aux yeux tristes et au sac pesant arriva au village. De ce sac, il sortit deux pleines poignées de plaques rouillées qu'il tendit au deuxième devin, puis il s'en repartit comme il était venu, sans bonjour ni au revoir. Se rappelant soudain qu'il le connaissait autrefois, le devin lui demanda pourquoi il s'était donné la peine de venir nous livrer ces plaques. Le messager aux yeux tristes ne pensait pas qu'on se souviendrait de lui.

— C'est une longue histoire, vous n'auriez pas la patience de l'écouter jusqu'au bout, dit-il avant de reprendre sa route.

Le devin le suivit pourtant d'un pas lent et tranquille.

— Ton regard est devenu aussi triste que celui de l'homme que tu as tué, fit-il observer en lui tendant une cigarette roulée.

L'inconnu s'arrêta. Il n'était pas étonné par ces paroles. Il fuma tranquillement la cigarette qu'on lui avait offerte, puis il jeta le mégot et l'écrasa. Il s'éloigna d'un pas, se retourna et dit au devin :

— Les héritages se transmettent ordinairement de père en fils, mais il arrive aussi qu'un pauvre fou transmettre le sien à un autre.

Les gens ne surent que faire des plaques rouillées. Ils venaient de célébrer la construction de leurs nouvelles maisons et le mariage de leurs filles. Peut-être y avait-il du vrai dans leur adage : pour chaque mariage, il y a un deuil. Leurs jeunes fils leur avaient été enlevés et en retour ils avaient reçu un morceau de métal. Aussi décidèrent-ils d'aller leur rendre hommage sur un vaste terrain, munis du dernier objet qu'il leur restait en souvenir d'eux. Chacune des mères creusa un trou dans le sol, elles y déposèrent un vêtement, une chaussure, un doudou en chiffon ou un pantin de bois et les recouvrirent de terre. Ensuite, chacune accrocha sa plaque de martyr au tronc d'un jeune arbre avec une des clochettes en or qu'on attache traditionnellement aux chevilles des enfants pour éviter qu'ils ne se perdent et elles plantèrent ces arbrisseaux sur la tombe de leurs fils. Des années plus tard, au milieu des fleurs roses et blanches des arbres à soie au parfum enivrant, les plaques et les clochettes aideraient les mamans à entretenir le souvenir des jeunes hommes de Razan, *ding-el-ling, ding-el-ling... nous gambadons toujours, nos pieds se promènent ici et là.* Aucune d'entre elles ne savait que ce temps du souvenir ne viendrait jamais, ni qu'un jour, dans un avenir proche, elles rejoindraient leurs fils dans la tombe.

Âgé de cinq ans, le cadet des arrière-petits-fils du chef du village fut le premier à voir Roza traverser la place du village, sans voile et simplement vêtue d'une robe d'intérieur à motif floral qui descendait juste au-dessous des genoux. Elle marchait sans voir personne. Les villageois ne furent guère rassurés. Certains pensèrent que la mort de Sohrab lui avait fait perdre la raison. D'autres crurent qu'elle était somnambule parce qu'elle avançait d'un pas lent et régulier en regardant droit devant elle.

Quand les vieux la virent aller jusqu'à l'orée du village tête nue et dans cette tenue, ils se dirent qu'il valait mieux ne pas intervenir et continuèrent à boire tranquillement leur thé dans le café. Il n'y avait rien au bout de la route. Pas d'autre bourg, aucune maison. Rien que la forêt. Une forêt infinie au cœur de laquelle se trouvaient d'insondables profondeurs boisées dont personne ne revenait jamais, à ce qu'on disait. Roza n'était pas encore très loin de la place du village quand le seul jeune garçon qui s'était laissé influencer par les discours de Hossein et de ses acolytes pendant la guerre et se considérait donc comme un *bassidji* s'avisa de la rattraper pour lui rappeler que, dans un pays islamique, elle n'avait pas le droit de circuler ainsi devant des hommes qui n'étaient pas de sa famille. Il avait à peine fait quelques pas dans sa direction qu'il vit l'une des mères orphelines emboîter le pas à ma mère. Cette femme ne savait ni où elle allait ni pourquoi elle la suivait. Tout ce qu'elle savait, c'est qu'elle devait le faire, qu'elle voulait le faire depuis longtemps. Une force impérieuse la poussait à avancer, l'empêchant de regarder autour d'elle et de se retourner vers la maison où, il n'y a pas si longtemps, elle vivait dans le dénuement avec son fils qui comptait aujourd'hui parmi les martyrs de l'Iran. Elles quittèrent simplement Razan et, les unes après les autres, toutes les mamans orphelines s'empressèrent de les suivre. Cela jeta les villageois dans la perplexité. Les maris coururent après leurs épouses en espérant les sauver de leur folie, mais sans que l'ombre d'un sourire n'effleure leurs lèvres, elles poursuivirent leur chemin vers les confins de la forêt du Mazandéran. Là-bas, à ce qu'on dit, des papillons bleus et phosphorescents qui n'ont jamais vu la lumière éclairent la route de ceux qui se perdent. Là-bas, les innocents esprits des bois règnent en maîtres comme ils le faisaient dans un lointain passé.

Les hommes du village hâtèrent le pas pour rejoindre leurs femmes, mais après avoir marché pendant trois jours et trois nuits dans la forêt humide et moussue, ils n'avaient pas réussi à retrouver leur trace. Ils se séparèrent en plusieurs groupes, mais aucun d'entre eux ne put déceler fût-ce une empreinte sur le sol. Comme si les mamans orphelines s'étaient changées en mousse, la mousse qui recouvrait les troncs de cette forêt hyrcanienne millénaire. Comme si elles s'étaient transformées en ces papillons bleus et fluorescents qui précédèrent les hommes pendant tout le temps que dura leur expédition – à croire qu'ils cherchaient à les détourner de leurs recherches en aspergeant leurs épaules et leurs têtes d'une poussière bleue et or. Les maris avaient l'impression que leurs épouses étaient devenues la fraîche brise du matin qui effleurait leur visage et caressaient leur bras, dans la brume, au petit jour, pour les réveiller avant qu'ils ne reprennent leur quête au milieu des bois dont les arbres étaient si hauts et la voûte si dense qu'aucun rayon de soleil ne tombait sur le sol. La terre devint de plus en plus marécageuse et leurs pieds s'enfoncèrent un peu plus profondément à chaque pas. Des sangsues vinrent se coller à la peau de leurs bras, de leurs jambes, tandis que des lézards sans pattes se frayaient un chemin dans la terre qu'ils foulaient, comme stimulés par l'eau froide qui l'imprégnait.

Après avoir marché sans trêve pendant trois jours, à l'aube du quatrième jour, quand la brume se dispersa devant leurs yeux fatigués et avides de lumière, les villageois découvrirent avec horreur qu'ils se trouvaient face au dernier tigre du Mazandéran encore en vie dans cette forêt hyrcanienne. Le jeune fauve géant posa sur eux ses yeux empreints de tristesse comme s'il comprenait leur chagrin. Levant le seul fusil que Hossein et sa troupe avaient laissé au village pour défendre l'Islam et la révolution contre les moudjahidine du peuple, le jeune *bassidji* visa l'animal. Le devin eut tout juste le temps de l'empêcher d'appuyer sur la gâchette, puis il s'approcha lentement et humblement de la bête. Quelle ne fut pas la surprise des villageois harassés quand ils virent une sorte de télépathie s'établir entre le devin et le tigre, puis tous deux s'enfoncer dans les bois et disparaître. Une heure plus tard, le devin reparut et leur expliqua que le tigre était venu leur exprimer ses condoléances, à eux qui avaient perdu leurs épouses, mais qu'il leur défendait de s'aventurer plus avant dans son royaume de silence et d'obscurité. De même que le fauve avait renoncé à chercher sa femelle depuis des années, pareillement, ils devaient eux aussi accepter l'idée que leur quête était vaine.

Alors que les villageois résignés s'apprêtaient à tourner les talons pour rentrer au village, le *bassidji* qui avait tué la femelle de ce même tigre quelques années plus tôt décampa au-devant d'eux, talonné par la peur. Quand la première nuit de leur retour laissa place au jour, le *bassidji* avait disparu. Même son corps demeura introuvable. Les autres hommes ne virent que son fusil, projeté sur une branche d'arbre à plusieurs mètres du sol, le canon broyé entre les crocs du tigre, le fût et la crosse transpercés par ses mâchoires. Les villageois quittèrent les lieux sans se presser et aucun d'entre eux n'évoqua plus jamais le *bassidji*.

Pourtant, contrairement à ce qu'ils croyaient tous, ce n'était pas le tigre qui avait déchiqueté le corps du jeune homme. Le *bassidji* resterait le seul à savoir que c'étaient les djinns de la forêt. Ils l'avaient puni d'un crime insensé contre les lois de la nature – celui qu'il avait commis en tuant la dernière tigresse du Mazandéran alors qu'elle n'avait pas encore eu le temps de se reproduire et de perpétuer une espèce millénaire. La nuit précédente, tandis que les plaies à son cou s'épanchaient de leur sang dans le brouillard, le jeune *bassidji* se rappela qu'il avait lui-même tiré une balle dans le cou de la femelle enceinte, comment il l'avait dépecée alors qu'elle respirait encore frénétiquement et comment il avait versé du sel à l'intérieur de la superbe fourrure de l'animal, puis l'avait mise à sécher sous un beau soleil d'été.

Dans tous les livres anciens, il est écrit que les djinns appliquent la loi du talion. Aussi ne doit-on pas s'étonner de lire ici que le jeune *bassidji* fut écorché cette nuit-là par douze esprits des bois qui salèrent sa peau et la mirent à sécher dès le lendemain sous un beau soleil d'été. Il vit les djinns vagabonds mettre sa chair et ses os en pièces et les emporter à Razan où ils les donnèrent aux chiens du village tout comme il l'avait fait lui-même avec la chair et les os de la tigresse avant de s'en vanter auprès d'autres garçons du village. Alors qu'il était déjà mort, le *bassidji* regarda les chiens se jeter sur ses restes, déchirer et dévorer la viande. Une heure plus tard, le seul chien qui rôdait dans son quartier expulsa ce qu'il avait ingurgité près du canal, à proximité de la maison du jeune homme. Ses excréments ne tardèrent pas à se transformer en engrais sur lequel poussa un buisson odorant de menthe poivrée. Un jour, quand la mère du *bassidji* alla au bord du canal près de chez elle comme à son habitude, elle cueillit plusieurs brins de menthe, puis elle les écrasa avec de l'ail et une pincée de sel, et ajouta ce mélange à un bol de yaourt. La vieille femme qui ignorait tout ce qui s'était passé dans la forêt eut les larmes aux yeux en pensant à son fils tandis qu'elle mangeait sa délicieuse préparation aux herbes. Levant les yeux vers le ciel, elle poussa un profond soupir.

— Oh, que mon fils me manque ! Que Dieu ait pitié de lui qui aimait tant le yaourt aux herbes !

Ce jour-là, le *bassidji* comprit que Dieu avait gracié cette petite partie de lui pour laquelle sa mère avait prié, mais pas le reste, pas ce que le tigre et les djinns de la forêt avaient maudit – non, jamais !

Quelques jours après la disparition du jeune villageois, tandis que les fleurs, les champignons et les feuilles mortes de la forêt se brisaient sous le pas des mamans orphelines, tandis que les spores, les papillons et les libellules voletaient dans les airs autour de leurs têtes, les hommes s'en retournèrent au village. Les mères ne pensaient à rien. Elles ne faisaient que marcher jour et nuit. Elles ne remarquaient ni les papillons bleus qui pondaient des œufs dans leurs cheveux, ni les araignées-oiseaux qui y tissaient leurs toiles, pas plus que les libellules qui piquaient les lobes de leurs oreilles. Quand elles buvaient aux sources où s'abreuvaient aussi les écureuils, les renards et où les fleurs se désaltéraient, elles ne les voyaient pas. Elles ne virent même pas le tigre qui rôdait autour d'elles chaque nuit comme un génie protecteur. Pendant la nuit, elles laissèrent les esprits des bois qui erraient en ces lieux depuis des millénaires faire tapage autour d'elles et les djinns de la forêt fanfaronner. Elles laissèrent les pluies de mousson les mouiller et les tourbillons de feuilles les envelopper. Elles étaient sourdes et aveugles au monde, parce qu'elles n'avaient d'yeux que pour leurs fils martyrs qui les précédaient sur les sentiers dans le tintement des clochettes accrochées à leurs chevilles. Là où ils s'asseyaient, elles s'asseyaient aussi. Où ils étanchaient leur soif, elles buvaient aussi. Loin des villes, elles passèrent par des villages et traversèrent des estives ; à chaque village et à chaque pâturage, les marcheuses devenaient un peu moins nombreuses. Peut-être s'étaient-elles perdues au milieu d'autres gens, oubliant du même coup leurs souvenirs douloureux. Peut-être que, affaiblies et harassées, elles se laissaient attaquer par les chacals et les taupes carnivores. Peut-être s'étaient-elles arrêtées de marcher, transformées en troncs d'arbres et laissées mourir en souvenir de leurs fils, couvertes de mousse, de feuilles et de lucioles. Qui sait ? Peut-être suivaient-elles simplement leurs fils au sommet du plus haut des arbres pour se fondre dans l'ombre des étoiles aux côtés des tristes esprits des bois. Celles qui restaient continuaient à avancer, marchant encore et encore, sans relâche, jusqu'au jour ou Roza se retrouva seule.

Seule, depuis le départ, contrairement à toutes les autres femmes du groupe. Pas une fois elle n'avait vu Sohrab marcher devant elle ou s'installer dans les parages pour la nuit. Elle était partie parce qu'elle voulait se perdre. Elle n'avait aucune envie de s'asseoir dans sa maison reconstruite, de regarder les murs fraîchement repeints, les meubles et le tapis neufs en imaginant comment Sohrab avait pu être tué ou combien j'avais dû souffrir quand j'avais été brûlée vive. Elle ne voulait pas penser à l'avenir et aux calamités qui pourraient s'abattre sur Beeta et Hushang. Elle ne voulait plus se fuir elle-même ni échapper à son destin. Elle n'avait plus envie d'être ici, là ou ailleurs. Elle aspirait vaguement à atteindre l'état qu'elle n'avait connu qu'une fois dans sa vie, au sommet du prunier sauvage. Elle voulait se voir d'en haut, de loin.

Aussi poursuivit-elle sa route, pendant des jours et des semaines jusqu'au jour, un beau jour d'été ensoleillé pareil à tant d'autres, où elle finit par s'arrêter dans la luxuriance des montagnes, bien loin du monde, bien loin de la forêt et des gens du Mazandéran. Elle ignorait où elle se trouvait. Était-elle arrivée en Azerbaïdjan ou au Kurdistan ? Après des mois d'indifférence, elle sentait la chaleur du soleil sur sa peau et une brise ébouriffer ses cheveux couverts de toiles d'araignées, une chevelure qu'illuminaient des bébés lucioles pendant la nuit. Elle s'assit au pied d'un sidéroxylon dont le feuillage s'était teinté de rouge, de jaune et d'orange à l'automne. Elle s'endormit et fut réveillée – elle n'aurait su dire combien de jours plus tard – par une main qui lui secouait doucement l'épaule. Elle se força à ouvrir les yeux, mais ne distingua qu'une ombre informe qui s'avéra être un voyageur. Un voyageur qui avait un gros sac à dos, un visage hâlé et des yeux bleus. Il lui dit qu'il avait passé des années à sillonner les montagnes, les forêts et clairières de toute l'Asie. Il ne lui posa aucune question, il ne lui demanda même pas pourquoi une femme qui paraissait aussi jeune avait les cheveux tout gris. Il semblait se parler à lui-même. Il lui raconta qu'il s'était pris d'une passion dévorante pour les forêts iraniennes et qu'il avait passé deux ans à apprendre le persan. Sans jamais cesser de parler, il dressa sa tente, prépara un feu, puis y mit à cuire des pommes de terre et des épis de maïs. Il lui dit qu'il avait découvert le sens de la vie au contact des yogis des steppes et des montagnes indiennes, que les nomades des plaines verdoyantes du Kirghizstan lui avaient appris à monter à cheval, l'aidant ainsi à comprendre comment ne faire qu'un avec la nature. Quant au peuple qui vivait sur les hauteurs enneigées des monts Pamir, au Tadjikistan, il lui avait enseigné l'art de la frugalité. Enfin, grâce aux derviches du Pakistan et de l'Irak, il avait appris à regarder en lui-même tandis qu'en Iran il avait appréhendé l'infini et immémorial silence du désert.

Après des semaines et des mois de silence, il était si bavard que le flot de paroles se fraya un chemin dans l'esprit de Roza et que les mots retrouvèrent un sens. Sa soif de silence avait été si ardente qu'elle avait les lèvres et la langue desséchées et gonflées. Les récits du voyageur la ramenèrent peu à peu dans le monde des vivants. Ses yeux qui lui donnaient l'impression de s'être durcis dans leurs orbites s'humectèrent à nouveau. Son regard qui était resté fixe pendant ses mois retrouva sa mobilité. En voyant l'homme qui lui parlait, elle se rappela qui elle était. Horrifiée, elle s'aperçut que si elle était toujours Roza, alors il devait y avoir un Hushang, une Beeta et une Bahar quelque part. Baissant les yeux, elle regarda ses pieds. Elle ne portait toujours pas de chaussures, ses orteils et ses talons étaient entaillés et crevassés. Elle s'assit et prit son pied droit dans sa main. Le souvenir de la douleur commençait tout juste à s'insinuer dans sa mémoire quand le voyageur vint s'asseoir près d'elle avec deux bols en métal et un morceau de pain. Il ne la força pas à faire usage de ses cordes vocales. Peut-être qu'après des semaines de silence et de solitude, il lui suffisait d'avoir quelqu'un avec qui pratiquer son persan. Une fois que Roza eut vidé et léché son bol, elle le lui tendit d'un geste hésitant pour qu'il le remplisse à nouveau. Elle n'avait toujours pas fini de manger qu'il dormait et ronflait déjà dans le sac de couchage sous la tente. Elle observa le feu, puis le ciel, et une petite étincelle jaillit dans sa mémoire. Quand elle s'endormit à son tour, les étoiles étaient si basses qu'elle ne savait pas très bien si c'était leur lumière qui la réchauffait ou les dernières lueurs du feu.

Des jours et des semaines passèrent. De temps à autre, Roza marquait le pas et se demandait si c'était bien elle qui suivait cet inconnu à travers les montagnes et les déserts. Cet inconnu lui offrait un sac de couchage, un pantalon, des bottes et une veste bien chaude dès qu'elle en avait besoin. Le soir venu, au moment de lui dire bonne nuit, il contemplait en souriant les minuscules lueurs qui scintillaient dans les cheveux de Roza. Le matin, il se levait avant elle et passait un long moment à faire du yoga avant de préparer le petit déjeuner. C'était un homme qui, comme elle, n'avait aucune envie de compter les jours ou de savoir dans quelle région de quelle province ou de quel pays ils se trouvaient. Un homme qui n'aspirait qu'à se perdre au cœur de la nature, loin des autres. Tout comme elle.

Dans les premiers temps, il cherchait constamment à tester ses connaissances du persan et parlait beaucoup. Puis il cessa du jour au lendemain. Son silence respirait le calme et la tranquillité, si bien que Roza s'en accommoda très bien. Du matin au soir, ils prenaient plaisir à partager leurs repas, à cheminer ensemble et à regarder le soleil se lever et se coucher, sans mot dire. Il en fut ainsi jusqu'au jour où ils se retrouvèrent en Turquie sans l'avoir voulu. Pensant qu'ils s'étaient aventurés en terre étrangère par inadvertance, en franchissant une montagne dans un monde où l'on peut se faire tuer pour avoir mis un pied de ce côté-ci ou de ce côté-là de la frontière, ils rirent si fort que les larmes inondèrent leurs joues – au point qu'il dut s'éloigner un peu du chemin, ouvrir son pantalon et se soulager pour éviter de se faire dessus. C'est ainsi qu'après le silence, s'ouvrit un nouveau chapitre de leur relation, placé sous le signe de l'hilarité. À partir de ce jour, chaque fois qu'ils se retrouvaient dans une situation amusante, il leur suffisait d'échanger un regard pour éclater de rire. Ils se sentaient si libres dans les montagnes turques qu'un jour, oubliant presque la présence de Roza, le voyageur se déshabilla pour aller se baigner dans une source d'eau chaude qu'ils venaient de découvrir. Le seul homme que Roza avait vu nu jusqu'alors était Hushang – et encore, seulement dans la lumière blafarde que filtrait la fenêtre de leur chambre. Cela l'affecta beaucoup, car des souvenirs lointains revinrent alors la hanter. Elle contempla ses mains occupées à cuire leur déjeuner sur le feu en se disant que, jusqu'à une époque récente, elles étaient habituées à préparer à manger pour sa famille. Elle regarda ses bottes, son sac de couchage, son sweat-shirt et sa veste et s'aperçut qu'elle n'avait jamais possédé cette sorte de vêtements. Une fois encore, ses yeux se posèrent sur le corps de son compagnon de voyage qui se baignait un peu plus loin. Avec une honte soudaine, elle sentit une sensation de chaleur familière faire vibrer son corps tout entier. Tremblante, le visage empourpré, elle se leva et s'enfuit de leur campement. Ce soir-là, le voyageur la retrouva près de la rivière, entre deux grandes pierres plates, inconsciente à force d'avoir pleuré, crié et de s'être autoflagellée.

Pendant la nuit qui suivit, Roza se réveilla dans la tente, à côté de l'homme, enveloppée par les bruits de l'eau qui coulait non loin d'eux. Elle ressentait une immense fatigue physique et les blessures qu'elle s'était faites en se griffant les joues la faisaient souffrir, mais elle fut apaisée par la douce lumière des lucioles accrochées à ses cheveux sous la toile toute proche. Elle eut l'impression que la douleur physique qu'elle s'était infligée avait inexplicablement soulagé la détresse psychologique. Elle se sentait comme un ballon de baudruche qui s'est dégonflé d'un coup. Elle devinait la chaleur émanant du corps de l'homme endormi près d'elle, dans son sac de couchage. Elle se demanda combien de mois ils avaient passés à marcher ensemble ; elle ignorait jusqu'à son nom. Tout ce qu'elle savait, c'est qu'il était italien et que son père était l'alpiniste dont le corps congelé avait été retrouvé par des bergers des années après sa mort, dans les Alpes.

Elle ferma les yeux et sentit une odeur familière. L'odeur chaude et agréable de la confiance. Elle se tourna sur le côté pour voir le visage de son compagnon. Découvrant ses traits détendus par le sommeil et sa longue barbe poivre et sel qui se soulevait légèrement à chaque respiration, elle s'aperçut qu'elle n'avait jamais vraiment regardé le visage d'un homme. En voyant le léger sourire qui flottait sur ses lèvres, elle se demanda soudain s'il était réveillé et faisait simplement semblant de dormir. À cette idée, son corps tout entier se consuma de honte et elle se rencogna en toute hâte dans son sac de couchage, mais le souffle de l'homme endormi continuait à la faire frémir de désir. Elle douta de sa fidélité envers Hushang. Rien ne l'avait jamais mise à l'épreuve jusqu'alors. Roza se dégoûtait. S'enfonçant un peu plus dans son sac de couchage, elle s'endormit en pensant à son mari.

La nuit était encore bien loin d'être terminée quand elle se réveilla en sursaut. Peut-être le chant d'un coucou tout proche l'avait-il tirée de son sommeil ? Ou était-ce le hululement d'une chouette ? Roza sortit la tête de son sac de couchage et regarda son compagnon de voyage. Il dormait encore comme un enfant, il ne s'était même pas retourné. Elle avait envie de toucher sa barbe poivre et sel. Elle trouva le courage de poser les doigts dessus. C'était doux, il l'avait laissée pousser au point qu'elle était aussi longue que les cheveux de Roza. Elle se passa la main sur la tête. Après avoir marché des mois au soleil, dans le vent et sous la pluie, la tête couverte de toiles d'araignées, ses cheveux pleins d'œufs d'insectes et envahis par les lucioles étaient rêches et emmêlés. Elle se leva, trouva du shampoing, du savon et des vêtements de rechange parmi les affaires que l'homme lui avait achetées. Elle descendit à la rivière, l'air était doux et l'eau bien fraîche. Quand le froid ondoyant l'eut envahie de la tête aux pieds, elle eut beau essayer, il lui fut impossible de se rappeler la dernière fois qu'elle avait pris un bain. Elle laissa le flot froid et limpide lui laver les cheveux, chatouiller ses seins nus, encore souples, et saisir ses fesses. Dans un élan de contrition sans précédent, elle demanda pardon aux larves et autres créatures qui avaient niché dans sa chevelure pendant des mois comme autant de compagnons de voyage, puis elle les abandonna au courant de la rivière. Quand elle ressortit de l'eau, il faisait encore nuit. La chaleur du sac de couchage détendit ses muscles. Elle se recroquevilla et se laissa envelopper par la bonne odeur du savon. Pourtant, il lui fut impossible de s'endormir. Elle se demanda ce qui lui arrivait. Se tournant sur le côté, elle regarda l'homme. Son visage était si proche qu'elle sentait son souffle sur la peau. Pour la première fois, les lèvres charnues du voyageur, ses paupières et son haut front lui semblèrent beaux. Elle avait envie de s'endormir en le regardant, mais comme s'il avait senti qu'on l'observait, il ouvrit lentement les yeux.

Par la suite, elle se remémora ces moments des centaines de fois et, à la centième, elle rougissait encore de la proximité de leurs yeux ouverts – pourtant, son compagnon de voyage ne s'en était pas effrayé. Ils passèrent de longues minutes à se regarder. Roza finit par tendre la main, par poser délicatement les doigts sur sa joue et la caresser. Une sensation étrangement nouvelle s'empara de son corps et de son esprit, soudain pleins d'audace et de vivacité. Au diable, ses peurs, sa honte et ses inquiétudes ! Pour la première fois de sa vie, elle se sentit délestée de son passé.

Elle ouvrit ses bras et étreignit l'homme dont le corps ferme et encore jeune réagit à son étreinte. Leurs corps entrelacés, le parfum doux et suave de la confiance qui envahit la tente et leur souffle tendre qui ne tarda pas à s'emballer… bientôt, l'immensité du ciel nocturne s'offrit à eux entre les montagnes. Ils s'embrassèrent et se caressèrent, Roza laissa les mains expertes de l'homme explorer chaque centimètre de sa peau, la humer, l'embrasser et la dévorer. Bien serrés l'un contre l'autre, ils roulèrent sur eux-mêmes, puis hors de la tente sur l'herbe fraîche qu'éclairaient la lune et les étoiles. C'était au-delà de tout ce que Roza avait pu imaginer.

Ils continuèrent à s'embrasser et partirent à la découverte de leur topographie intime sans honte ni remords, balayant la peur et l'anxiété, délivrés de l'étau de leurs pensées ; ils s'abandonnèrent l'un à l'autre, se laissèrent emporter par l'indomptable élan du désir dont le souffle palpitant les poussa vers l'hémisphère sud de leurs corps. Ils dévalèrent la pente herbeuse, écrasant le pouliot et les myosotis sur leur passage et s'oublièrent dans les eaux limpides de la rivière. Ils se laissèrent purifier par les flots qui emportèrent leurs souvenirs et leur passé. Il plongea fougueusement en elle et elle s'agrippa avidement à lui. Plus tard, en évoquant cette nuit sauvage et transgressive dans le secret de leur cœur, ils se demanderaient l'un et l'autre combien de fois ils avaient pris du plaisir… Trois fois ? Dix fois ? Comment le savoir ?

Trempés et lovés l'un contre l'autre comme des serpents, ils se réveillèrent hors d'haleine au petit matin. S'écarter l'un de l'autre leur semblait impossible, pas encore. À nouveau, ils s'absorbèrent dans leurs étreintes passionnées ; libérés et insouciants, ils laissèrent le soleil suivre son cours habituel dans le ciel, changer l'aube en matin, monter à son zénith pour ensuite décliner jusqu'au soir. Enfin, ils se retrouvèrent tout là-haut sur les sommets de l'illumination amoureuse.

10

PLUS PERSONNE N'ÉTAIT LÀ pour profiter du confort de la maison reconstruite, de ses cinq chambres, de sa grande pièce à vivre, de sa cuisine ouverte et de son petit salon. Personne pour s'asseoir près du feu qui brûlait dans la grande cheminée en buvant du thé et en feuilletant un magazine ou en lisant un livre tout en écoutant les bruits joyeux que faisait le reste de la famille, chacun poursuivant ses rêves de son côté. Non, cette maison n'était plus le refuge d'aucun d'entre nous. Et rien n'y faisait, ni les magnifiques couchers de soleil que rehaussait le velours vert des meubles du petit salon, ni les livres dont l'immense bibliothèque était à nouveau garnie, ni le vaste verger où s'alignaient les rangées de cognassiers du Japon, de jasmin jaune et d'iris pourpre d'une telle splendeur qu'on ne se lassait pas de les contempler.

La maison était si récente qu'elle sentait encore la peinture fraîche et que les termites n'avaient eu le temps de s'attaquer à aucune des boiseries. Pour la première fois, notre logis était équipé d'une chaudière qu'on pouvait allumer quand on voulait, pour faire la vaisselle à l'eau chaude et pour s'attarder sous la douche ou dans la baignoire en porcelaine sans être houspillé à tout bout de champ par Maman parce que cela consommait du fioul et sans l'inquiéter au sujet de nos réserves d'eau chaude. Hélas, qui pouvait encore jouir de tout ce luxe ? Les calligraphies de Papa et de Grand-père, dans leurs cadres tout neufs, les tapis anciens qui avaient survécu à la neige noire et aux souris et les nouveaux rideaux en satin si agréables à regarder, tout cela ne suscitait rien d'autre que l'écœurement de Papa et de Beeta à nouveau frappés par le deuil. Oui, ils étaient écœurés par tant de beauté délaissée par sa propriétaire, par celle qui aurait dû l'admirer. Le départ de Maman fut la goutte d'eau qui leur rendit la vie insupportable à tous les deux.

Le jour de son départ, Maman avait fait le lit et ouvert les rideaux pour laisser entrer le soleil dans la chambre et briller sur le tapis aux motifs colorés. Ensuite, elle était allée à la cuisine mettre la bouilloire à chauffer sur le fourneau. Comme tous les matins, Papa était sorti au jardin cueillir des fleurs destinées à garnir les nouveaux vases en porcelaine et en cristal. En attendant que l'eau bouille, Maman était allée dans le petit salon aux meubles et aux fenêtres nouvellement habillées de velours vert ; Papa avait aussi insisté pour que les murs accueillent les portraits de leurs ancêtres. Sans ouvrir les rideaux de la fenêtre, elle s'était assise dans un fauteuil tourné vers le jardin et, par la porte vitrée, elle avait observé Papa couper les tiges des roses avec son sécateur en sifflant *Caravane* de Karevan Banan. Quelle paix, quelle fraîcheur et quelle beauté avaient alors envahi la pièce dans la lumière douce et caressante que filtraient les rideaux verts ! Notre verger, la maison et Razan avaient échappé au fléau de la mort. Apparemment, il leur était donné de continuer à vivre comme s'ils pouvaient nous oublier, moi, Bahar, et mon frère Sohrab, comme s'ils pouvaient accepter notre mort. Tout en regardant Papa, de l'autre côté de la porte vitrée, Maman se dit qu'elle pourrait tout aussi bien décider de briser enfin le maléfice funèbre qui affligeait notre maison et rire aux éclats. Après tout, malgré tout, la vie continue. Le soleil brillait toujours, Papa et Beeta étaient là et les nuits au clair de lune n'avaient rien perdu de leur beauté, une beauté si poétique qu'elle avait envie de s'oublier entre les bras de Hushang en écoutant sa voix éraillée fredonner « *Ô, douce Elahe,/Oh, sois à l'unisson de mon cœur ému...* »

À l'évocation du poème de Sohrab, un léger sourire apparut sur les lèvres de Maman.

La nuit dernière, quelqu'un est mort
Et pourtant, le pain blanc est toujours aussi bon
Et là où l'eau coule, les chevaux s'abreuvent.

À l'instant où Papa rentrait du jardin de devant pour aller dans celui de derrière cueillir des roses jaunes, Maman se leva du fauteuil en velours vert aux accoudoirs sculptés, traversa la pièce ornée d'un tapis artisanal aux teintes céladon et passa par la salle de séjour pour sortir sur la terrasse. Elle descendit tranquillement les sept marches qui menaient à la cour dallée de mosaïque, puis elle fit le premier des cent soixante-quinze pas qui la séparaient du verger, le long des rangées de cognassiers du Japon, de jasmin jaune, de buissons de genêt et de verveine. En posant le pied par terre, au bas des sept marches, elle sentit la rosée du matin qui s'était déposée sur le trèfle, la saxifrage et l'herbe mouiller ses orteils. Elle s'aperçut alors que son esprit se vidait peu à peu des noms et des pensées qui l'avaient rendue heureuse quelques instants plus tôt. Elle essaya de penser à quelque chose, n'importe quoi, mais dès qu'elle franchit la grille en fer forgé de notre petit domaine et se retrouva sur le chemin de terre qui partait vers le village, son cerveau cessa de fonctionner. Le silence se fit dans sa tête. Le vide. Lorsqu'elle traversa la place du village sous le regard perplexe des habitants de Razan, elle s'aperçut qu'elle n'arrivait même plus à penser au néant qu'abritait son crâne. Partir, c'était tout ce qu'elle pouvait faire.

Aussi, lorsque Papa rentra dans la maison avec son bouquet de roses rouges, jaunes et blanches et entendit l'eau déborder de la bouilloire et grésiller sur le fourneau, son cœur fut soudain envahi par la peur. Il alla éteindre le gaz, posa les fleurs sur le plan de travail tout neuf, puis s'en fut chercher Maman dans la chambre à coucher avant d'inspecter les autres pièces de la maison. Il réveilla Beeta pour lui demander si elle savait où était sa mère. Puis il ressortit sur la terrasse d'où il l'appela maintes et maintes fois par ce prénom qu'il avait toujours trouvé le plus poétique du monde :

— Roza ! Roza ! Roza !

Le bouquet de fleurs qu'il avait préparé ne fut jamais déposé dans un vase ; il s'étiola sur le comptoir de la cuisine. Entre ce jour et celui où elle quitterait la maison, Beeta elle-même n'oserait jamais toucher à ces tiges et à ces pétales desséchés qui se désintégreraient en poussière au moindre contact. Papa continua à appeler Maman par intermittence sans quitter le fauteuil de la terrasse pendant trois jours. Quand il se leva de son siège, ses cheveux étaient devenus tout blancs. Blancs comme la neige. Aussi soudainement que ceux de Maman après l'illumination sur le prunier sauvage.

Papa arrêta de s'occuper du jardin et de fabriquer des cadres. La seule chose dont il était capable, c'était de retourner s'installer dans le fauteuil à bascule sur la terrasse où il s'asseyait autrefois avec Sohrab, Maman et Beeta. Mais désormais c'était pour écouter le silence de la nature rompu tantôt par un roucoulement, tantôt par le meuglement d'une vache. Les mois s'écoulèrent, je venais les voir tous les jours, mais Papa et Beeta étaient méconnaissables. Ma sœur n'avait même plus le temps de repenser à ses rêves oubliés, d'enlever la poussière de ses chaussons de danse rose qui étaient devenus bien trop petits pour elle. Elle devait tout faire à la maison. Elle cuisinait. Faisait le ménage. Parlait de livres. Mettait des cassettes de Marzieh ou de Banan sur la chaîne stéréo. Elle jardinait et récitait des poèmes à haute voix :

Parfois cela
Qui mène à la vérité
Vient à manquer,
Or seule la vérité
Peut nous libérer.
Peut-être
Est-ce notre destin
Ce que nous voulons
Jamais n'obtenons.
Et si nous l'avons,
Cela nous échappe[*].

[*] Extrait de *Geh deinen Weg* (« *Va ton chemin* »), de la poétesse allemande Margot Bickel traduite en persan par Ahmad Châmlou. (NdA)

Elle faisait la vaisselle en chantant et sans cesser de parler de projets qu'elle savait pourtant aussi vains que des châteaux en Espagne. Elle se sentait obligée de parler sans cesse, car le silence était si pesant qu'il aurait facilement pu ébranler les fondations de cette solide maison toute neuve et les engloutir, Papa et elle.

Enfin, un matin comme les autres alors qu'elle faisait la vaisselle en regardant par la fenêtre de la cuisine l'herbe haute, les arbres mal taillés et les terres mal entretenues du verger, Beeta se dit que ce serait une bonne idée de ramener un peu de vie dans ce lieu déserté par tous les membres de la famille. Aussi descendit-elle au village louer les services d'un jardinier. Lorsqu'elle demanda aux habitants s'ils en connaissaient un, tous lui désignèrent la maison d'Issa. Il était peut-être le seul jeune homme de Razan qui avait échappé à la guerre et pouvait s'occuper seul de la plantation de cinq hectares. Quand Beeta traversa la place du village et s'engagea sur le chemin de sa maison, elle ignorait encore qu'elle s'apprêtait à passer une porte à laquelle personne n'avait frappé depuis des années, une porte derrière laquelle il s'était passé des choses dont on parlait encore au village. Les récits de ce qui s'était déroulé sous ce toit-là n'avaient été effacés ni par la révolution ni par la guerre contre l'Irak, l'enrôlement et le martyre des jeunes villageois, la tempête de neige noire et la transfiguration des mamans orphelines.

Le sort de certaines personnes est imprégné par la mort, tout simplement, comme d'autres voient leur destin placé sous le signe de la richesse, de la pauvreté ou de la maladie. Issa n'a pas de mère. Elle est morte en lui donnant naissance. Issa n'a pas de père non plus. Son papa a suivi le premier devin dans l'incendie de Razan et péri dans les flammes. Issa n'a plus de sœur. Sa sœur Effat qui était venue me voir dans ma cabane, celle-là même qui avait essayé d'adoucir le souvenir amer de certains événements survenus à Razan en m'indiquant où se trouvait le trésor, s'était prise de passion au premier regard pour un jeune berger qui passait au village avec un troupeau de cent têtes – et cet amour malheureux l'avait fait mourir de chagrin.

La mère d'Issa, la seule accoucheuse de Razan et des habitants des forêts reculées du Mazandéran, est morte en lui donnant la vie parce qu'elle avait rompu la promesse faite bien des années plus tôt aux djinns des bois. La jeune génération de villageois n'y verrait peut-être que superstition, mais les anciens avaient été les témoins directs de la malédiction et ils y croyaient aussi fermement qu'à l'évidence d'un soleil qui se lève toujours à l'est. Depuis l'enfance, Parvaneh, la mère d'Issa, avait des pouvoirs de guérisseuse et d'accoucheuse que lui avaient conférés les djinns. Pourquoi ? Parce que Homeyra Khatun, la mère de Parvaneh, avait un jour aperçu une petite créature de la forêt en train de boire de l'eau au puits de sa cour. L'apparence de cette jeune elfe du Mazandéran était proche de celle des humaines, mais elle avait des sabots à la place des pieds, un corps velu et elle était si sale qu'elle dégageait l'odeur putride de la mort à plusieurs mètres à la ronde. À l'aide du clou qu'elle avait dans sa main, Homeyra Khatun avait aussitôt fixé un pan de la robe de la créature au sol. Terrifiée par les objets en fer comme tous les esprits de son espèce, la petite n'aurait jamais osé se détacher. La grand-mère d'Issa baigna sa petite protégée, débarrassa sa chevelure des poux et des lentes qui l'infestaient, lui mit des habits propres et alla jusqu'à ferrer ses sabots. À compter de ce jour, la jeune créature reçut le nom de Jinni et devint la petite servante de la famille ; elle cuisinait pour Homeyra Khatun qui élevait seule ses six fils et sa fille et devait donc à la fois tenir sa maison et travailler dans la rizière.

Homeyra Khatun savait que la maman djinn cherchait Jinni, aussi ne laissait-elle pas la petite sortir dans la cour. La maman djinn essaya de retrouver sa fille pendant des années, allant d'une plantation à l'autre, d'une cour de ferme à l'autre, d'un hammam à l'autre, jusqu'au jour d'été, un jour comme tant d'autres, où elle vint à passer près de chez Homeyra Khatun et aperçut sa fille en train de vider un fourneau de ses cendres au sous-sol. La maman de la petite s'assit par terre et se mit à sangloter. Ensuite, elle alla trouver ses congénères, les djinns de la forêt, pour discuter de la meilleure façon de la délivrer des humains. L'un d'eux eut une idée et Homeyra Khatun commença aussitôt à souffrir de maux de tête. Au début, elle se dit que c'était dû à l'épuisement causé par la chaleur et les trop longues journées de travail à la rizière. Comme ses douleurs empiraient de jour en jour, sans lui laisser un instant de répit, elle fit venir le premier devin.

— Quel effet te font-ils, ces maux de tête ? lui demanda-t-il.

— J'ai l'impression qu'on me tape sur la tête avec une pelle à poussière, une pelle en cuivre, répondit Homeyra Khatun.

Le devin récita des incantations et, dès qu'il plaça un miroir devant le visage de Homeyra Khatun, il vit un djinn qui lui tapait sur le crâne avec une pelle à poussière, une pelle en cuivre. Tout en dispersant de l'encens dans la pièce, il lui expliqua ce qu'il avait vu. Avant de partir, il fixa le reflet du djinn et essaya les méthodes habituelles de dé-djinnisation. Pour finir, il déclara :

— Le sortilège qui vous a été lancé ne peut être défait que par vous-même.

Aussi, au beau milieu de la nuit, Homeyra Khatun emmena Jinni dans la cour et se mit à balayer le sol. Dès que la maman djinn entendit le frottement du balai sur la terre, elle n'eut d'autre choix que d'apparaître.

— Ah, tu connais tous nos tours ! s'écria-t-elle. J'avais l'intention de venir te proposer un marché pour que tu me rendes ma fille et voilà que tu me convoques, toi ! Tu veux me dicter les conditions de notre marché, c'est ça ?

Homeyra Khatun ne se le fit pas dire deux fois.

— Si tu veux récupérer ta fille, il te faudra conférer des pouvoirs de guérisseuse à toutes celles de ma famille, sur sept générations.

— Ouvre la bouche, ordonna la maman djinn en entendant ceci.

Homeyra Khatun fit ce qu'on lui disait et l'esprit de la forêt lui cracha dans la bouche.

— De ce jour et pour les sept générations à venir, tes filles et les filles de tes filles pourront guérir les autres avec leur salive, annonça-t-elle avant d'ajouter : Maintenant, ta part du marché.

Mais au lieu d'honorer sa promesse, Homeyra Khatun posa une condition de plus.

— Je veux que sept générations de mes filles soient les meilleures accoucheuses de Razan et des forêts avoisinantes, ainsi elles prospéreront et deviendront plus puissantes que leurs maris.

La créature des bois avait-elle le choix ?

— Donne-moi tes mains, dit-elle à la grand-mère d'Issa.

Homeyra Khatun tendit les deux mains, et l'esprit des bois cracha à nouveau.

— Voilà, dit-elle. De ce jour et pour les sept générations à venir, tes filles seront les meilleures accoucheuses de la région et vivront dans l'opulence.

À ces mots, Homeyra Khatun ôta les fers des sabots de la jeune créature avec une clé à six pans. Dès que la maman djinn put prendre sa fille par la main, elle lui dit :

— Mais puisque tu n'as pas tenu parole, prends garde ! À partir de maintenant, je serai ton ennemie et celle des sept prochaines générations de ta famille. Si tu révèles leurs pouvoirs à tes filles, le charme sera rompu. Elles devront découvrir leurs dons par elles-mêmes.

Ensuite, elle baissa sa culotte de chanvre malodorante et pissa dans le puits. Impuissante, Homeyra Khatun la regarda faire sans bouger. L'urine tomba dans l'eau, puis la maman djinn et sa petite disparurent en un clin d'œil.

De ce jour, pendant sept générations et jusqu'à maintenant, plus personne n'a touché à l'eau de ce puits. Chaque année le niveau ne cessait de monter au point que le puits débordait dans la cour, que l'eau envahissait ensuite le jardin et le verger où elle ensorcelait et intoxiquait toutes les plantes. Aussi le premier acte de vengeance de la maman djinn à l'encontre de la famille d'Issa est-il devenu un véritable problème. En attendant, Parvaneh, l'unique fille de Homeyra Khatun, ne tarda pas à découvrir ses pouvoirs. Non seulement que le simple contact de sa main soulageait les douleurs liées aux dents cariées, si bien qu'elle pouvait les extraire de la bouche des villageois en un geste indolore, mais elle savait aussi guérir une fois pour toutes les maux qui logeaient dans les articulations tordues et rouillées des vieux et des vieilles. On commençait tout juste à se passer le mot, à Razan, quand elle s'aperçut qu'elle était capable d'aider les femmes enceintes à enfanter sans douleur. Alors qu'elle était encore assez jeune pour mouiller son lit pendant la nuit, alors qu'elle ne s'endormait jamais sans tenir sa poupée en chiffon bien serrée contre elle, Parvaneh devint rapidement connue pour ses dons à Razan, dans les localités voisines et dans toutes les régions boisées qui s'étendaient au-delà.

Elle n'avait pas onze ans quand elle aida à mettre au monde son centième bébé. Son vœu de richesse étant exaucé, Homeyra Khatun voulut organiser une offrande votive de nourriture pour tous les villageois. Mais ce soir-là, une femme djinn apparut dans la chambre de Parvaneh. Comme elle avait entendu sa mère et sa grand-mère raconter des histoires d'esprits des bois, la petite sut tout de suite de qui il s'agissait.

— Qu'est-ce que tu me veux ? lui demanda-t-elle.

— Que tu respectes la tradition ! Pour chaque centaine d'accouchements d'humaines, tu dois aider une femme djinn à enfanter.

Sans avoir eu le temps de répondre, entraînée par la créature qui l'avait attrapée par le bras, Parvaneh se vit traverser le mur, puis le toit de sa maison et voler au-dessus de la forêt. Quand elles se posèrent enfin dans le sous-bois que dominait une dense canopée, la femme djinn fit claquer ses doigts. En un clin d'œil, la nuit terrifiante et noire comme la mort fut illuminée par des dizaines de torches et de bougies. Parvaneh découvrit une multitude de djinns, petits ou grands, leurs affreux visages crasseux, leurs tignasses emmêlées et leurs pieds en forme de sabots. Tous s'affairaient. L'un filait un écheveau invisible, un autre était adossé à un arbre, il apprenait d'anciennes incantations consignées dans un carnet tout aussi invisible. Un autre écrivait un mauvais sort contre les vagabonds avec l'urine d'un bébé djinn et un autre encore préparait à manger dans une grosse marmite – Parvaneh sentit son estomac se soulever tant l'odeur était abominable. Allongée par terre au milieu de cette fourmilière, une parturiente hurlait de douleur. Parvaneh, qui n'avait cessé de se répéter qu'elle refuserait d'aider les djinns, fut soudain prise de pitié. Elle s'approcha et, dès qu'elle posa la main sur le ventre de la malheureuse créature, le bébé vit le jour sans plus aucune souffrance. La mère de Jinni n'était pas loin, elle reconnut Parvaneh et son don magique. Elle n'avait pas oublié le serment qu'elle avait fait à Homeyra, mais elle ne dit rien. Quand Parvaneh eut fait ton travail, de retour dans sa chambre, elle vit la femme djinn qui était venue la chercher déposer plusieurs pelures d'oignon sous le coin du tapis.

— Voilà ton salaire. Si tu tiens ta langue et gardes le secret, demain matin, c'est une pièce d'or que tu trouveras ici. En revanche, si tu parles, tu seras sévèrement punie et il ne te restera plus que des pelures d'oignon.

Ces paroles n'étaient pas plutôt sorties de sa bouche, que l'esprit des bois disparut.

Les choses se passèrent ainsi pendant des années et, avant même de connaître l'amour, Parvaneh possédait dix hectares de rizières, vingt hectares de vergers, des centaines de poules, de coqs, de canards et d'oies – et une cuve pleine de pièces d'or dont tous, même sa mère, ignoraient la provenance. Parvaneh n'avait que seize ans lorsqu'elle tomba amoureuse de Qorban, le fils du chef du village. Leurs noces durèrent sept jours et sept nuits. Moins d'un an après la naissance de leur fille Effat, Qorban fut réveillé en pleine nuit par un cauchemar. Il avait rêvé que sa femme était morte en donnant naissance à un garçon. Il essaya de toucher Parvaneh dans le noir, mais ne la trouva pas près de lui. Sa peur grandit. Il eut beau chercher, il ne la trouvait nulle part, à croire qu'elle s'était volatilisée. L'aube était presque là, après s'être assoupi quelques minutes accablé par la fatigue et la colère, Qorban se réveilla et trouva Parvaneh endormie à sa place. Il se consumait de jalousie. Ce matin-là, il prit plusieurs pièces d'or dans la cuve et alla trouver le devin pour lui raconter ce qui s'était passé. Après avoir consulté son miroir, le devin fut en mesure de tout expliquer à Qorban.

— Tiens le compte des naissances. Après le centième accouchement, prépare-toi à voir apparaître une femme djinn. Cette nuit-là, une fois ton épouse endormie, répands de la sciure par terre. La poussière de bois adhérera à sa jupe et, grâce à mes pouvoirs, les particules scintilleront comme la Voie lactée pour te permettre de la retrouver. Mais, n'oublie pas, quoi qu'il arrive il ne faudra surtout pas te montrer.

Les semaines et les mois passèrent, puis une nuit la femme djinn revint chercher Parvaneh. Quand elle la prit par la main et l'entraîna dans le ciel, Qorban les suivit en courant jusqu'au cœur de la forêt. Caché derrière un arbre, il assistait, émerveillé, au rituel de l'accouchement lorsqu'on le poussa soudain au milieu des djinns. Les esprits des bois se mirent tous à hurler, lâchant des jurons et des imprécations dans un idiome incompréhensible et, l'instant d'après, ils disparurent. En voyant son mari, Parvaneh s'évanouit de terreur. C'est ainsi que la mère de Jinni réussit à se venger de Homeyra Khatun. Il lui avait suffi de se glisser derrière Qorban pour faire basculer le destin de tous les membres de sa famille.

Quand Parvaneh reprit connaissance, il n'y avait plus aucune trace des djinns. Elle et son mari retrouvèrent le chemin de leur maison en tâtonnant dans le noir. En son for intérieur, elle ne cessait de maudire Qorban de s'être montré assez stupide pour s'immiscer dans ses affaires et elle redoutait que la mort ne frappe mystérieusement d'un instant à l'autre. À compter de cette nuit fatale, chaque soir avant de s'endormir, Parvaneh recommanda à Qorban de prendre bien soin d'Effat si jamais les djinns lui ôtaient la vie avant le lever du jour.

Ensuite vint le premier signe de la malédiction – le premier, mais le plus sérieux : Parvaneh sentit une démangeaison à son bras gauche, une démangeaison qui ne la quitterait plus jusqu'au jour de sa mort. Comme cela continuait jour et nuit, Parvaneh comprit qu'elle n'allait pas tarder à perdre la source de sa fortune. Le deuxième signe la ramena brutalement à la réalité de ses aptitudes physiques : elle perdit son miraculeux pouvoir de guérison. Il ne lui resta plus que deux mains ordinaires, comme tout le monde, et une salive qui ne soulageait même plus les ballonnements d'une vache ou la diarrhée d'une mule. Quand le troisième signe survint, sa peur et son inquiétude étaient si grandes, qu'elle avait perdu dix kilos et s'était remise à prier Dieu – ce qu'elle n'avait plus fait depuis ses dix ans. Une nuit, une fièvre inconnue s'abattit sur son élevage de volailles et les habitants de Razan furent réveillés avant l'aube par l'odeur de leurs carcasses en décomposition. Ce matin-là, en foulant les corps putrides de ses canards, les aspergeant d'essence pour les brûler, Parvaneh savait très bien à quoi s'en tenir. Dans l'épais brouillard, assise à bonne distance du ronflement des flammes qui répandaient une odeur de bois calciné et de viande rôtie aux quatre vents, elle se dit : *Ce n'est que le début.* Bientôt, ses citronniers et ses rizières furent attaqués par des parasites qui détruisirent toute sa récolte sans toucher aux plantations des terrains alentour.

— Qu'ils prennent tout ce que nous avons ! dit Qorban pour se consoler.

Mais même si elle tomba enceinte sur les conseils de sa mère – Homeyra Khatun espérait que la naissance d'une fille la débarrasserait du mauvais œil, briserait le cycle infernal amorcé par l'intrusion de Qorban et lui assurerait une nouvelle génération d'accoucheuses-guérisseuses –, Parvaneh ne fut pas tranquille. Neuf mois plus tard, au petit matin, Issa ouvrit les yeux sur le monde et sa mère Parvaneh, qui ne possédait plus une seule parcelle de terre, ferma les siens pour toujours. Après sa mort, Qorban passa plusieurs années à chercher la cuve pleine de pièces d'or qu'il finit par retrouver au fond du puits empoisonné, remplie de pelures d'oignon. Ayant perdu sa fille qui avait donné naissance à un garçon, Homeyra Khatun espérait néanmoins qu'Effat perpétuerait la bonne fortune de la famille. Ne pourrait-elle pas regagner la confiance des djinns ainsi que toutes les terres et les richesses perdues ? Hélas, ces espoirs furent anéantis l'année suivante quand Effat s'immola par le feu. En proie à un amour funeste, elle se transforma en torche humaine avant d'avoir eu le temps de découvrir ses pouvoirs de guérisseuse et d'accoucheuse.

Au moment où elle frappa à la porte d'Issa, l'innocente Beeta qui ignorait tout de ces événements entendit un bruit insolite à travers la porte en bois, un bruit qui évoquait des glissements ou des frottements sur le sol. C'était la folle débandade des plantes et des fleurs ensorcelées du jardin de Homeyra Khatun qui, ces derniers temps, avaient fait la joie et le désespoir de son fils. Au cours des mois écoulés, l'esprit engourdi par le deuil de son père, de sa mère et de sa sœur, Issa était resté assis là, à regarder pousser la végétation, sous l'emprise hypnotique de son affolante exubérance, jusqu'au jour où Beeta vint frapper à sa porte. Issa et Homeyra Khatun – qui était devenue si vieille qu'elle ne se rappelait même plus son nom – vivaient toujours dans la maison dont le puits était envoûté par l'urine de djinn. Papa et les autres villageois leur avaient pourtant proposé de la reconstruire après la tempête de neige noire, mais Homeyra Khatun n'avait rien voulu savoir : il n'était pas question de la déloger, ni même d'autoriser les hommes à pénétrer dans la cour. À présent, la maison en pisé miteuse menaçait de s'effondrer ; résolument arcboutée sur les renforts qui l'envahissaient – un mur végétal fait de ronces, de chiendent et de mousses visqueuses qui poussait toujours plus loin leurs tentacules adhésifs et se nourrissait de l'eau du puits –, elle suffoquait, au bord de l'engloutissement. Tel était le destin de Homeyra Khatun : témoin de la mort de sa fille, elle ne possédait plus que le linceul dans lequel elle serait enterrée.

Après l'ensorcellement du puits, sa famille avait dû s'employer à élaguer la végétation qui enveloppait les murs, les fenêtres, la cour et le toit dans son foisonnement bruissant. Cependant, à la suite de la mort de Parvaneh, puis de celle d'Effat et enfin de celle de Qorban, Issa avait senti sa volonté s'affaiblir de jour en jour, au point qu'il ne touchait même plus à la faucille. Désormais, il se contentait de rester assis face à l'insupportable grésillement des plantes, des fleurs et des arbres en train de pousser, de ramper, de se glisser sur le sol. Tout cela n'en finissait pas de germer, de fleurir et de produire des fruits, juste là, sous ses yeux, des fruits que, pendant toutes ces années, ni lui ni sa grand-mère n'avaient jamais mangés.

Les habitants de Razan ne tardèrent pas à s'apercevoir qu'Issa avait contracté une forme de folie. Une folie d'un genre nouveau qui n'avait même pas encore de nom. Une addiction obsessionnelle aux bruits intolérables des plantes, aux frottements et aux grincements qui accompagnaient leur croissance obstinée, avide d'espace, un foisonnement destiné à montrer avec quelle facilité elles se jouaient des lois de la nature à l'intérieur de cette petite cour.

Un jour, dans un passé pas si lointain, Issa était allé s'asseoir devant la maison à côté d'Effat qui coiffait ses longs cheveux avec un peigne en bois. Fermant les yeux, le jeune homme avait alors écouté le chèvrefeuille se frayer un chemin du jardin à la cour, se glisser sur les marches de la petite terrasse et s'enrouler autour de ses chevilles, puis remonter le long de son dos, de ses bras et de son cou. Si Homeyra Khatun n'était pas arrivée à temps avec son désherbant à base de plantes, d'essence, de sel et de citron vert, en l'espace de quelques heures Issa n'aurait plus été qu'un arbuste ratatiné et couvert de lierre, les lianes de chèvrefeuille l'auraient envahi et des fleurs odorantes auraient fini par lui sortir des oreilles, de la bouche et du nez.

Fenêtres ouvertes ou fermées, le bruit obsédant des plantes le suivait partout et colmater les fentes autour des portes et des autres issues avec de la cire n'y changeait rien non plus. Cet éternel bruissement, cette invasion rampante et dévorante le tuait à petit feu. Personne n'y pouvait rien, ni Homeyra Khatun ni le devin, et cela continua jusqu'à l'arrivée de Beeta, qui ignorait tout du délire végétal qui s'était emparé de cette maison. Ayant frappé à plusieurs reprises, elle s'apprêtait à renoncer lorsque Issa lui ouvrit enfin sa porte. Elle découvrit alors un grand jeune homme aux yeux noisette dont le regard timide et empreint de tristesse se cachait sous de longs cheveux châtains. Elle lui expliqua ce qui l'amenait sans détour et Issa hocha la tête sans s'accorder un instant de réflexion et sans mot dire. Puis il referma la porte. C'est ainsi qu'il devint l'employé de ma sœur. À compter de ce jour il devint le jardinier d'un verger de cinq hectares et l'interprète de la langue des libellules.

Le lendemain matin à l'aube, tandis que les perles de rosée s'évaporaient lentement et s'élevaient dans les airs comme des esprits endormis, tandis que les libellules se chauffaient au soleil qui dardait ses rayons sur la terre, Beeta vit Issa élaguer à coups de faucille les hautes herbes et le chiendent qui avaient envahi le verger. Au bout d'une semaine de labeur, loin d'avoir réalisé les espoirs de ma sœur et rendu la vie à notre petite plantation, Issa semblait plutôt avoir ajouté à la pesanteur, au silence et au chagrin qui y régnaient. Aussi lui ordonna-t-elle d'embaucher cinq ouvriers de plus pour sarcler les abords des citronniers, retourner la terre et y répandre de l'engrais. Le lendemain, Beeta et Hushang furent réveillés par le tapage que faisaient les nouveaux jardiniers – deux hommes et trois femmes. Ravie d'entendre tout cela, Beeta sortit sur la terrasse en se disant : *On peut toujours compter sur les femmes pour mettre de la passion et de la vie autour d'elles.* Pourtant, Hushang ne changea rien à son comportement. Il ne faisait toujours absolument rien. Il ne participait pas aux tâches ménagères, ne lisait même pas, sans parler de construire un cadre en bois. Il demeurait assis sur la terrasse, d'où il contemplait Razan et le remue-ménage qui agitait le verger.

Beeta était contente de préparer des repas et du thé pour les six jardiniers et passait chaque jour plusieurs heures à leurs côtés. Elle allait souvent leur parler. Elle apprit ainsi à manier la faucille avec autant d'adresse qu'eux, à se servir d'une hachette et à désherber. Elle se joignit aux bavardages des jeunes femmes, se mêla de leurs petites affaires. Elle fit tout ce qu'elle put pour se débarrasser de moi – je n'étais qu'un fantôme, après tout – et de Papa qui n'était qu'un arbre mort. Elle aurait voulu ne plus penser à Maman et à Sohrab, et même forcer un peu d'entrain à alléger sa vie quotidienne. Elle avait envie de se sentir vivante et de frayer avec les vivants. Aussi effraya-t-elle Issa quand, un beau jour, elle posa la main sur son bras alors qu'il taillait un arbre. Beeta voulait simplement lui apporter un peu de réconfort car je venais de lui révéler ce qui était arrivé à Parvaneh, sa mère. Mais la pression de ses doigts et, peut-être, le long regard qu'elle lui lança, plongeant ses yeux dans les prunelles dorées du jeune homme, c'en fut trop pour Issa. Il se mit à trembler, rougit, laissa tomber ses cisailles et s'enfuit.

Cette réaction fut le coup de grâce pour ma pauvre sœur. Après plusieurs jours sans qu'Issa ne donne signe de vie, elle contracta une fièvre et, en proie au délire, comprit qu'elle était « frappée ». En clair, elle était tombée amoureuse. Elle n'eut pas besoin de m'en parler. Elle savait que je savais tout, ce qui ne faisait peut-être qu'ajouter à sa colère. Ce premier amour imparfait et inabouti qui ne ressemblait en rien aux histoires d'amour classiques qu'elle avait lues, elle avait envie d'en éprouver les souffrances et les regrets si cruels dans le secret et la solitude. Elle se tournait et se retournait entre ses draps brûlants en se reprochant d'avoir donné son cœur à un garçon du village qui avait cinq ans de moins qu'elle si ce n'est plus. Elle avala un peu du potage qui se trouvait sur sa table de chevet et se promit de se lever et de cesser ses enfantillages dès qu'elle aurait fini son bol. Mais la chaleur apaisante du potage n'avait pas encore fait son effet que déjà une larme brûlante le remplaçait au fond de la cuiller. *Qu'est-ce qui lui avait pris de toucher ainsi le bras d'Issa ?* se reprocha-t-elle. Elle avait l'impression que ce sentiment inconnu se répandait en elle comme une goutte d'encre dans l'eau, prenant plus d'ampleur à chaque instant, et que cette marée noire allait l'engloutir de l'intérieur. Pourquoi donc ne l'avait-elle pas enfoui en elle pour toujours ? Non sans dédain, elle pensa : *L'amour ne commence pas comme ça. Il est impossible d'aimer quelqu'un sans le connaître – et d'abord, qui a dit que j'étais amoureuse ?* Ensuite, l'espace d'un instant, elle se haïssait, persuadée que ses sentiments n'étaient rien d'autre que du désir. Quand elle était honnête avec elle-même, elle se disait : *Oui, je dois bien l'avouer, ce que je ressens n'est pas de l'amour. Ce n'est rien qu'un désir passager, vil et stupide ; exactement ce que les poètes et les écrivains cherchent à distinguer de l'amour vrai.* Pleine de dégoût, elle toucha à contrecœur les sécrétions qui poissaient son entrejambe. Elle se détestait et se reprochait de ne pas se montrer plus mature après toutes les souffrances qu'elle avait endurées et tous les livres qu'elle avait lus. Non, elle ne voulait pas être la femme qui habitait ce corps. Elle avait l'impression que ce n'était pas le sien et elle ne savait qu'en faire. Elle se consumait de honte ; elle commençait à comprendre qu'à trente ans, elle était encore loin de la plénitude charnelle. Puis elle s'autorisa à se donner du plaisir, se laissant aller pour la première fois à répondre à l'appel de sa chair. Elle ferma la porte de sa chambre, mit une cassette de Richard Clayderman sur la chaîne stéréo et, en pensant aux mains fines et au visage hâlé d'Issa, elle se caressa. En proie à une excitation inouïe, sans honte, elle se déshabilla lentement et jouit de la douce fraîcheur des draps sur sa peau. Elle frémissait, mordait et embrassait ses épaules et ses bras nus et quand, pour la première fois en trente ans, elle connut le plaisir, il fut si intense qu'en étouffant son cri dans son oreiller, elle le déchira. En sueur, prise de spasmes, elle crut mourir ; si l'orgasme avait duré plus longtemps, se dit-elle alors, elle aurait sans doute succombé à une attaque cardiaque, une main entre les cuisses et l'autre agrippée à son sein. Quelques instants plus tard, elle se sentait toute légère, calme et souple, comme si ses épaules avaient été délestées d'un poids immense après plusieurs heures aux bains, après qu'on lui aurait frotté et nettoyé la peau, massé tout le corps et prodigué des caresses apaisantes. Son premier orgasme lui avait procuré des émotions et des sensations physiques agréables et entièrement nouvelles. Cette nuit-là, elle renouvela l'expérience quatre fois en pensant à Issa. Le lendemain matin au réveil, prise d'un mélange de joie et de culpabilité, elle se précipita dans la salle de bains et vomit. Elle ne savait pas très bien si elle devait se haïr ou avoir honte d'elle-même. Ce qu'elle avait fait était-il normal ? Était-elle la seule au monde à avoir trouvé du plaisir ainsi ? Entre deux hoquets, elle s'aperçut qu'elle ne pouvait retrouver aucun exemple de héros ou d'héroïne ni dans les livres qu'elle avait lus ni dans les films qu'elle avait vus. Elle se dit alors que même si Maman avait été à la maison, elle ne se serait jamais permis de lui poser ces questions – et encore moins à Papa. Aussi, après avoir pris un bain, elle se réfugia à nouveau dans son lit pour relire tous les contes romantiques et toutes les histoires d'amour qu'elle connaissait et y trouver les indices qui lui permettraient de distinguer le véritable amour de ses mirages, ou à tout le moins pour y découvrir si certains personnages s'étaient déjà masturbés !

Au fil des jours, Beeta se sentit de plus en plus rassérénée à l'idée qu'elle avait su faire la différence entre l'amour et le désir sexuel dès le départ, évitant ainsi de se laisser déflorer l'âme ou le corps pour une passion éphémère. Ensuite, elle fouilla la maison et le grenier de fond en comble pour trouver des traités de psychologie du mariage, des ouvrages sur l'amour, la sexualité, sur les rencontres amoureuses, qu'elle dévora. Elle fit et refit inlassablement les tests « Quelle amoureuse êtes-vous ? » pour réussir à cocher toutes les bonnes réponses.

Dix-sept jours plus tard, allongée sur son lit, Beeta offrit un visage souriant au soleil ; son sourire ne pouvait rien signifier d'autre que « Dieu merci, j'ai survécu à cette peste chronique ! ». Sur ces entrefaites, alors qu'elle ne s'était jamais sentie aussi forte face aux tentations de la luxure et aux mirages de l'amour, il suffit d'un simple « Mademoiselle Beeta ! » lancé par le jeune Issa pour lui faire perdre toute la force de sa résolution. Elle sentit sa volonté affermie à grand renfort de logique, d'analyse psychologique et de tests s'évaporer à l'instant où elle se leva et s'approcha de la fenêtre, les jambes flageolantes. Oui, c'était bien Issa !

— S'il te plaît, viens au temple du feu. Il faut que je te parle ! lui dit-il avec confiance et abandon.

Contrairement à mes attentes, cette fois-ci, ce ne fut pas Beeta qui caressa le bras d'Issa, mais Issa qui caressa les doux cheveux bruns de ma sœur et, prenant sa tête entre ses mains hâlées, l'embrassa avec l'assurance des jeunes villageois qui jettent leur dévolu sur les filles de la ville. Avec ce premier baiser, comme autant de fétus de paille, toutes les idées bien établies, le carcan des préceptes moraux, les pages des livres de psychologie de l'amour et les petits exercices de connaissance de soi s'embrasèrent en un instant et partirent en fumée. Parmi les arbres aux branches entrelacées, les hautes fougères et les sureaux graciles, Beeta et Issa partirent résolument à la découverte de leurs topographies respectives, ils s'emparèrent l'un de l'autre avec un désir si impérieux qu'ils n'eurent besoin d'échanger aucune parole. Ainsi, pendant un an huit mois et deux semaines, ils firent l'amour tous les jours et toutes les nuits, se donnant l'un à l'autre corps et âme sans prendre le temps de se dire des « Je t'aime » et des « Est-ce que tu m'aimes ? ». Issa penchait son corps d'athlète sur la silhouette frêle et subjuguée de Beeta et la serrait contre lui avec une telle force qu'il semblait ne plus jamais vouloir s'en séparer, pas même une seconde. Et ils ne faisaient plus qu'un. Issa parlait rarement dans ces moments-là, seulement pour dire à Beeta :

— Je voudrais plonger en toi et y rester toujours.

Chaque fois qu'ils s'étreignaient, leurs corps dégageaient une chaleur si intense qu'autour d'eux l'herbe faisait des étincelles, puis s'enflammait. Les jardiniers s'étonnaient de découvrir chaque jour de nouveaux cercles de terre roussie, mais ils attribuèrent ce phénomène à un été et à un automne anormalement chauds. De son côté, Beeta se demandait encore si le cataclysme qui s'était abattu sur elle était l'amour véritable. Elle se demandait si les êtres humains étaient capables de tomber amoureux de quiconque les rendait heureux – Issa, ce jeune homme triste et solitaire la remplissait bel et bien de joie. Après les târs de Papa, détruits par le feu, après la mort de sa sœur Bahar, consumée par les flammes, après l'autodafé, l'exécution de Sohrab et le départ de Maman, quelle autre source de joie aurait-elle bien pu trouver ? Elle se dit que faire l'amour avec Issa lui servait à se rappeler que la vie pouvait encore être délicieusement belle malgré toutes les atrocités qu'elle vous infligeait. Oui, on pouvait encore faire l'amour en secret et rester allongé dehors, dans une prairie et, le sourire aux lèvres, se fabriquer une cigarette avec des herbes sauvages ; on pouvait souffler la fumée de cette cigarette sur les papillons et les libellules en regardant de gros nuages blancs s'ébattre dans le ciel. Beeta passait de longues minutes à se rouler nue dans l'herbe tandis que les secondes s'égrenaient lentement, sans un bruit, laissant les coccinelles jouer dans ses cheveux et chatouiller le bout de ses orteils. Elle s'ouvrait à la joie qui rajeunissait peu à peu son corps et calmait ses ardeurs juvéniles. Elle pensait aussi à Issa, à ce don merveilleux qu'il avait : l'art d'interpréter les libellules. Bien qu'il répondît le plus souvent à ses bavardages et à ses questions par des silences, par un sourire ou un simple hochement de tête, Issa n'avait pas réussi à lui cacher son intelligence de ces petits êtres ailés.

Année après année, l'interminable progression des plantes tentaculaires dont les vrilles s'enroulaient et s'entrelaçaient comme des serpents, étreignant tendrement les racines et les ramures des arbres, dont les extrémités s'épanouissaient en éclosions, avait transformé la cour d'Issa en parfait refuge pour les bêtes comme pour les insectes. Année après année, il s'était perdu dans la contemplation de ce jardin enchanté et avait ainsi eu l'occasion d'observer les volètements des libellules assez longtemps pour devenir le seul homme capable de déchiffrer leur langage.

Chaque fois qu'ils étaient ensemble, Issa se laissait distraire par ces insectes. Pendant qu'il parlait à Beeta ou qu'il l'écoutait, ses yeux mobiles les suivaient d'un côté et de l'autre. Selon leur espèce, leur couleur, leur façon de voler, les endroits où ils allaient, ceux où ils se posaient, le jeune homme pouvait prédire les événements du jour ou de la semaine. Voilà pourquoi il s'était mis à trembler avant de lâcher ses cisailles et de s'enfuir le jour où Beeta avait posé la main sur son bras : à cet instant précis, il avait remarqué une libellule rouge sur l'épaule de ma sœur. Comprenant soudain quelle passion dévorante l'attendait, paniqué, il avait pris ses jambes à son cou ; le jour où il avait vu une libellule jaune sur la vitre de sa fenêtre, il avait su que le moment était venu de lui avouer son amour au lieu d'y résister. La première fois qu'ils avaient fait l'amour, c'était en présence d'une multitude de libellules multicolores, tout autour d'eux sur les fleurs, les buissons et sur les arbres – elles l'encourageaient à s'engager sans réserve dans une idylle à laquelle il serait très difficile de s'arracher. Les libellules se consumaient dans les cercles de feu que faisaient naître les ébats des deux amants et elles tombaient en cendres tout comme l'herbe et les pissenlits sur lesquels ils s'étaient couchés.

Issa savait que si ces petites créatures ailées voletaient sous une branche d'arbre, sous le linteau d'une porte ou d'une fenêtre, il ne tarderait pas à pleuvoir. Il savait aussi que si elles se posaient au bout d'une brindille, la pluie ne viendrait pas ; si la première libellule qui planait près de lui le matin était de couleur sombre, il y aurait un orage dans la journée et le tonnerre gronderait dans un ciel zébré d'éclairs ; mais si elle était multicolore, il naîtrait un bébé dans le voisinage.

Issa recommanda à Beeta de faire attention à ne laisser aucune libellule blanche entrer dans sa chambre, car cela annoncerait la mort de l'un de ses proches. Mais en voyant le visage de ma sœur s'assombrir, pour atténuer l'effet de sa sinistre prédiction, il lui annonça :

— Et si, un jour, une libellule verte se pose sur ton lit, viens vite me le dire ! Cela voudra dire qu'il sera temps de nous marier.

Souriant tous deux à l'idée de réaliser ce vœu enfermé dans le secret de leur cœur, chacun couvrit de baisers les épaules nues de l'autre. Pourtant, aucune libellule verte ne viendrait se poser sur le lit de Beeta, pas plus là qu'ailleurs dans la maison. C'est une libellule bleue qui vint un jour se percher sur sa tête. En voyant cela, Issa devint livide, mais Beeta eut beau le questionner encore et encore sur la signification de ce présage, il se refusa à répondre. Non, au lieu de cela, il l'étouffa de baisers passionnés comme pour lui dire adieu.

L'histoire d'amour de Beeta s'acheva comme elle avait commencé, de façon inattendue, comme un rêve interrompu, elle s'effilocha soudain en volutes fines comme l'air. Au lendemain du jour où la libellule bleue s'était posée sur les cheveux de ma sœur, Delbar, une fille du village aux yeux noisette, le sein blanc et mutin, entra soudain dans le champ de vision d'Issa, confirmant ainsi l'annonce de la veille. Sans prêter attention au jeune homme, Delbar passa à côté de lui et poursuivit son chemin. Mais il comprit immédiatement qu'il n'avait pas le choix : que cela lui plaise ou non, la libellule verte accrochée aux cheveux blonds de la villageoise ouvrait un nouveau chapitre de son existence. Dès l'instant où la petite créature aux ailes bleues avait élu domicile sur la tête de Beeta, une page s'était tournée : envolées les rencontres secrètes des deux amants près du temple zoroastrien, envolés leurs repas furtifs et les longues minutes clandestines qu'ils avaient passées à enlever leurs vêtements ou à les remettre, envolés leurs baisers dans les cercles de feu et les beaux poèmes de Beeta qu'Issa peinait parfois à comprendre. Issa savait qu'il devait respecter les lois de la nature. Aussi se retourna-t-il pour détailler Delbar et son physique attrayant. Immobile, frappé de stupeur à la vue de la libellule verte qui voletait autour de la tête de la jeune fille, il oublia qu'à cet instant, Beeta l'attendait à leur point de rendez-vous près du temple du feu pour caresser ses cheveux bruns en lui chuchotant à l'oreille :

— Tu vois, je me suis laissée prendre… Tu vois, je suis éprise au piège !

Issa n'avait jamais vraiment compris, mais il n'avait jamais osé demander ce que « éprise » voulait dire.

Ce jour-là, assise près du temple du feu, Beeta contempla les cercles de terre calcinée jusqu'au soir. Chaque marque recelait le souvenir d'une ou de plusieurs étreintes. Par endroits, le sol brûlé était parsemé de quelques brins d'herbe, mais ailleurs, le feu avait oblitéré tout espoir de revoir un jour percer de nouvelles pousses. Au début, un sourire heureux jouait sur les lèvres de ma sœur, mais comme les minutes passaient sans qu'Issa n'apparaisse, comme autant de messagers envoyés par son amant, plusieurs libellules diaphanes vinrent voleter et se poser à côté d'elle, et les cercles noirs prirent un aspect menaçant. Peu à peu, Beeta sentit ses oreilles bourdonner, puis, comme s'il se préparait à quelque événement sinistre, son esprit se figea, elle vit le temps s'arrêter et tout devint immobile. Dans cet intervalle, deux coccinelles et trois autres libellules se posèrent sur les églantiers qui l'entouraient avant de s'envoler, un renardeau pointa son museau au milieu des fougères et des mûriers, la vit et s'enfuit ; dans cet intervalle, les grillons stridulèrent sans discontinuer. Mais Beeta ne vit rien de tout cela. Elle avait les yeux ouverts, et pourtant elle ne voyait rien. Issa n'était toujours pas là. Elle devait faire quelque chose. Elle cligna les paupières, mais elle était toujours aveugle. Les grillons continuaient à chanter, mais elle restait aveugle. *C'est incroyable, une cécité aussi soudaine !* se dit-elle. Pourtant, elle ne bougea pas. Elle avait peur, mais elle n'en montra rien. Ses doigts rencontrèrent un brin d'herbe, elle l'arracha et le porta à sa bouche. Quand sa main se posa sur ses lèvres, elle sentit qu'elle tremblait. Elle s'efforça de distinguer quelque chose, au moins les cercles de terre brûlée. Mais elle les avait regardés pendant si longtemps que leur noirceur se dilatait, s'épaississait et finit par envahir son esprit. Elle attendit que le temps reprenne son cours. Progressivement, son cerveau engourdi perçut les mouvements lents et élastiques des secondes qui s'écoulaient. Elle sentit quelque chose bouger devant elle. Elle cligna encore des paupières et distingua la tête du renard qui était revenu l'épier. Petit à petit elle vit bouger les brins d'herbe et la forme des cercles menaçants se dessiner devant ses yeux.

Quand le soleil finit par se coucher et que les hiboux se mirent à hululer, alors que les rossignols et les moineaux s'étaient endormis, elle se leva, traversa la prairie, passa devant Papa sur la terrasse et entra dans sa chambre. Elle alluma la lumière. Elle promena ses regards sur toute la pièce, prudemment, ce qui lui confirma qu'elle avait recouvré la vue. Elle prit le *Yi Jing* parmi ses livres, fit un vœu et jeta trois pièces par terre, six fois, puis elle écrivit le résultat sur un bout de papier. Six lignes.

Épuisement : un homme se soumet au joug de la pierre
Et trouve appui sur les ronces et les chardons.
Il entre dans la maison et ne voit pas sa femme.
Infortune…

Ses yeux se remplirent de larmes. Elle inspira profondément et regarda par la fenêtre Vénus qui venait de se lever dans le ciel. Elle se remit à lire :

Il est l'opprimé de la vigne vierge.
Il se déplace, hésitant, et dit « Avec le mouvement vient le remords ».

C'est alors qu'elle comprit enfin et pour la première fois le sens d'un présage ailé. Désormais, elle savait au moins ce que signifiait la présence d'une libellule bleue sur sa tête.

Quelques jours plus tard, les femmes qui travaillaient au verger lui racontèrent ce qui s'était passé au village ; quant à Issa, il ne revint jamais, pas même pour lui dire au revoir.

Beeta n'eut pas de fièvre. Elle ne se morfondit pas. Elle n'alla même pas chercher ses chaussons de danse. Bientôt elle cessa de fixer les cercles de terre calcinée. Elle mit quelques affaires dans un petit sac pour elle et Papa, enfila ses baskets et alla chercher notre père sur la terrasse.

— Debout, habille-toi, lui dit-elle. Allons à Téhéran. Nous n'avons plus rien à faire ici.

Papa la regarda comme s'il était très loin et lui sourit.

— Je reste ici, lui répondit-il.

— À Téhéran, on pourra vivre chez Grand-père, insista ma sœur. On y sera chez nous.

— J'ai encore du travail ici.

— Quoi par exemple ? demanda-t-elle non sans mépris.

— Je ne sais pas encore, dit-il simplement.

Ensuite il l'embrassa sur la joue.

— Va à l'université, ajouta-t-il. Étudie ce qui te plaît et deviens quelqu'un de bien. Peut-être que tu reviendras, un jour. J'attendrai ton retour.

Beeta partit en pleurant. Elle descendit la colline en espérant que les libellules, les sentiers, les vaches, les chevaux en liberté et les bohémiens qui traversaient parfois les forêts l'aideraient à trouver son chemin jusqu'à la grande route.

11

Le chant du vent résonne de notre nostalgie
Le ciel étoilé ignore tout de nos rêves
Et chaque flocon de neige est une larme
Que l'on n'a pas versée
Le silence résonne de paroles
Que l'on n'a pas prononcées
D'actions inaccomplies
Une confession d'amours secrètes
Et de merveilles qui attendent d'être révélées
Ce silence recèle notre vérité
*À toi et moi**.

Peut-être en serait-il allé autrement si Beeta avait pris les silences d'Issa plus au sérieux. Le cœur brisé, blessée par son infidélité, alors qu'elle avait été incapable de sonder les profondeurs de son mutisme pendant tout le temps qu'avait duré leur amour – une année entière, huit mois et deux semaines –, ma sœur quitta Razan

* Poème de (la poétesse allemande) Margot Bickel, traduit en persan par Ahmad Châmlou. (NdA)

pour ouvrir une voie nouvelle, la sienne, parmi les vivants. Le silence d'Issa était resté un gouffre que seul l'amour charnel avait comblé.

Non pas qu'Issa eût cherché à cacher quelque chose, simplement, considérant que sa vie n'était rien d'autre que fatalité, angoisse et désespoir, il avait pris l'habitude de se taire. Il s'était accoutumé à ne rien dire des sortilèges des djinns, des intrigues de sa grand-mère et de la croissance délirante des plantes dans la cour de sa maison ; à ne souffler mot de la passion maudite d'Effat, de l'incendie sacré de Razan et de la transfiguration de son père. Pourtant, si Beeta l'avait voulu, si elle avait vraiment fait un effort pour entrer dans la vie de son amant, ce ne sont pas les récits qui auraient manqué, ceux des villageois ou même les miens. Peut-être, si elle avait voulu que leur amour aille plus loin, au-delà des cercles de feu, et se rapproche de la vie réelle, aurait-elle pu s'efforcer de déchiffrer les longs silences de son amant plutôt que d'essayer d'interpréter le langage des libellules.

Les gens continuent à dire bien des choses au sujet de la famille d'Issa, et surtout sur sa sœur. On raconte que les personnes en proie à une passion maudite sont contagieuses : une douce odeur émane de leur corps et de leurs lèvres, elle ensorcelle quiconque s'approche d'elles et la sent – amoureux ou non. Les jeunes, les vieux et même les enfants. Tous se mettent à aimer, éperdument, d'un amour obsessionnel. Effat avait succombé à cet amour maudit le jour où un berger qui passait par Razan pour la première et la dernière fois lui avait demandé un peu d'eau avant de repartir. Assise sur sa terrasse, occupée à filer du coton, Effat lui avait apporté une tasse en céramique bleue qu'elle avait fabriquée de ses mains. À l'instant où le jeune homme avait penché la tête pour boire, en apercevant le reflet ondoyant et scintillant de son visage dans l'eau, elle était tombée amoureuse de lui. Follement éprise, elle s'était consumée d'un amour fiévreux, dévorant. C'était arrivé aussi simplement que cela.

Qui est frappé par cet amour envoûtant cesse de parler. Si l'on parle encore, on ne parle que d'amour. On travaille rarement, mais quand on le fait, on s'active fiévreusement jusqu'à tomber d'épuisement. Effat développa une obsession des promenades nocturnes, au clair de lune. Après avoir brossé ses longs cheveux, elle partait pieds nus dès le coucher du soleil. D'un pas assuré et régulier, elle marchait pourtant sans but précis. D'un verger à l'autre. D'une prairie à la suivante. D'une cour à l'autre et d'une écurie à l'autre. Au début, son père et Issa partaient à sa recherche et la retrouvaient tantôt dans l'écurie d'un voisin, tantôt dans une prairie, aux confins de la forêt ou bien au milieu d'une rizière éloignée ; assise par terre, éclairée par la lune, elle se peignait invariablement les cheveux avec son peigne en bois en fredonnant doucement des chansons d'amour. La dernière fois que Qorban et Issa l'avaient suivie dans l'obscurité, ils avaient dû traverser plusieurs villages avant de l'apercevoir dans un pâturage. Cette fois-ci, elle était à quatre pattes, elle mangeait de l'herbe et elle bêlait – oui, elle arrachait des touffes encore poudrées de neige à pleines dents et les mâchait. Par cette froide nuit d'hiver, dans le pâturage enneigé, les reflets argent de la lune démultipliaient les illusions d'optique que créait la blancheur omniprésente : chaque branche, chaque brindille paraissait plus longue et tentait les promeneurs de s'approcher de leur ombre élastique, de la toucher, de l'attraper. Mais Qorban avait mis son fils en garde, il ne fallait pas se laisser piéger par les ombres.

— Contente-toi de marcher derrière moi, mets les mains sur tes oreilles et ne regarde pas autour de toi, avait-il recommandé à Issa. La nuit, quand il a neigé et que la lune brille, chaque ombre peut cacher un djinn, un Nasnas*, un elfe ou un Davalpa**.

Cette fameuse nuit, quand ils arrivèrent à la prairie et entendirent une voix chanter, Qorban s'immobilisa.

— Couvre-toi les oreilles, répéta-t-il à son fils. Ce sont les elfes, les djinns et les Davalpas qui cherchent à nous séduire.

Issa obéit.

— Mais pourquoi voudraient-ils nous séduire ? ne put-il s'empêcher de demander.

— Parce que les elfes et les djinns veulent que nous les engrossions et les Davalpas veulent nous réduire en esclavage.

Issa ne comprenait pas pourquoi ces créatures cherchaient à frayer ainsi avec eux, mais l'heure n'était pas aux questions. Ils continuèrent à avancer, les mains sur les oreilles, guidés par le son qui se rapprochait. Puis le père entendit les bêlements. Ils s'approchèrent prudemment. Qorban fit signe à Issa de rester où il était. Il fit quelques pas vers la forme indistincte jusqu'au moment où il reconnut sa fille. Tête baissée, Effat arrachait l'herbe du sol enneigé. En la voyant réduite à brouter,

* Dans le Coran et les contes religieux, les Nasnas sont des créatures qui ressemblent aux humains, mais n'ont qu'un bras et une jambe ; selon la légende, elles auraient été créées avant l'homme. On les considère comme des créatures enclines à la transgression et au péché. (NdA)

** Le haut du corps des Davalpas est celui d'un humain, mais le bas de leur corps est semblable à celui d'un serpent. Assis sur le bord de la route, le soir, ils demandent qu'on les porte sur les épaules. Dès qu'ils sont juchés sur le dos de quelqu'un, les Davalpas enroulent les tentacules qui leurs servent de jambes autour de celui qui les porte et l'obligent à travailler pour eux. (NdA)

Qorban sentit toute la tristesse du monde s'abattre sur lui et alla s'asseoir près d'elle.

— Ma fille, tu n'es pas un mouton ! lui dit-il.

— Qu'en sais-tu ? demanda Effat en s'interrompant quelques instants.

Elle lui sourit gentiment.

— Je t'ai vue naître, j'étais là. Ta mère t'a prénommée Effat. C'était une femme, elle aussi.

Le regardant à nouveau, Effat répondit :

— Quoi, tu ne comprends toujours pas ?

— Comprendre quoi ?

— Que dans ce monde rien n'explique rien, répondit-elle d'un ton sans réplique.

Effat avait toujours le sourire. L'amour maudit rend les gens doux et aimables, tristes et affables. Cette nuit-là, Qorban et Issa finirent par convaincre la jeune fille de revenir à la maison avec eux. Comme tous les villageois, Qorban savait que l'amour maudit n'avait d'autre issue que la mort. Il n'existait aucun autre remède. Pourtant, il ne put se résoudre à rester assis sans rien faire pendant que sa fille courait à sa perte, aussi essaya-t-il différentes choses. Pour commencer, il l'emmena sur l'autel sacré de la montagne et la confia au maître des lieux. Mais une semaine plus tard, ils la retrouvèrent assise sur les marches du tekiyeh ; ses vêtements étaient en lambeaux et elle parlait aux ombres des ténèbres. Là, sous les yeux des villageois, elle se tournait vers les simulacres de la nuit et leur disait :

— Bêêê-bêêê... je suis ton mouton... je suis ta servante... reviens, oh, repasse par le village, juste une fois ! Écoute un peu les beaux bêlements que je pousse rien que pour toi ! Bêêê-bêêê...

Ensuite, elle se mit à pleurer, se leva et monta les marches en bois du tekiyeh ; passant et repassant la main sur le *saghe nefar* en bois sculpté, elle implora son amant disparu en versant toutes les larmes de son corps. Puis elle regarda le ciel, et essuya ses pleurs avec sa longue chevelure.

— Tu as laissé ta petite agnelle bien-aimée ici... Ne veux-tu donc pas revenir la chercher ? Ton innocente petite agnelle se languit seule et abandonnée... Viens me prendre, me sacrifier et manger ma chair... puisse-t-elle te nourrir ! Bêêê-bêêê... As-tu donc oublié que tu me portais sous ton bras et jouais de la flûte pour moi, dans les déserts comme dans les plaines ?

Ensuite la malheureuse se remit à sangloter.

— Tu vois ? Je n'appartiens à personne... j'ai beau bêler, personne ne vient me rentrer dans son étable... c'est parce qu'ils savent tous que je t'appartiens, vois-tu ? Je suis ta petite brebis blanche égarée... Bêêê-bêêê !

Quelques jours plus tard, alors que Qorban était parti, Issa trouva enfin le courage d'aller s'asseoir près de sa sœur. Installée comme à son habitude devant leur maison, elle coiffait ses cheveux avec un peigne en bois en contemplant la neige qui tombait sans discontinuer. Il huma l'air. Mis à part l'odeur de la neige, il ne sentait rien. Il s'approcha encore un peu et renifla à nouveau. Cette fois-ci, il décela quelque chose d'autre. Il se glissa tout près d'Effat, leurs corps se touchèrent. Là, au cœur de l'hiver, la chaleur que dégageait sa sœur était aussi vive que celle d'un four. Plongeant son nez dans sa chevelure, il en huma le parfum. Soudain une odeur capiteuse s'empara de lui, une fragrance telle qu'il n'en avait jamais connue. Pris de vertiges, il eut l'impression que si cela durait, il ne pourrait plus jamais échapper à son emprise. Il s'écarta d'Effat, paniqué, et alla s'asseoir dans la cour sans se soucier de la neige qui tombait et le mouillait. Pourtant, l'odeur impérieuse du corps d'Effat ne le quittait plus. Les nerfs à fleur de peau, il avait envie de se précipiter sur sa sœur, de se rassasier de sa peau, de ses cheveux. Il s'élançait déjà vers elle, mais il réussit à s'arrêter à mi-chemin et fit volte-face, si effrayé qu'il s'enfuit de la cour pour ne rentrer chez lui qu'à la nuit tombée. La réaction de son frère n'échappa pas à Effat ; le sourire aux lèvres, elle finit par lever la tête pour le regarder s'éloigner sous l'épais rideau de flocons blancs.

— Oh, pauvre petit ! Tu n'y comprends rien, toi non plus, murmura-t-elle pour elle-même avant de recommencer à se peigner.

Le lendemain matin, Issa ne pouvait plus penser à rien d'autre ; les gens du village avaient raison, c'était une odeur à vous rendre fou. Il préférait rester à l'intérieur toute la journée plutôt que de passer près d'Effat et de sentir cette odeur irrésistible. Pourtant, quelques secondes plus tard et sans savoir comment, il se retrouva à nouveau assis près d'elle.

— Tu es vraiment amoureuse ? lui demanda-t-il.

Elle le regarda d'un air surpris.

— Qu'est-ce que cela veut dire, amoureuse ?

— Tu sais bien, c'est ce qu'on dit quand on a le béguin pour quelqu'un.

— Comment une feuille peut-elle avoir le béguin pour un arbre ? Est-ce même possible ? L'agneau peut-il avoir le béguin pour son berger ? Pourtant, les mots « berger » et « arbre » ne signifient rien sans « agneau » et « feuille », n'est-ce pas ?

— Qu'essaies-tu de me dire ? demanda Issa, perplexe.

— Un jour, quelqu'un est venu vers moi, l'espace de quelques minutes, le temps de me demander une tasse d'eau, de boire, puis de repartir. C'est alors que je me suis aperçue que j'étais soudain devenue deux, voilà tout. Depuis ce jour, je suis deux personnes. Tu comprends ?

Mais Issa ne comprenait pas. Effat secoua la tête.

— Vous êtes fous, tous autant que vous êtes, dit-elle avec colère. Personne ne comprend ce que c'est que d'être deux moitiés. Vous êtes tous tellement enfermés en vous-mêmes que vous ne savez même pas pourquoi vous êtes en vie !

Ensuite elle se remit tranquillement à se coiffer avec son peigne. La brise légère soulevait délicatement ses cheveux.

— Mon seul problème, c'est que mes deux moitiés sont séparées. Il faut juste que j'arrange ça, ajouta-t-elle en riant.

— Et où se trouve ton autre moitié maintenant ? lui demanda Issa.

Elle cessa de se coiffer et fixa un point dans le vide.

— Debout sous un arbre isolé, en face d'un herbage, en train de regarder son troupeau éparpillé dans la plaine, dit-elle. Là, reprit-elle après s'être tue quelques instants, il vient de se pencher pour boire l'eau vive d'une source à ses pieds.

Fermant les yeux pour éprouver la fraîcheur désaltérante de l'eau se répandre dans chaque cellule de son corps – oui, elle avait vraiment soif –, elle inspira profondément, puis s'exclama :

— Comme elle est fraîche ! Tu en veux ?

— Que vas-tu faire à présent ? interrogea Issa sans répondre.

— Dans les pâturages d'hiver avec la tribu Charva. Nous partons vers les plaines de Kalimani, répondit-elle de façon énigmatique.

Le lendemain, le devin se présenta chez eux avec quelques anciens du village. Les anciens étaient rassérénés par la présence du mage qui les protégeait de l'haleine parfumée d'Effat, il ne pouvait rien leur arriver. Le vieux sage n'eut pas besoin d'ouvrir son livre pour comprendre que la jeune fille avait été envoûtée. Son diagnostic tint en deux mots :

— Magie noire.

Les anciens lui demandèrent ce qu'il fallait faire.

— Apportez-moi une jatte d'eau, dit-il.

Ensuite, il se tourna vers le chef du village.

— Envoie quelqu'un chercher un peu d'urine de ton petit-fils, celui qui vient de naître.

Ils firent venir un jeune garçon et lui confièrent cette mission. Il partit en courant et revint une heure plus tard avec un petit saladier en céramique contenant l'urine d'un nourrisson. Le devin en versa le contenu dans la jatte d'eau.

— Donnez-moi un linge propre.

Quand cela fut fait, il glissa ses mains sous le morceau de tissu et demanda au seul hadji du village de tenir le miroir au-dessus. Il invita alors Effat à venir s'asseoir devant lui, prit ses doigts entre les siens sous le morceau d'étoffe et plongea ses mains dans la jatte. Soudain, le linge se mit à bouger. En dessous, la jatte trépidait. Son contenu bouillonnait. Des gouttes d'urine s'en échappèrent comme des charbons ardents, brûlant les tapis de feutre sur lesquels se tenaient les villageois. Des créatures prenaient corps sous la pièce de tissu et elles s'étaient mises à tournoyer. Ruisselant de sueur, le devin s'efforçait de limiter leurs mouvements et leurs contorsions à la circonférence du linge quand soudain tout ne fut plus qu'immobilité et silence. Silence et silence.

Les villageois étaient pétrifiés. Ils n'osaient plus respirer. La seule qui riait de bon cœur et sans la moindre malice était Effat. Le devin, qui avait les paupières closes, rouvrit les yeux et regarda la jeune fille qui souriait comme s'il ne s'était rien passé. Jetant le morceau de tissu dans un coin, il découvrit la jatte ; les villageois effarés et saisis d'effroi virent alors qu'elle était pleine de boue, de cadenas, de mauvais sorts et de magie noire. Effat regarda les serrures et s'esclaffa.

— Tu ne comprends donc pas qu'ils t'avaient enfermée dans ton malheur, ma fille ? Ces serrures avaient scellé ton destin et les djinns me les ont rapportées de sous la terre !

Il sortit de l'encens, du bois de santal et un encensoir de son sac. Après avoir allumé le brûloir, il le déplaça dans toute la pièce en récitant des prières ; il s'arrêtait de tant à autre pour fouetter l'air de son chapelet en lançant des imprécations. Enfin, la pièce fut baignée d'effluves parfumés et débarrassée des mauvais djinns. Le devin s'assit et prit une fiole d'huile de safran, une feuille de papier imbibée d'ambre gris ainsi qu'une plume de faisan blanche. Il trempa la plume dans l'huile et écrivit une prière sur le papier. Effat devait rester dans la maison pendant sept jours et sept nuits, sous peine d'être à nouveau ensorcelée par les djinns, déclara-t-il au grand soulagement de tous. Qorban baisa la main du devin, puis il lui prépara un petit baluchon dans lequel il mit de l'argent, du pain et du poulet.

Pendant que le mage rassemblait ses affaires, Effat s'approcha de lui et lui prit gentiment la main. En souriant, elle regarda le vieil homme pris de panique au fond des yeux et expira longuement. Soudain, une fragrance capiteuse s'échappa d'entre ses lèvres, comme si une floraison instantanée de primevères et de violettes s'était épanouie dans sa bouche, embaumant son haleine et envahissant la pièce jusqu'alors baignée de l'odeur de l'encens. Un parfum frais et intense. Terrifié, le devin arracha sa main d'entre les doigts d'Effat.

— C'est l'odeur… l'odeur de l'amour maudit ! hurla l'un des villageois. Fuyez !

Tous, à commencer par le devin, voulurent fuir hors de la maison cependant une vieille femme s'immobilisa. S'appuyant sur sa canne, elle ferma les yeux et prit une profonde inspiration. Effat éclata de rire. La vieille femme se mit à rire à son tour et lui fit signe d'approcher. Effat s'avança timidement. Elles étaient ensemble sur la terrasse alors que tous les autres s'étaient rassemblés dans la cour enneigée.

— Allez viens ! lança un villageois à la vieille femme. Éloigne-toi d'elle… Tu vas devenir folle, toi aussi.

Mais la vieille femme n'avait d'yeux ni d'oreilles pour aucun d'entre eux.

— Souffle encore une fois. Fais-le pour moi, dit-elle à Effat.

Effat prit sa main dans la sienne, puis elle inspira profondément. Quand elle expira, ce fut comme si le printemps se déversait d'entre ses lèvres. La vieille femme ferma les paupières et en un instant, un flot de souvenirs d'enfance et de jeunesse resurgit du tréfonds de sa mémoire, submergeant son esprit et son âme : une course folle dans les rizières, des prunes sauvages qu'elle avait cueillies, un jour, le goût des framboises, comme une explosion de saveur sur sa langue, et la première fois qu'elle avait fait l'amour. Rouvrant les yeux, la vieille rit doucement. Jetant sa canne, elle se mit à danser le *chakkeh** en virevoltant sur elle-même comme à quatorze

* Danse traditionnelle du nord de l'Iran, répandue dans les mariages et les fêtes. (NdA)

ans, du temps où le chef du village – celui-là même qui se trouvait dans la cour – était amoureux d'elle et lui avait offert un bouquet de lys sauvages pour ses cheveux.

Issa fut le premier à remarquer que les massifs de belles-de-nuit avaient commencé à produire des bourgeons et des fleurs. Sur les pruniers, l'éclosion des feuilles et la floraison avaient commencé alors qu'ils étaient encore couverts de neige, et soudain toute la cour – elle aussi enneigée à peine quelques instants plus tôt – fut noyée sous les soucis, les primevères et les belles-de-nuit. Alarmé, Issa fut pris d'un hoquet, et si Homeyra Khatun ne lui avait pas apporté de l'essence de fleur d'oranger pour lui permettre de retenir son souffle le temps que l'on répète sept fois « la paix soit avec lui », Dieu sait quel désastre se serait abattu sur le malheureux jeune homme. Choqué par ce qu'il venait de voir, ébranlé par un hoquet si sonore que les poulets avaient pris la fuite avec force battements d'ailes, Issa éclata de rire. Son père qui pleurait à chaudes larmes commença à rire lui aussi, un rire de frustration et de désespoir. Ensuite, les uns après les autres, tous les villageois présents furent gagnés par l'hilarité, tant et si bien que, malgré leur terreur, ils riaient. Riaient. Et riaient encore.

Les habitants de Razan sortirent sur le pas de leur porte pour regarder bouche bée les massifs d'hélianthèmes, de jasmin et de chèvrefeuille envahir les murs et les arbres au cœur de l'hiver. Il suffisait d'un léger sourire sur les lèvres d'Effat pour que toutes les fleurs s'épanouissent aussitôt. Cette floraison printanière embaumait l'air et les rires qui résonnaient dans la cour trouvèrent écho dans les maisons voisines, puis de proche en proche, dans le village tout entier. Chacun cueillit une fleur et la planta dans ses cheveux. Chacun se mit à danser et à chanter, une fleur à la main. Ils finirent tous par tomber à genoux dans la rue pour abreuver Dieu de leurs paroles d'adoration. Chacun allait frapper à la porte voisine et posait une fleur dans la main qui l'avait ouverte.

Assise devant sa maison, Effat observait tout cela avec intérêt. Le devin était celui qui dansait et chantait avec le plus d'entrain. Sa mère, Homeyra Khatun, son père, son frère, mais aussi les filles d'à côté, les jeunes villageois ténébreux, les vieilles femmes acariâtres, les frêles vieillards acrimonieux... tous virevoltaient ici et là en riant aux éclats. Une fois repue de ce spectacle, elle descendit les marches du perron et se dirigea vers le chemin qui contournait la maison. Elle partit dans les bois et ne cessa de marcher que lorsqu'elle fut arrivée au pied du plus gros arbre de la forêt de Razan. Il était si épais qu'il ne fallait pas moins de dix hommes adultes pour l'encercler de leurs bras. La nuit tombait peu à peu. Effat s'assit sur la colline, près de l'arbre le plus imposant de la région et prêta l'oreille aux bruits assourdis qui s'élevaient du village où l'on riait et dansait toujours. S'adossant au tronc de l'arbre, elle promena son regard sur les maisons en contrebas. *Maintenant, ils savent ce que c'est que d'être deux moitiés*, pensa-t-elle. En fredonnant doucement des chansons d'amour de la région, avec des gestes tranquilles, elle dégagea la neige qui recouvrait le sol et ramassa des brindilles et des bouts de branches. Quand elle eut construit un énorme bûcher, elle y mit le feu et attendit qu'il prenne. Elle le laissa s'embraser et gagner en intensité. Le moment venu, avec le plus grand calme et sans même un dernier regard pour le village ou sa maison, elle s'avança vers les flammes. Souriant comme si elle venait de s'approcher d'un poêle à bois par une froide journée d'hiver, elle laissa le feu la consumer jusqu'aux os, la ronger jusqu'à ce qu'aucune vie ne subsiste en elle. Elle offrit ce dernier sourire à son autre moitié, à celui qui jouait de la flûte en gardant ses moutons et ses agneaux innocents qui broutaient sur les pâturages verdoyants et vallonnés de Kalimani ; celui qui se disait justement que le bonheur arrive parfois sans crier gare et vous prend par surprise, à l'instant où l'on s'aperçoit qu'on ne fait qu'un avec son petit agneau innocent. Comme on ne fait qu'un avec l'arbre, avec la feuille tombée par terre et que l'on écrase en cheminant dans la vallée et en jouant de la flûte pour son troupeau.

Soudain, le ciel au-dessus de Razan fut constellé de charbons ardents. Aussi brillante que la queue de la comète de Halley, une nuée de braises rougeoyantes venue de la forêt et de l'arbre immense se déversa lentement sur les villageois. Tout en chantant et en riant sous l'averse drue et brasillante, ils virent le devin rassembler du bois et construire une immense pile sur la place du village. Ensuite, il craqua une allumette et la posa au pied de l'amas de bois sec. Les flammes jaillirent aussitôt, puis elles enflèrent. Tous les gens du village vinrent s'asseoir autour du feu et, pour la première fois depuis leur crise d'hilarité collective, ils firent silence – comme s'ils avaient mal à la mâchoire à force de s'esclaffer, comme si toute cette joie les avait épuisés. Le devin se lança dans une série d'incantations. De très anciennes incantations pahlavi. Les bras écartés sous la pluie de feu, il se mit alors à chanter et à danser autour du brasier, laissant les flocons incandescents lui tomber sur le visage, et sur tout le corps, puis se changer en une cendre fine et friable. Lentement, les villageois eux aussi dansèrent et psalmodièrent des incantations. Qui aurait cru que la religion de l'ère pahlavi subsistait encore dans le tréfonds de leur âme, des siècles et des siècles après leur conversion à l'islam ? Ensuite, on ne sait pas très bien qui alla chercher du vin ni où. Il s'agissait d'une cuvée vieille de sept ans. Tous, jeunes ou vieux, en burent une tasse sans cesser de chanter des incantations et de danser, comme des zoroastriens du temps jadis qui n'auraient jamais connu l'islam. Ils s'adonnèrent à cette joyeuse libation pour remercier la nature et rendre grâce à Dieu. Le vieux devin commença par verser un peu de vin sur le sol selon une tradition millénaire, il but le reste et cita un poème de Hafez :

Ta beauté d'avant l'éternité apparut dans un rai de lumière divine
L'amour fut créé et embrasa le monde entier.

Ensuite, sans un regard en arrière, sans se soucier des villageois ou de sa demeure ancestrale, il s'avança et, une fois au milieu du bûcher, il fixa les yeux sur un point au-dessus de lui jusqu'au moment où il disparut dans les flammes.

Personne ne s'en effraya, il n'y eut ni chagrin ni panique. Ils étaient tous unis par une étrange félicité, comme s'ils avaient soudain atteint la certitude ultime. La certitude de l'existence de l'autre, de l'autre en eux-mêmes. La certitude de ce qu'était la vie – bien différente de ce qu'ils avaient cru jusqu'alors. Subitement, le père d'Issa s'investit du rôle du devin dont il reprit la litanie d'incantations. Sans cesser de danser, les villageois répétèrent les paroles qu'il psalmodiait. Sur ces entrefaites, on entendit tinter les cloches d'un troupeau qui approchait. Les tsiganes qui revenaient chaque année planter leurs tentes à Razan pour quelques jours, le temps de vendre leur camelote et dire la bonne aventure, n'avaient pas trouvé meilleur moment pour arriver par les chemins forestiers, avec leur cargaison de tissus, de clous, de faux et de plats en bronze.

Quand la troupe d'hommes et de femmes basanés descendit de leurs montures – vaches, chameaux, chevaux et mules – et découvrirent les habitants de Razan réunis autour d'un feu, buvant du vin et parlant une langue qu'ils n'utilisaient pas un an plus tôt, ils en restèrent bouche bée ; cette fois-ci, contrairement aux années précédentes, les villageois n'avaient même pas remarqué leur arrivée tapageuse ! Le père d'Issa était alors occupé à réciter :

La sagesse aspirait à la lumière qui irradie de la flamme de l'amour

Il suffit d'un éclair de ferveur amoureuse, et le monde fut tumulte[*].

Les villageois répétèrent ces vers à l'unisson, et une fois le dernier mot prononcé, ils pénétrèrent tous dans les flammes sans un regard en arrière. Tous, sans même un coup d'œil par-dessus leur épaule. Sans penser ni à leurs enfants, ni à leur conjoint, ni à leurs parents… Sans un regard vers leur maison… Ils entrèrent dans le brasier comme si c'était la plus normale, la plus sensée des décisions. Une fois revenus du choc causé par ce spectacle, les gitans poussèrent des hurlements. Des cris d'orfraie. Ils se répandirent en lamentations stridentes, secouèrent la tête, boucles aux vents, et se frappèrent le front. Se précipitant vers le bûcher, ils tirèrent les villageois hors des flammes. Puis ils coururent chercher de l'eau au puits de la place centrale pour éteindre le feu. En un clin d'œil, ils dispersèrent tout ce monde, qu'ils

* Strophe d'un poème de Hafez. (NdA)

entraînèrent dans les ruelles enténébrées de Razan. Une heure plus tard, il ne restait personne sur la place. Il semblait que le rêve, l'envoûtement ou le sortilège qui s'était emparé du village s'était bel et bien dissipé. Recroquevillé dans un coin, grelottant, transi de froid et mutique, Issa gardait les yeux fixés sur le théâtre de la tragédie qui s'était déroulée sous ses yeux. *C'est comme si le devin n'avait jamais existé, comme si Papa n'avait jamais existé, comme si Effat n'avait jamais existé… comme s'il n'y avait pas eu d'incendie… ni d'amour.*

À partir du lendemain et pendant quarante jours, tous les villageois s'évitèrent du regard. Personne ne se disait ni bonjour, ni au revoir. À partir du lendemain et pendant quarante jours, une neige plus épaisse qu'elle ne l'avait jamais été cloîtra chacun chez soi. Prisonniers de leurs étables, les vaches et les moutons moururent de faim. Comme si le printemps n'avait jamais existé. Ni l'été. Ni l'automne. Rien.

12

HUMILIÉE, PERDUE, le cœur rempli d'amertume, Beeta marchait d'un pas ferme et décidé vers un avenir incertain tout en songeant que le changement de régime avait bien bousculé les destinées de sa famille, et son destin à elle. Elle se rappela le jour où, au plus fort de la révolution, elle avait vu les habitants de Téhéran défiler dans la rue en martelant le sol par les hautes fenêtres de sa salle de danse à Téhéran.

— Mort au chah ! Mort au chah ! Moooort au-au-au chaaaah ! hurlaient-ils. Mort au chah ! Mort au chah ! Moooort au-au-au chaaaah !

La professeure d'à côté s'était précipitée dans la salle où se trouvait Beeta. La femme avait chuchoté quelque chose à l'oreille de sa professeure, puis elle avait brusquement sorti un voile de son sac à main et s'en était couvert la tête avant de partir rejoindre les manifestants. Mais la professeure de Beeta n'avait pas quitté son poste ; elle avait continué à répéter d'un ton décidé :

— Pour le jeté, votre pied gauche doit faire un angle de quarante-cinq degrés au-dessus du pied droit. Les mains en cinquième position ! Expirez profondément et accompagnez votre souffle hors de votre poitrine.

Quelques minutes plus tard, des manifestants avaient fait irruption dans la salle. Ils avaient fait sortir la professeure de force et, une fois dehors, ils l'avaient rouée de coups sur le trottoir. Fini, les cours de danse classique. Beeta se demanda ce que sa professeure pouvait bien faire aujourd'hui. Elle pourrait peut-être essayer de la retrouver lorsqu'elle serait de retour à Téhéran. Avait-elle choisi de quitter l'Iran ou décidé de remiser ses talents de danseuse pour se cantonner à la maison, ne s'occupant plus que de cuisine, de couture et de nettoyer les sols ?

Beeta essaya de trouver un sentier au milieu des arbres et des buissons. Son regard se perdit dans la verdure environnante. Feuillages verts. Branchages moussus. Sous-bois herbeux. Au comble de la frustration, elle se tourna alors vers le ciel pour s'orienter en fonction de la course du soleil. C'est alors qu'elle me vit approcher lentement d'elle. Je me mis aussitôt en devoir de la guider et de lui remonter le moral. Malheureusement, quelques instants plus tard, les paroles qui m'échappèrent n'eurent rien de réconfortant puisque je lui reprochai d'être partie sans même penser à nous dire au revoir. Elle me rétorqua avec colère que puisque je suis partout à la fois, il n'y a aucun sens à me saluer. J'en conclus non sans amertume que si nos proches restent attachés à nous par-delà la mort, nous n'en demeurons pas moins les exclus de la famille. Bien décidée à ne rien laisser paraître de ma peine, je lui demandai ce qu'elle allait faire. En la voyant me répondre par un haussement d'épaules, je compris que sa rancœur à mon égard et à l'encontre de la vie était bien plus qu'un sentiment passager.

Je fus la première surprise par les réflexions que j'exprimai ensuite.

— Dans la vie, presque tout se décide sans nous, ce qui est assez vexant. Mais tu ne vois donc pas à quel point tu as de la chance ? Tu peux encore marcher sur tes deux jambes, sentir le vent sur ta peau, savourer un *ghormeh sabzi* et une soupe *abgoosht*. Et tu es assez stupide pour oublier que faire l'amour ne serait-ce qu'une fois, c'est goûter à un moment de félicité absolue qui illuminera le restant de ton existence !

Je n'avais pas encore fini de parler, que déjà ma sœur s'était tournée vers moi et me regardait avec une telle haine que je me sentis toute honteuse ; horrifiée par mes propres paroles, je me rendis invisible. Comment avais-je pu lui dire des choses pareilles ? La vie nous avait infligé suffisamment de souffrances sans que nous ayons besoin d'en rajouter en nous assénant des paroles blessantes. Mais une fois prononcées, les miennes appelaient une réponse et je ne pus supporter d'entendre celle que me fit Beeta. D'un ton méprisant, elle me dit qu'elle était outrée que j'aie passé ces derniers mois à espionner tous ses ébats amoureux. Donc elle savait ! J'étais mortifiée. C'est vrai, depuis que j'étais passée de vie à trépas, je pouvais observer en silence les moments d'intimité de ma sœur comme ceux des autres.

Je la laissai poursuivre sa route sans moi en pleurant de mon côté car je ne voulais pas qu'elle voie mes larmes. Je la laissai jurer et me traiter de tous les noms puisqu'elle s'était éloignée et ne pouvait pas entendre mes imprécations. Affalée sous un arbre, tandis que je donnais libre cours à mes sanglots dont l'écho portait loin, je m'aperçus que les événements survenus dans notre famille s'étaient suivis de si près que je n'avais même pas eu le temps de pleurer. Le regard plein de haine que Beeta avait posé sur moi m'avait brutalement ramenée à la réalité : je n'étais qu'une morte qui se berçait d'illusions. Oui, je pouvais parler aux vivants et ils pouvaient me voir, mais je prenais mes désirs pour une réalité : ma présence outre-tombe n'était qu'une illusion. Je me dis alors que si je revoyais Sohrab, il me faudrait avouer que je m'étais trompée. J'avais eu tort de penser que la mort n'est pas une fin. C'était bien la fin de tout. La mort avait détruit mon corps, mon identité, ma crédibilité. Elle avait sonné le glas de tout ce qui comptait pour moi dans la vie : la famille, l'amour, la confiance, l'amitié. Oui… la mort avait réduit tout cela à néant.

Je pleurai jusqu'à ce que les étoiles apparaissent dans le ciel, jusqu'à ce que les chacals se mettent à hurler. J'épanchai mon chagrin si longtemps que ma tête était lourde. Soudain, je sentis une main sur mon épaule. La mort comporte aussi quelques avantages, rien ne pouvait m'effrayer, pas même la pression d'une main inconnue sur mon épaule, dans les bois, en pleine nuit. Je relevai la tête d'un mouvement impatient et je découvris le fantôme d'un homme d'âge mûr. Sans attendre que je l'y invite, il s'assit à côté de moi et posa doucement ma tête sur son épaule. Pour une raison que j'ignore, cela fit redoubler mes larmes. L'homme posa délicatement sa paume sur mes cheveux, dans un geste paternel et, à mon grand soulagement, ne me posa aucune question. Quand mes sanglots refluèrent enfin, il m'indiqua une direction d'un signe de la tête.

— J'allais rendre visite aux fantômes du fleuve quand je t'ai entendue. Viens avec moi si tu veux.

Je le suivis sans réfléchir et, en chemin, il m'expliqua que ces fantômes étaient des gens qui avaient péri près du fleuve et qu'ils se réunissaient de temps à autre pour se souvenir.

— Mais ça ne sert à rien ! m'exclamai-je avec impatience.

— Ma foi, il faut passer le temps d'une façon ou d'une autre sinon la solitude devient insupportable, répondit le spectre.

— Vous parlez comme les vivants, fis-je remarquer en essuyant mes dernières larmes.

— Ne vois-tu pas à quel point nous continuons à vivre comme eux ? me fit-il observer à son tour.

— Vous avez raison, nous devrions peut-être changer. À quoi bon ? Nous ne sommes pas assez vivants, répondis-je d'un ton découragé.

— La mort n'a pas rendu les humains plus heureux, conclut-il.

Sans plus nous parler, nous continuâmes jusqu'au fleuve et nous trouvâmes un groupe de gens assis sur la berge autour d'un feu. Parmi eux, un garçon d'une dizaine d'années grelottait, trempé jusqu'aux os, comme s'il venait à peine de ressortir de l'eau. L'un des fantômes lui tendit son manteau.

— Il s'est noyé il y a une heure. Il ne le sait pas encore.

J'observai le garçon au regard désespéré et incrédule. Les lueurs du feu vacillaient dans ses yeux ; en même temps, l'enfant noyé et le fantôme qui venait de naître tremblaient dans les bras de la mort. Nous étions réunis dans son étreinte, mais lui seul l'ignorait encore. Il croyait que la vie le retenait entre ses bras enlacés. Là-bas, de l'autre côté. De l'autre côté du mur invisible. Il nous dit qu'il était berger et qu'il s'appelait Majid. Il traversait la rivière avec sa mère quand il l'avait perdue. Aucun des spectres n'avait envie d'évoquer ses souvenirs de vivant en présence de Majid, novice de l'ordre des revenants. Ils ne voulaient pas le bousculer, il prendrait bien assez vite conscience de son état. Il fallait que cela se fasse naturellement. Les premières heures après la mort sont les plus horribles – je pense que je ne suis pas la seule à le savoir –, on ignore encore que l'on n'est plus en vie, et si on le sait, on se refuse à y croire. On ressent encore la chaleur de son corps, l'humidité de sa langue sur ses lèvres sèches et on sait que quelqu'un nous attend, juste là, pas très loin…

— Qu'est-ce que vous faites tous ici ? Une halte dans votre voyage ? finit par demander le jeune berger.

Nous échangeâmes des regards hésitants, ne sachant comment répondre à cette question. Sur ces entrefaites, plusieurs personnes bien vivantes s'approchèrent avec des lanternes à la main. C'était la mère de Majid, son père et son frère qui étaient venus le chercher sur les rives du fleuve. Le jeune garçon les appela joyeusement, jeta son manteau et courut vers eux. Nous restâmes immobiles. Tandis qu'il s'élançait vers eux, les trois autres continuaient à l'appeler, ils hurlaient son nom à pleins poumons en regardant dans la direction opposée. Ensuite, ils s'éloignèrent en toute hâte comme s'ils avaient retrouvé son corps. Tout excité, ravi d'être à nouveau avec eux, Majid les rattrapa et sauta au cou de sa maman, mais elle pleurait toujours et continuait d'avancer sans remarquer l'enfant accroché à ses basques. Tous trois s'arrêtèrent à quelque distance, pleurant à chaudes larmes. Majid les rattrapa à nouveau et, à nouveau, essaya d'attirer leur attention. Cette fois-ci, c'est son père qu'il entoura de ses bras, mais ce dernier ne le remarqua pas non plus. Il passa juste devant lui et se jeta sur le corps de son fils en sanglotant. Majid finit ainsi par découvrir son propre cadavre, sa tête mouillée qui pendait mollement sur l'épaule de son père et son visage froid comme la glace. Incrédule, il contempla ce visage. Puis il recula d'un pas. Baissant les yeux sur ses mains, il les posa sur ses joues et sur son front. Pour finir, il se retourna vers nous, les yeux écarquillés. L'homme d'âge mûr qui m'avait emmenée jusqu'ici se leva et, accompagné par un autre spectre plus vieux, il s'avança lentement vers l'enfant. Mais Majid semblait avoir compris que la vie et la mort sont inséparables, qu'elles sont de même nature. Pris de panique, il s'enfuit en hurlant et disparut dans la forêt.

Son cri de terreur résonna à mes oreilles pendant de longues minutes, comme un glas. Mon cœur se serra et là, devant tout le monde, je refermai mes bras sur ma solitude et versai toutes les larmes de mon corps. Un peu plus tard, les deux vétérans revinrent des profondeurs ténébreuses de la forêt avec le jeune fantôme anxieux et le firent asseoir près de moi. Ils l'enveloppèrent à nouveau de leurs manteaux pour qu'il ne sente pas trop l'étreinte glacée de la mort. Il garda les yeux fixés sur les flammes sans souffler mot jusqu'au moment où il s'endormit. *Pauvre Majid,* me dis-je, *pauvre de moi, pauvre de nous tous, les morts… il n'y a aucune délivrance outre-tombe.* Ceux qui ne supportent plus la vie et ses tourments peuvent mettre fin à leurs jours, mais comment en finir avec ce qui vient après ? Que c'est injuste de ne pas pouvoir mettre un terme aux tourments de la mort ! Un ennui éternel, voilà ce qu'est la mort en réalité.

Je contemplai les traits détendus de Majid, toujours empreints de tristesse et de stupeur. J'aurais voulu le prendre dans mes bras comme un petit frère qui a du chagrin, pour le consoler en lui disant : « Ne sois pas triste. Demain tu te réveilleras et tu verras que tout ceci n'était qu'un mauvais rêve. Tu retourneras traire les chèvres avec tes frères et tu emmèneras le troupeau dans les hauts pâturages avec ton papa… Ne sois pas triste, petit frère.

« Bientôt, tu seras un grand jeune homme et, pendant une transhumance, ton regard se posera sur une belle fille aux yeux sombres qui fera battre ton cœur comme si tu en avais cent ! Aussi longtemps que vous serez séparés, tu dépériras, la gorge nouée et la poitrine oppressée – même le son de la flûte de ton père ne pourra plus réjouir ton âme. Tu auras envie d'écouter des chansons tristes, aussi apprendras-tu à jouer de la flûte, toi aussi, et tes mélodies pleines de mélancolie t'accompagneront jusqu'aux prochaines transhumances. Alors tu reverras cette belle fille, tu entendras même son prénom, et en posant les yeux sur les courbes de son corps sans qu'elle s'en aperçoive, tu sauras que désormais la vie sans elle n'a plus de sens. Toute honte bue, tu ouvriras ton cœur à ton père non sans appréhension. Ensuite, tout s'arrangera beaucoup plus vite et plus facilement que tu l'avais imaginé. Tu demanderas sa main à cette jeune fille. Elle deviendra ta femme. Tu construiras une maison en bois de tes propres mains et, un an plus tard, vous aurez un enfant, puis un autre, trois ans après, et encore un autre au bout de quatre ans. Bien plus tard, ton fils viendra un jour te trouver avec une lueur d'appréhension dans le regard. Il t'annoncera qu'il est tombé amoureux d'une fille aux yeux sombres pendant la transhumance. Tu iras la demander en mariage au nom de ton fils et, par une journée ordinaire comme il y en a tant d'autres dans cette vie ordinaire, ton cinquième petit-fils viendra au monde et toi, tu mourras. Voilà tout. Comme cela vient de t'arriver. »

Pendant la nuit, les fantômes du fleuve s'échangèrent leurs souvenirs et m'invitèrent à leur raconter mon histoire, moi aussi. Je leur exposai rapidement l'essentiel avant de leur expliquer que je devais me dépêcher de rejoindre ma sœur qui était seule dans la forêt. À cet instant, Majid ouvrit les yeux. Apparemment, il n'avait pas perdu une miette de mon récit.

— J'ai vu ta sœur, elle cherchait une longue liane.

Saisis d'effroi, nous nous lançâmes tous à la recherche de Beeta. Nous la trouvâmes en train de pousser des râles, étranglée par une épaisse branche de vigne qu'elle avait nouée autour de son cou tandis que ses doigts et ses orteils soubresautaient dans le vide. La mort est un véritable cauchemar pour les vivants, il en va de même pour les morts. Je ne voulais pas que ma sœur me rejoigne déjà de l'autre côté, j'étais bien décidée à l'en empêcher par tous les moyens. Elle avait encore tant de choses à vivre même si, pour le moment, elle était trop éperdue de chagrin pour le comprendre. Dès qu'elle eut repris connaissance, elle me donna deux gifles, ce qui me fit rire aux éclats. J'avais tellement pleuré que je ne pouvais pas contenir mon hilarité. Tombant dans les bras l'une de l'autre, nous laissâmes nos larmes couler jusqu'à ce que ma sœur s'endorme. Les fantômes des bois étaient tout autour de nous, assis à nos côtés, comme autant de présences mélancoliques, mais compatissantes.

Quand Beeta se réveilla, nous étions réunis autour du feu et elle bien au chaud sous la pile de nos manteaux. Majid fut le premier à prendre la parole.

— Tu trouves vraiment que la vie est insupportable ? demanda-t-il à ma sœur.

Beeta gardait les yeux fixés sur les flammes et ses lèvres pincées ne laissaient aucun doute sur les sombres pensées qui continuaient d'occuper son esprit. Un vieux revenant invita un fantôme d'âge mûr à nous livrer son récit.

— Je n'ai jamais raconté mon histoire parce que je ne sais pas comment faire, répondit-il.

— Tout le monde y arrive d'une façon ou d'une autre. Lance-toi ! l'encouragea son aîné.

— D'accord, je vais essayer. Mais je vous préviens, je ne sais pas me livrer comme vous autres.

Sans quitter les flammes des yeux, il déroula le fil de son histoire d'un trait, en une seule et longue phrase qui commença et s'acheva ainsi :

— Nous étions trois frères et nous vivions tous ensemble dans la même maison avec nos femmes et nos enfants, notre mère et notre père qui vieillissaient et nous vivions de la pêche et de notre métier de bûcheron jusqu'au jour où mon frère cadet rentra chez nous et nous annonça qu'il avait trouvé une carte au trésor, mais nos parents attristés nous dirent qu'ils nous désavoueraient si nous partions chercher ce trésor car les richesses cachées apportent toujours le mauvais œil et aucun de ceux qui partent ainsi ne revient jamais, mais nous n'avions point d'oreilles pour ces mises en garde et nous n'écoutâmes même pas mon père nous raconter qu'un jour un garçon avait dit au revoir aux siens pour s'en aller trouver un trésor et que le malheureux passa tant de temps à écumer les villages et les villes qu'il finit par désespérer et s'introduire dans la maison d'un riche citoyen si bien qu'il fut arrêté et envoyé en prison d'où il envoya un message à son père disant : « Père, viens à mon secours car je suis en prison », à quoi son père répondit : « Je t'avais bien dit de ne pas partir chercher fortune car tu ne feras jamais rien d'autre que t'attirer des ennuis et maintenant je ne peux rien pour toi avec un pied dans la tombe sinon t'exhorter à revenir au bercail quand tu auras purgé ta peine parce que j'ai caché un trésor dans notre verger pour toi, le fruit d'une longue vie de travail, mais ne le tiens pas pour acquis et ne t'avise pas de le dilapider » ; en apprenant cela le fils ne se sentit plus de joie et une fois libéré il s'en retourna au village et se mit à creuser dans le verger pour trouver le trésor, mais plus il creusait, moins il trouvait et pour finir il retourna tout le verger sans dénicher le moindre trésor, heureusement sa mère l'avait suivi pas à pas en plantant des semences dans la terre qu'il avait labourée et bientôt le jardin reverdit dans une éclosion de plantes, de fleurs et de fruits, et quand le temps fut venu ils eurent une récolte, la vendirent et devinrent très riches, c'est alors que le fils repensa à la leçon de son père qui lui avait dit d'apprécier la richesse et les trésors de la terre et de la santé, mais les leçons de nos pères tombent toujours dans l'oreille d'un sourd, et après avoir dit adieu à nos parents, mes frères et moi marchâmes et marchâmes encore jusqu'à ce que nous arrivions à l'endroit qui, sur notre carte, correspondait justement à ce fleuve que nous traversâmes avant de poursuivre notre route pour atteindre une colline sur laquelle se trouvait un arbre de très haute futaie avec un poisson gravé sur le tronc, côté nord, et en se tenant de ce côté-là on apercevait une cascade au loin, aussi plutôt que de nous reposer nous décidâmes d'aller jusque là-bas et nous passâmes sous la cascade pour entrer dans une grotte et là, au cœur des ténèbres, nous découvrîmes de l'or et des bijoux qui brillaient comme le jour ; en nous exclamant joyeusement nous remplîmes nos sacoches de cuir, nos poches et nos sacs de toutes ces richesses, mais avant que nous ayons pu repartir deux pigeons entrèrent dans la grotte, vinrent se poser sur un rocher près de moi et se mirent à se parler, l'un dit à l'autre : « Ces deux malheureux frères ne savent pas que le troisième veut les tuer » et l'autre répondit : « Tu as raison, ma sœur, les pauvres, mais après tout comme on fait son lit on se couche » et le premier acquiesça « Tu as raison, ma sœur, laissons ces humains tranquilles » ; comme j'étais assis non loin des deux oiseaux, je fus bien surpris de ce que j'entendis et allai raconter à mes frères que deux pigeons étaient entrés, s'étaient posés sur un rocher et avaient dit que l'un d'entre nous allait tuer les deux autres, puis j'ajoutai naïvement : « Je n'ai pas l'intention de vous tuer parce que vous êtes mes frères de sang et de toute façon il y a assez de richesses ici pour faire le bonheur de tout un pays, ça nous suffira bien à nous trois », mais mon frère cadet rétorqua : « Les pigeons ne savent pas parler, tu as sans doute inventé cette histoire pour nous amadouer et tu as bien l'intention de nous assassiner » et alors que j'essayai de protester mon autre frère m'attaqua à son tour en disant : « Apparemment tu es vraiment décidé à en finir avec nous ici même, mais j'ai emporté une dague empoisonnée pour me défendre contre vous deux » et le voyant nous menacer tous deux de son arme, nous nous écriâmes : « Es-tu devenu fou ? » et j'ajoutai « Je ne faisais que répéter ce que j'ai entendu, mais admettons que vous ayez raison et que j'aie menti au sujet des pigeons parce que c'était un test, alors vous avez échoué l'un comme l'autre », mais je n'avais pas plutôt prononcé ces paroles que mon plus jeune frère se mit à rire et, sur le ton de la plaisanterie, il me dit qu'il ne parlait pas sérieusement lui non plus, qu'il voulait juste plaisanter et en voyant cela mon autre frère cadet rengaina son couteau et nous dit que cela lui rappelait une histoire qu'il avait entendue quelques années plus tôt à propos de trois frères qui cherchent un trésor, ils gravissent une montagne et trouvent le butin dans les profondeurs d'une grotte, mais l'aîné jette ses deux puînés dans un puits, non loin de là, et s'empare du trésor sans savoir que ce puits n'est pas un puits comme les autres, il est habité par des djinns et des fées qui aident les malheureux frères à se venger de leur aîné quand ils apprennent ce qui leur est arrivé ; voilà donc que l'un des djinns se change en une belle femme qui attend que le frère aîné vienne à passer par là et dès qu'il la voit, il en tombe amoureux d'un amour qui fait battre son cœur comme s'il en avait cent, aussi l'emmène-t-il chez lui pour l'épouser, mais la femme lui dit qu'elle ne l'épousera qu'à la condition qu'il ne pénètre pas dans sa chambre et la laisse parfaitement tranquille chaque soir à partir de minuit et jusqu'à 5 heures le lendemain matin sinon il mourra, et le frère aîné accepta cette condition si bien que chaque soir la femme se retira dans une autre chambre et, de minuit à 5 heures le lendemain matin, elle gardait sa porte fermée jusqu'à la nuit où, incapable de résister à sa curiosité, le mari entra dans la chambre où il trouva son épouse en train de boire du vin, de chanter et de danser avec une bande de djinns des deux sexes, alors saisi d'une rage vengeresse, il tira son sabre et s'apprêta à tous les tuer, mais son épouse reprit sa forme humaine et retourna le sabre contre lui, mais le mari terrifié la supplia de l'épargner en promettant : « Je serai un chien à ta porte, mais ne me tue pas ! » et à ces mots la femme le changea immédiatement en chien, si bien qu'à compter de ce jour il monta la garde dans la maison de ses frères ; mais quand notre frère nous raconta cette histoire, je me mis en colère et lui criai : « Avoue donc, si tu parles de cette histoire, c'est peut-être parce que c'est toi qui manigance quelque chose ! » et une dispute éclata entre nous quand soudain deux gros serpents noirs sortirent de l'amas d'or et de bijoux et fondirent sur nous, mais notre petit frère les aperçut le premier et d'un bond se réfugia sur un gros rocher, mon puîné tua l'un des reptiles avec sa dague empoisonnée et moi l'autre avec une grosse pierre, sauvant ainsi mon cadet juste au moment où le serpent se tournait vers lui pour le mordre, nous fûmes si heureux de voir que cette épreuve nous avait rapprochés que nous oubliâmes notre querelle et, tout excités à l'idée de rentrer chez nous, nous nous dépêchâmes de reprendre la route et cheminâmes jusqu'à ce fleuve au bord duquel nous nous aspergeâmes le visage d'eau fraîche, puis notre petit frère remplit sa gourde et nous repartîmes, marchâmes et marchâmes encore et toujours ; nous n'étions plus très loin de la maison quand notre jeune frère dit : « Allez, reposons-nous un peu » et il sortit sa gourde de sa sacoche pour la faire circuler, mais dès que nous eûmes bu, mon jeune frère mourut, l'écume aux lèvres et je m'évanouis, et les yeux mi-clos je vis notre cadet s'emparer de tous nos sacs d'or et de diamants, nous donner un coup de pied et s'en aller vers la maison, mais par la volonté de Dieu, je survécus et mon père me trouva à demi-mort le lendemain, si bien qu'il me ramena chez nous, me soigna et me sauva, or même si j'étais tellement faible que je ne pouvais pas quitter mon lit, je pouvais entendre ce qui se disait ; mon plus jeune frère avait raconté à Père et Mère que nous avions été attaqués la veille au soir par trois serpents noirs et que nous étions tous les deux morts empoisonnés par le venin, lui seul avait réussi à échapper au troisième reptile et à rentrer à la maison, mais ensuite j'entendis mon père dire qu'il avait eu des soupçons en voyant notre petit frère emmener sa femme et ses enfants comme s'il avait peur de quelque chose et souhaitait ne jamais revenir ; Père était allé dans le bois chercher nos cadavres et il avait fini par me trouver à demi-mort près du corps de mon frère qu'il avait lui aussi ramené à la maison, je l'entendis répéter à ma mère le mensonge que lui avait raconté notre frère en faisant remarquer que pendant toutes ces années nous n'avions jamais vu aucun serpent venimeux dans les parages alors comment leur cadet pouvait-il affirmer que *trois* serpents venimeux nous avaient attaqués ? après quoi, une fois mon père parti, ma mère alla trouver ma femme pour lui dire que quelque chose clochait dans cette histoire, son cœur lui disait que notre puîné avait tué mon autre frère et qu'il m'avait empoisonné, sauf qu'en entendant mon épouse lui répéter cela, la femme de mon frère défunt se mit à se frapper la poitrine en pleurant et elle s'écria qu'elle n'avait jamais aimé ce frère sournois et perfide, aussi à compter de ce soir-là, elle se coucha tous les soirs en soupirant et en demandant à Dieu de le punir comme il le méritait, mais en attendant mes pauvres parents se retrouvaient avec un cadavre sur les bras alors ils commencèrent à creuser une tombe derrière la maison pour y enterrer mon frère, puis ils plantèrent des myosotis dessus, mais le lendemain matin au réveil, ils virent que toutes les fleurs avaient noirci et qu'elle étaient mortes brûlées par la racine, cette fois-ci ma vieille mère et la sœur de mon frère défunt se mirent au travail et elles allèrent cueillir des primevères dans la forêt pour les planter sur la tombe, mais le lendemain elle virent les racines calcinées et les fleurs noircies, aussi le troisième jour elles partirent dans les bois et dans les prés, dont elles ramenèrent ces violettes noires qui poussent dans les champs pour fleurir la tombe et le lendemain elle virent que les violettes s'étaient épanouies et avaient donné de nouvelles pousses, elles comprirent alors que leur fils et époux criait vengeance parce que nous autres, nous croyons que les violettes des prés sont symbole de vindicte, donc nous savions que le fantôme de mon frère était très en colère et qu'il ne connaîtrait aucun repos tant qu'il n'aurait pas obtenu vengeance, et ainsi, quand mes parents eurent fini de lui rendre les derniers hommages et de porter le deuil, ils reportèrent toute leur attention sur moi, prièrent chaque jour et désavouèrent mon assassin de frère, mais je maigrissais et vieillissais de jour en jour et mes cheveux finirent par être tout gris aussi ma femme avait-elle abandonné tout espoir de guérison pour moi, pourtant mes parents n'avaient pas renoncé et parlaient sans cesse des frères Gazou et de leur temple, si bien qu'arrivés au moment où je n'avais plus que la peau sur les os, ils me transportèrent sur un petit brancard alors qu'ils étaient eux-mêmes vieux et infirmes et m'emmenèrent au temple sacré des frères Gazou, aux confins de la montagne, pour que là-haut je recouvre la santé ; moi qui étais si faible et n'aspirais pourtant qu'à guérir pour pouvoir prodiguer à mes parents tous les soins attentionnés qu'ils avaient pour moi et alléger leurs souffrances, priant et pleurant à chaudes larmes, j'implorais Dieu et les frères Gazou pour qu'ils m'aident à aller mieux et faire de moi la canne sur laquelle mes parents pourraient s'appuyer, mais pendant ce temps mon père priait pour moi et me disait : « Nous ne voulons pas que tu guérisses pour nous, nous voulons que tu te rétablisses pour être aux côtés de ta femme et de tes enfants », mais ma mère nous tança l'un et l'autre en disant : « Je ne veux pas que tu guérisses pour rester auprès de nous, de ta femme et de tes enfants mais pour toi, mon fils », et figurez-vous qu'à l'instant précis où j'avais dit que je voulais vivre en bonne santé pour apporter aide et soutien à mes parents, alors qu'ils se chamaillaient à mon sujet, Huma – l'oiseau du bonheur qui exauce votre vœu s'il vole au-dessus de votre tête et l'entend – passa au-dessus de moi, je m'endormis et on me déposa dans une des salles consacrées du temple où, dans un sommeil sacré, j'entrevis mon destin : dans ce sommeil profond et instantané, je rêvai que j'étais assis sur un chemin qui traversait le cimetière du temple des frères Gazou, perdu, éploré, je me demandais auquel des deux frères je devais demander la guérison quand une silhouette rayonnante coiffée d'un turban vert apparut au-dessus de moi, me prit par la main et m'entraîna dans les airs, « Pourquoi es-tu triste ? » me demanda-t-elle, alors je lui dis : « Je suis malade, je veux guérir », à quoi il répondit : « Tu ne souffres d'aucune maladie », puis il mit des sucreries dans ma bouche et au même moment un autre homme étincelant coiffé d'un turban blanc apparut de l'autre côté de la salle, s'approcha de moi, posa la main sur ma tête et versa de l'eau fraîche entre mes lèvres, après cela il mit cinq bonbons dans ma main droite et me dit : « À partir de demain, tu mangeras un de ces bonbons chaque jour et tu mettras ta bonne santé au service de tes parents », et ensuite les deux apparitions lumineuses s'en allèrent chacune d'un côté, je me réveillai et me retrouvai allongé sur le chemin entre les tombes des deux frères Gazou, je regardai autour de moi, un peu perdu, quand soudain je me réveillai une seconde fois, j'étais dans une des salles du temple des frères Gazou et je réussis à me lever avec une vigueur qui m'avait fait défaut pendant des mois, puis je trouvai un miroir qui me permit de constater que mes cheveux étaient à nouveau complètement noirs, tout content, j'allais passer mes doigts dedans quand les cinq bonbons tombèrent de ma main droite et en les voyant par terre je me mis à hurler et à pleurer, incapable de croire à ce qui m'arrivait, puis je m'évanouis et quand je repris connaissance, je vis mes parents assis près de moi, ils pleuraient de joie car ils avaient compris en voyant ma chevelure que j'avais rencontré un esprit saint qui m'avait guéri et quand je leur parlai des cinq friandises leur pleurs redoublèrent d'intensité, après cela nous fîmes nos ablutions et, tournés vers La Mecque, nous fîmes une prière pour rendre grâce à Dieu entre nos larmes et j'eus soudain si faim que je mangeai tout ce qu'ils purent m'apporter puis j'en redemandai, si bien que mes parents tout heureux allèrent demander leurs provisions aux autres gens qui étaient venus prier au temple en leur expliquant ce qui s'était passé et ils vinrent par petits groupes m'apporter à manger et attacher des bouts de tissu autour de mes bras, de mes jambes et dans mes cheveux, ils arrachaient d'autres bouts de tissu de mes vêtements pour favoriser leur propre guérison, mais c'est à peine si je le remarquai puisque je n'avais rien mangé depuis des mois, et depuis que j'étais guéri par le pouvoir du temple des frères Gazou, les saveurs et les odeurs de la nourriture étaient si délicieuses que je ne pouvais penser à rien d'autre, d'autant que certains des visiteurs avaient apporté du *gheimeh* comme offrande et un ragoût d'agneau dont je humai le parfum de cannelle, de safran et de pois cassés comme si j'en mangeais pour la première fois, je n'oublierai jamais non plus le plaisir avec lequel je versai de la sauce sur un morceau de *tahdig* au curcuma puis, en fermant les yeux, le mis dans ma bouche pour sentir les grains de riz croustiller si fort que le bruit remplit la salle, oh, vraiment quel délice et quand je rouvris les yeux, je vis tous ces gens agenouillés par terre qui me regardaient avec émerveillement alors je me mis à rire, si bien qu'ils se regardèrent sans savoir comment réagir, mais je continuai à m'esclaffer jusqu'à ce que mes éclats de rire s'envolent au-dessus des collines et des forêts, ils atteignirent le village et la maison où vivait mon petit frère qui les entendit et, pris de peur, s'écria « Shahada ! » parce qu'il avait compris que j'étais en vie, que j'étais revenu d'entre les morts, mais mon rire qui portait à travers les bois et les collines revint jusqu'au temple Gazou, pénétra dans la salle où je me trouvais et, en l'entendant, je me mis soudain à pleurer et à sangloter si fort que toutes les personnes présentes repensèrent à leur propre tristesse et versèrent un torrent de larmes, des larmes si abondantes qu'elles ruisselèrent sur le sol et formèrent un fleuve qui s'écoula hors de la salle, sur la terrasse et alla inonder le pied d'un mûrier stérile dont on disait qu'il avait été planté il y a des siècles et des siècles par les frères Gazou eux-mêmes, c'est alors qu'au beau milieu de l'été, cet arbre stérile connut une brusque floraison et une heure plus tard ses fleurs tombèrent, laissant place à de grosses mûres blanches plus sucrées que celles que nous avions mangées jusqu'alors, et à partir de ce jour, les gens se mirent à l'appeler l'arbre-qui-fait-éclore-le-chagrin et maintenant chaque année ils attachent des lambeaux de tissu à ses branches en priant pour être exaucés, bref c'est ainsi que je fus guéri et que je quittai cette montagne avec mes parents pour rentrer chez nous, mais figurez-vous que la rumeur de ma guérison s'était répandue, les bergers avaient passé le mot aux pêcheurs et les pêcheurs aux bûcherons et les bûcherons aux villageois dans tout le Mazandéran, de ce fait, sur notre passage, les gens attroupés attendaient, mais en me voyant ils étaient pris d'une folie furieuse, se mettaient à hurler et se jetaient sur moi pour m'arracher des bouts de vêtements destinés à leurs oblations et à la guérison de leurs enfants et de leurs parents malades, mais ensuite quand mes habits étaient réduits en lambeaux, ils versaient d'amères larmes et me disaient : « La paix soit avec toi », puis ils partaient répandre la nouvelle qui finit par parvenir à mon frère et quand mon frère l'entendit de ses propres oreilles, il dit à sa femme qu'il devait aller me demander pardon pour éviter que je ne le tue, mais elle lui répondit que cela ne servait à rien, même s'il me demandait pardon je voudrais le tuer, aussi ne virent-ils pas d'autre solution que de s'enfuir et de ce moment-là et jusqu'à ce qu'on m'assassine, ils passèrent de ville en ville et de village en village comme des vagabonds parce qu'ils vivaient dans la peur que je les traque et les tue alors que moi, depuis que Dieu m'avait offert une nouvelle jeunesse, je n'avais pas une seule pensée pour eux, mon seul désir était de servir ma mère et mon père qui n'avaient jamais cessé d'espérer pour moi au point que je ne m'occupais guère de ma femme et de mes enfants qui étaient pourtant gentils avec moi, mais un jour ordinaire comme Dieu en fait tant alors que je ne pensais plus ni à mon frère ni à la mort, mon père mourut et quelques jours plus tard ma mère le suivit dans la tombe, je les pleurais encore lorsque je vins pêcher au bord de ce fleuve pour apaiser un peu ma tristesse sans me douter que mon frère ne m'avait pas oublié et qu'il rôdait autour de la maison ; il m'attaqua par-derrière avec une hache, me tua et jeta mon corps dans ce fleuve, ici même, avant d'enterrer la hache dans ce coin-là et voilà comment je finis par passer de vie à trépas moi aussi, mais le fantôme de mon frère assassiné tenait enfin sa vengeance et il se mit au travail ; depuis ce jour-là il déterre la hache toutes les nuits et va la cacher sous l'oreiller de mon puîné qui la trouve chaque matin et, en proie à une terreur mortelle, passe la moitié de la journée à la ramener ici pour l'enterrer à nouveau avant de retourner au village en espérant qu'elle restera là où elle est, mais le lendemain matin, il la retrouve sous son oreiller et le fantôme de mon frère ne fait rien d'autre de ses nuits car il tire un plaisir infini à voir souffrir notre cadet.

Ayant enfin terminé sa longue phrase, l'homme prit une longue inspiration et contempla fixement le feu. Personne ne souffla mot, chacun observa les flammes en silence.

— Quelle histoire ! finis-je par m'exclamer.

— Je suis resté concentré à chaque instant, tout du long, fit remarquer un autre fantôme.

En entendant cela, l'homme d'âge mûr s'empourpra, mal à l'aise.

— Désolé, alors c'est comme cela qu'on raconte les histoires ? demanda-t-il.

— Oui, c'est une façon parmi d'autres.

Je les regardai tous dans les yeux les uns après les autres, et Beeta aussi, et je compris soudain que nous autres fantômes nous sommes le versant de la vie qui est assombri par le chagrin alors que les vivants en sont le versant joyeux, de l'autre côté de la mort. Pourtant, Beeta n'était pas heureuse d'être en vie et le plus triste, c'est qu'elle ne savait même pas qu'elle devait se réjouir puisqu'elle n'avait rien d'autre à faire en attendant la mort. J'aurais voulu le lui dire, mais j'avais peur de la démoraliser encore plus alors qu'elle était déjà si découragée. Par bonheur, elle finit par se décider à prendre la parole.

— On dirait que de tous ceux qui sont ici, je suis la plus chanceuse : personne ne m'a tuée. Mais je ne me sens pas heureuse du tout.

Elle nous regarda, nous, les morts, nous, les premiers revenants qui avions croisé sa route depuis qu'elle avait quitté Razan.

— C'est parce que tu ne sais pas combien tu es belle, jeune et en bonne santé, dit un vieil homme.

Beeta sourit, ses joues s'empourprèrent, elle contempla les flammes en silence, tout émue, et nous vîmes à quel point ce sourire lui allait bien. Mais de tristes souvenirs ne tardèrent pas à l'effacer.

— L'homme qui m'aimait s'est détourné de moi pour épouser une jeune fille, avoua-t-elle.

— Tant mieux ! s'exclama l'homme d'âge mûr. Ça signifie que tu étais bien assez aimable, mais qu'il n'a pas été assez malin pour s'en apercevoir.

Le visage de Beeta s'éclaira d'un sourire un peu perdu, celui d'une femme qui ne sait plus si elle doit être heureuse ou triste.

— À votre avis, qu'est-ce que je dois faire ? finit-elle par demander. Ma mère, à qui j'en veux énormément, est partie... Ma petite sœur, poursuivit-elle, le doigt pointé sur moi, et mon grand frère ont été tués et j'ai laissé mon vieux père tout seul pour aller à Téhéran, mais je ne sais même pas ce que je ferai une fois que j'y serai.

— Va, sois forte, répondit le vieux. Et chaque fois que tu te désespéreras, pense à nous ; nous avons la vie éternelle, mais elle est sans joie alors que toi, tu es mortelle, mais il t'est donné d'être joyeuse.

On voyait bien que ma sœur était un peu réconfortée par ces paroles. *Comme nous avons été seuls, nous qui avons vécu des années sans personne pour nous aider à surmonter les tragédies familiales, pour louer notre courage et nous donner la force de continuer à vivre !* me dis-je soudain. Et voilà qu'après un long silence, Beeta se tourna vers moi, assise en face d'elle, de l'autre côté du feu et, avec un courage dont je ne la pensais pas capable, elle me demanda pardon.

— Je regrette de ne pas avoir été la sœur que j'aurais dû être. Tu as été une sœur pour moi par-delà ce qu'il t'était humainement possible de faire. À cause de nous, tu as continué à vivre parmi les vivants pour nous protéger. Pendant les longs mois de blizzard noir, qui nous aurait apporté du bois et de la nourriture si tu n'avais pas été là ? Si tu n'étais pas allée voir Sohrab en prison, qui d'autre aurait pu lui apporter un peu de réconfort ? Et surtout, si tu ne nous étais pas revenue d'entre les morts, comment aurions-nous pu endurer le chagrin que nous a causé ta perte ?

Elle se tut un instant, un peu gênée, avant d'ajouter :

— Mais à partir de maintenant, je voudrais qu'avec moi tu respectes la frontière entre la vie et la mort.

Au début du Saint Évangile, il est écrit : « Au commencement était le Verbe. » Et le Verbe peut supporter le poids de la Création et de toute existence, comme un fardeau sur ses épaules. De même, à cet instant, le poids des paroles de Beeta me fit prendre conscience de mes limites.

— Ce que vous avez dit et raconté ce soir m'a aidée à comprendre que je ne suis pas assez forte, poursuivit ma sœur. Vous autres fantômes, vous devez être très forts pour revenir vivre parmi les vivants.

Puis elle se tourna vers moi.

— C'est pour cela que je ne veux pas que tu viennes voir si je vais bien avant que je retourne à Razan, me dit-elle alors. Laisse-moi éprouver ce qu'est vraiment la solitude, au sens fort du terme, laisse-moi trouver mon propre chemin. Si je survis là-bas, dans les foules de Téhéran, tu me reverras à Razan et si je meurs, je viendrai aussi te retrouver pour te dire à quel point ton existence m'aura été précieuse par-delà la vie et la mort.

Lorsqu'elle prit congé de nous et que je l'embrassai sur la joue pour lui dire au revoir, j'avais le cœur serré à l'idée que nous nous voyions pour la dernière fois. J'ignorais encore que de nous trois, seule Beeta continuerait à vivre, mais que les profondeurs de la mer Caspienne seraient son dernier refuge.

13

Je pris la route qui me ramenait à Papa et à la solitude tandis que Beeta prenait celle de la ville et de son tohu-bohu. Celle qui partit ce jour-là avait le visage innocent d'une jeune fille anxieuse, et la Beeta qui revint avait l'air d'une femme solide et vigoureuse, elle avait plusieurs cheveux blancs, quelques rides aux coins des yeux, des lèvres habituées à se taire et des pieds qui avaient couvert de longues distances. De plus, elle avait si peu à dire des quelques années écoulées que nous n'osions pas la presser de nous raconter Téhéran. Elle était devenue inexplicablement silencieuse. Je ne pouvais pas lui en vouloir. Quand elle me raconta qu'elle avait rejoint le premier groupe d'étudiants dissidents dès qu'elle s'était inscrite à l'université pour y étudier l'histoire de l'art et qu'elle avait été arrêtée à la suite d'une manifestation étudiante, interdite d'accès à la faculté, puis envoyée en prison, nous comprîmes que la vie réservait des événements encore plus sombres aux membres de notre famille. En moins d'une heure, Beeta m'eut raconté tout ce qu'elle avait fait à la capitale du début à la fin ; au terme de son récit, en allant à la cuisine pour nous servir du thé à tous les trois, elle nous asséna deux nouvelles en guise de conclusion. L'oncle Khosro que je m'attendais à voir arriver à Razan depuis des années avait été arrêté en raison de ses croyances mystiques, puis finalement relâché, mais il avait aussitôt quitté l'Iran pour une durée indéterminée sans avoir pu dire au revoir à personne. Il était parti vivre le restant de ses jours dans l'un des milliers de temples étranges et fantastiques que recèle l'Inde, espérant découvrir la nature véritable de Dieu dans l'unité de ses soixante-dix-sept religions. Par ailleurs, le maire de Téhéran, ce rapace qui cherchait toujours à faire main basse sur les demeures ancestrales de la ville, avait désormais recours aux menaces et aux pots-de-vin pour convaincre mon grand-père et mon arrière-grand-père, mais l'un comme l'autre étaient bien décidés à mourir dans la maison qui les avait vus naître.

Pendant tout le temps que dura ce récapitulatif succinct, énumération factuelle et presque télégraphique d'arrestations et de séjours en prison, d'exil en Inde et de menaces municipales, mon regard resta résolument fixé sur les yeux tristes de ma sœur. L'expérience l'avait fait vieillir avant l'âge, mais elle avait gardé l'incrédulité innocente de la jeunesse alors même qu'elle essayait de nous montrer à quel point ces mauvaises nouvelles étaient banales. Si elle l'avait voulu, elle aurait peut-être pu tout nous raconter par le menu comme l'avait fait le fantôme qui nous avait débité son histoire d'une traite, mais elle avait préféré la concision. Le laconisme est une réponse à la souffrance, et elle voulait se montrer forte. Peut-être était-ce pour cela qu'elle était devenue aussi silencieuse. Elle ne voulait pas prolonger les souffrances que nous avions déjà endurées. Elle voulait vivre dans le présent autant que possible. Oui, Beeta avait changé. Elle avait survécu à une tentative de suicide et poursuivi sa route pour aller au contact des vivants. Le destin voulut qu'après avoir passé plusieurs semaines à se détendre, à errer dans le jardin et autour des cercles de terre calcinée en se remémorant des souvenirs qu'elle n'avait pas envie de partager, Beeta se mit à feuilleter les vieux magazines de Papa. La lecture avait toujours été le premier et l'ultime refuge dans notre maison. Contrairement à mes attentes, ma sœur ne se tourna pas vers les livres traitant de politique et de sociologie, mais elle s'attaqua directement aux feuilletons à l'eau de rose publiés dans les magazines populaires. Je compris alors que l'absence d'émotion apparente d'une personne ne révèle rien de son intériorité. Ensuite, à ma grande surprise, elle lut des livres pour enfants. Peu à peu, elle développa une prédilection pour les contes de fées. Elle dévora tous les contes d'Andersen, ceux des frères Grimm, de Mehdi Sabahi, de Sadegh Hedayat et de Samad Behrangi ; puis elle passa aux *Mille et Une Nuits*, au *Shâh Nâmeh*, au *Darab Nama*, sans oublier les légendes de chevaliers de Samak-é 'Ayyâr, *Amir Arsalan* et *Hossein Kord Shabestari*. Ces gros livres l'occupèrent pendant de longs mois. Après cela, elle entreprit de collectionner les photos et les illustrations qui représentaient des fées, des sirènes, des elfes de la terre, des anges, des djinns et des démons issus de la mythologie. Un jour, elle finit par trouver un cahier de cinq cents pages et entama la rédaction d'une encyclopédie – l'*Encyclopédie des créatures imaginaires d'Iran* – sans avoir la moindre idée de ce qui lui avait inspiré ce projet. L'encyclopédie s'étoffa au fil du temps. On y trouvait l'Al*, l'Anqa, Ashu Zusht**, Bakhtak, mais aussi le Chamrosh et le Davalpa, Huma l'oiseau du paradis, le Roi des fées, Le Premier Taureau, Mardazma***, Rokh, Shirdal et Simorgh**** et bien d'autres. Dans des chapitres très complets consacrés aux démons de la Perse antique, elle décrivit Aktash, le démon du déni qui semble détruire la terre et la vie, Apush, le démon de la sécheresse, et Bushasp, le démon du sommeil le plus profond. Plus elle se plongeait dans les livres anciens tel que le *Darab Nama,* les *Mille et Une Nuits,* le *Norouz Nama* de Khayyam, *Hossein Kord Shabestari,* le *Livre des Rois, Eskandar Nama, Malek Jamshid, Jame al-Olun, Ajayeb Nama* et *Aja'ib va Ghara'ib,* plus elle s'immergeait dans l'océan immense et magnifique d'une

---

* Dans le folklore populaire, cette créature s'en prend aux femmes qui viennent d'accoucher si on les laisse seules et l'Anqa est un oiseau mythique qui vit sur le mont Qâf. Quand il cherche un partenaire, il pond un œuf et le couve en faisant claquer ses ailes avec une telle vigueur qu'il produit de la chaleur et s'échauffe aussi à l'idée de s'accoupler ; l'oiseau prend feu, se consume et est réduit en cendres. L'œuf est fertilisé par ces cendres et un nouvel oiseau en sort. Il ne peut y avoir qu'un Anqa à la fois. (NdA)

** Ashu Zusht est le nom d'une chouette mythique iranienne qui fut créée par les dieux pour combattre Ahriman ; quand il récite des versets du livre saint, cela effraie les démons. Bakhtak est une vieille harpie qui sévit la nuit, selon la croyance populaire iranienne, elle essaie d'étouffer les gens dans leur sommeil. Le Chamrosh est un oiseau géant qui, dans la mythologie iranienne, détruit les ennemis de l'Iran. (NdA)

*** Selon le mythe iranien, ce premier taureau est un animal sacré et pré-éternel qui fut tué par Mithra pour que la terre soit fertilisée par son sang. Le Mardazma est une autre créature mythique iranienne ; assise sur le bord de la route, elle cherchait à tester le courage des passants en les effrayant. Si un homme réussissait à vaincre sa peur, le Mardazma devenait son ami, sinon, il le tuait. (NdA)

**** Rokh est un oiseau mythique qui vit au sommet du mont Qâf et communique avec le vent et la lumière. Shirdal est une créature mythique qui a la tête d'un lion, le corps d'un oiseau et les oreilles d'un cheval. Ce griffon est le gardien du trésor des dieux. Simorgh est un oiseau géant dont le nid se trouve sur l'Arbre de Vie qui contient les graines de toutes les plantes de la Terre. Le Simorgh connaît le secret de l'existence. (NdA)

autre réalité, celle des croyances populaires iraniennes, et se détachait des réalités du monde quotidien. Pour effacer ou pour oublier son passé, elle lisait ou elle écrivait, s'absorbait dans le sens des mythes d'autrefois jusqu'à ce qu'une nuit, alors qu'elle prenait son bain, ses yeux se posent sur son corps dénudé. Elle passa de longues minutes à étudier son reflet dans le miroir et comprit soudain la futilité de ce qu'elle avait entrepris. Ce corps longtemps ignoré s'était ensuite habitué à la vie et à l'amour ; soumis à cette nouvelle réalité, il avait commencé à s'étioler. Beeta avait beau essayer, elle ne se rappelait pas quand ces nombreuses rides s'étaient creusées sous ses yeux, quand ces cent trente-huit cheveux gris avaient poussé sur ses tempes ni quand la peau de ses avant-bras s'était flétrie. Elle avait beau essayer, elle ne se rappelait pas quand une de ses molaires s'était cariée ni quand ses règles avaient commencé à s'espacer. Elle ressortit de la salle de bains et se dirigea directement vers la terrasse, certaine d'y trouver Papa. Elle lui prit la main d'un geste affectueux, la posa sur sa joue.

— Je crois que ce sera bientôt mon tour.

Assis à sa place d'où il voyait encore les cercles calcinés dans l'herbe, il tourna vers elle un regard absent puis, au bout d'un moment, contre toute attente, un pâle sourire se dessina sur ses lèvres.

Beeta cessa alors de lire et d'écrire pour se mettre à attendre avec impatience. Elle ne savait pas ce qu'elle attendait, mais elle était certaine que c'était pour bientôt et qu'un nouveau chapitre hallucinant de son existence allait s'ouvrir. Un point de non-retour. Elle repensa à la phrase de Charles Bukowski : « Trouve ce que tu aimes et laisse-le te tuer. » Pour commencer, elle cessa de lire et d'écrire. Peut-être aurait-on pu dire qu'elle cessa de lutter et pour finir elle renonça au silence. Les années passées à Téhéran l'avaient assez endurcie. Cela suffisait comme cela. Aussi n'essaya-t-elle plus de se contrôler elle-même, de contrôler ses pensées ni de régenter le verger et Papa ; elle s'abandonna à l'univers dans lequel elle avait noyé son chagrin – l'imaginaire.

Allongée sur son lit, elle se plut à imaginer cette nouvelle phase de sa vie. Non sans honte, elle se dit qu'Issa pourrait soudain réapparaître après toutes ces années et qu'ils partiraient ensemble, très loin, pour toujours. Mais elle s'admonesta aussitôt – il fallait être bien bête pour penser encore à lui après tout ce temps ! Ensuite, elle passa à des scénarios plus inventifs. Elle se dit qu'elle pourrait partir à la recherche de Maman. Elle s'imagina allant de ville en ville avec une photo qu'elle montrerait aux gens jusqu'au jour où un enfant tendrait le doigt vers une maison. Là, elle verrait Maman avec un nouveau mari et des enfants, et Maman ne reconnaîtrait pas Beeta, pas du tout. Parfois, dans ces scénarios imaginaires, cette mère qui n'existait plus lui manquait tant qu'elle se mettait à pleurer et la maudissait intérieurement de les avoir abandonnés comme cela, sans crier gare.

Un jour, nous étions à la lisière de la forêt où nous avions passé un long moment à rouler et à fumer des cigarettes comme celles qu'Issa lui avait appris à faire avec certaines herbes et Beeta me dit :

— La vie est trop imparfaite, voilà qui nous pousse à nous réfugier dans les rêves. Je ne comprends pas pourquoi les prophètes et les philosophes ne l'ont toujours pas compris. Je pense que l'imagination est au cœur de la réalité, en tout cas, elle est essentielle pour comprendre le sens et la vérité les plus immédiates de la vie.

Alors que je la regardais en réfléchissant à ces paroles, je voyais bien qu'elle était en train de changer, de se transformer à nouveau.

— Nos rêves ne font-ils pas partie de la réalité ? Comme nos désirs ? Qui ne croit pas que Huma, l'oiseau qui fait le bonheur de tous ceux qu'il survole, a existé jadis ? Qui ne croit pas au Simorgh dont le destin est lié à ceux de Sam, de Zal et de Rostam ? Et tous ces livres qu'on a écrits sur lui, tous ces tableaux qu'on a peints, qu'ont-ils en commun ?

Elle se tut, poussa un profond soupir et conclut :

— Après tout, si la vie est tellement décevante et ordinaire, pourquoi l'imagination ne pourrait-elle pas repeindre la réalité en couleurs ?

Peu à peu, ses rêves et ses rêveries gagnèrent du terrain sur sa vie. Dans notre maison oubliée de tous, un nouveau monde s'ouvrit à elle quand elle commença à déployer tous les efforts possibles pour empêcher ses songes de s'évaporer comme la rosée du matin. Au réveil, elle passait des heures à se tourner et à se retourner dans son lit, ou bien elle allait s'asseoir pour se les rappeler, les associer et chercher à en comprendre la signification à l'aide des livres d'Ibn Sirin, de Jung, de Freud, des romans de Mircea Eliade, de Mehrdad Bahar ou des écrits de Lévi-Strauss en espérant y voir plus clair dans ce que l'avenir lui réservait.

Une nuit elle rêva qu'elle s'était transformée en poisson.

— Mon rêve était tellement réaliste que je ne sais plus si je suis une femme qui a rêvé qu'elle était un poisson ou un poisson qui a rêvé qu'il est une femme ! s'exclama-t-elle en se réveillant le lendemain.

Elle qui s'attendait à trouver des indices bien réels dans ses songes avant même la naissance du premier poisson, elle avait bien mal compris ce que signifiaient la mer et ces petites créatures couvertes d'écailles.

« Je te reverrai un jour, quand viendra la saison des amours des libellules », lui avait dit Issa autrefois. À quel moment de l'année avait-elle lieu, cette saison des amours ? Il n'avait jamais voulu le lui révéler. Pourtant, il tint sa promesse et, par une nuit de printemps, parmi les libellules endormies, les deux amants se revirent une dernière fois. Mais, contrairement à ce que pensait Beeta, ce ne fut pas à l'abri des regards dans un coin du verger ceint d'un cercle de flammes. En fait, quand elle se réveilla ce matin-là, Beeta était persuadée qu'elle avait passé la nuit à faire l'amour avec Issa. Pourtant, plus les détails de sa présence se précisaient dans sa mémoire, moins elle se rappelait lequel d'entre eux s'était introduit dans le rêve de l'autre. De toute façon, le résultat était le même. Elle ne tarda pas à ressentir les premiers signes d'une grossesse. Son premier enfant naquit dans le tumulte des songes qui se dissipaient, dans l'étonnement et l'impatience qui précèdent une nouvelle phase de l'existence encore nimbée de mystère. Au seuil de cette nouvelle vie et dans le silence de la nuit, quelle ne fut pas sa surprise quand elle découvrit le fruit de ses entrailles et le petit bocal en verre qui l'accompagnait ! C'était un poisson rouge. Horrifiée, elle posa le bocal sur l'étagère de sa chambre et décida de ne rien dire à Papa. Son deuxième enfant vit le jour le lendemain matin.

— Pourquoi mon lit est-il mouillé, plein de sable et de mollusques ? criait-elle, prise de panique.

Dans les draps ensanglantés, il y avait un autre poisson, bien vivant, et Papa qui avait été attiré par le bruit se dépêcha de le mettre dans le bocal avec le premier. Bientôt, il fallut y ajouter des aquariums parce que chaque matin ma sœur donnait naissance à un nouveau poisson rouge. La maison ne tarda pas à se remplir de bocaux et d'aquariums de toutes tailles ; il y en avait sur les rayonnages, dans les coins, sur le lit de Sohrab, sur le mien et même dans l'atelier de Papa. Leur présence rendit l'isolement de notre maison à l'écart du monde encore plus pesant. Tel un gigantesque iguane paresseux, Papa fut bien obligé de sortir plusieurs fois par jour des ténèbres de plomb dans lesquelles il se retranchait pour tout oublier car il devait nourrir ces pauvres créatures.

Je devrais peut-être les considérer comme mes petits-enfants, se dit-il. *Malheureux petits, écaille de ma chair.*

Un matin, Beeta se serait vidée de son sang si elle n'avait pas elle-même fait office d'accoucheuse pour avoir la vie sauve. Cette fois-ci, elle accoucha d'un très gros coquillage contenant une perle qui faillit rester coincée dans le col de l'utérus. Aussi, quelques mois plus tard, quand elle fut réveillée par un clapotis entre ses jambes, elle ne s'en étonna pas vraiment. Mais lorsqu'elle voulut se lever et tomba aussitôt par terre, elle commença à s'inquiéter. Elle se traîna par terre jusqu'au mur et réussit à atteindre l'interrupteur. Quand la lumière s'alluma, Beeta vit Zakariya al-Razi, notre illustre ancêtre ; il était adossé au mur et avait de l'eau jusqu'aux chevilles.

— Voilà, j'ai trouvé la solution, lui dit-il. Maintenant tu es à l'abri de leur malfaisance, et le coffre aussi.

Sur ces mots, sans lui laisser le temps d'ouvrir la bouche, il disparut, heureux et souriant, à travers le mur humide. Les jambes de Beeta avaient été transformées en queue de poisson.

Elle était magnifique, extraordinaire, mais au début, cette queue l'effraya. Beeta restait toute la journée assise dans un coin à la regarder et elle en découvrit peu à peu les merveilleuses propriétés, mais en attendant, elle se demandait bien comment elle était censée aller préparer les repas à la cuisine et superviser les jardiniers dans le verger. Il fallut que je descende de ma cabane plus souvent qu'avant pour veiller sur elle et la rassurer : grâce à cette métamorphose, ses rêves deviendraient réalité. Au début, Papa décida qu'il valait mieux qu'elle reste ici et que la vie continue comme avant. Sur ce, il remplit une grande baignoire d'eau pour que Beeta puisse y passer son temps. Quelques jours plus tard, il comprit à quel point ce souhait était cruel. Non, rester des heures à barboter en regardant le carrelage blanc d'une salle de bains n'avait vraiment rien d'amusant ! Aussi accrocha-t-il des tableaux aux murs et installa-t-il des pots de fleurs aux coins de la pièce. Mais il ne tarda pas à s'apercevoir que cela non plus ne servait à rien. Il prit alors la décision de cimenter la porte de la salle de bains, d'aménager une ouverture dans le toit et de remplir toute la pièce d'eau pour que Beeta puisse y accéder par le toit chaque fois qu'elle voudrait nager. Ensuite, il relâcha tous les poissons de la maison ; comme cela, en tout cas, elle pourrait s'occuper en compagnie de ses enfants.

Cela n'alla pas sans difficultés. Chaque fois que Beeta avait besoin de se rendre dans la « piscine », Papa devait hisser la baignoire dans laquelle elle se trouvait le long du mur à l'aide d'une corde et d'une poulie qu'il avait installées aussi loin que possible des regards curieux des villageois et des jardiniers qui s'affairaient au jardin. Beeta était ravie d'avoir forcé Papa à sortir de sa torpeur même si elle n'y était pour rien et redoutait que cela ne dure pas – aux efforts paternels succéderaient alors le silence et l'inertie. Jamais elle n'aurait imaginé qu'il irait jusqu'à lui donner tous les coquillages qu'il avait collectionnés depuis l'arrestation de Sohrab, un complément bienvenu à la divertissante compagnie des poissons, sans parler de la floraison des nénuphars qu'il était allé chercher dans les marais. Il la ravitaillait tous les jours en nourriture, également par le toit. Un jour, il finit par m'appeler à la rescousse, il avait besoin d'aide pour construire un escalier et une terrasse à la place de l'ancien toit de la salle de bains. Ainsi, les repas redevinrent un moment agréable pour nous trois. Papa préparait à manger et, comme autrefois quand nous allions pique-niquer tous les cinq au pied du mont Damavand, du mont Darband ou sur la route de Chalus, nous allions nous installer sur la terrasse toute neuve près de la piscine de Beeta. Là, nous mangions en admirant la vue, nous parlions de notre journée et, en l'absence de Maman et de Sohrab, nous nous autorisions parfois à rire ; nous regardions grossir les poissons et repousser l'herbe qui recouvrait peu à peu les cercles de terre brûlée. Mais Beeta changeait. Elle voulait passer tout son temps dans l'eau, et comme elle ne pouvait plus retourner dans son lit, elle se mit à dormir tout au fond de l'eau, dans la baignoire. Puis sa peau se métamorphosa : peu à peu, ses bras, ses épaules et son visage se couvrirent de minuscules et magnifiques écailles teintées d'or et d'argent, et dès que nous avions le dos tourné, elle se collait aux parois de son bassin pour se nourrir d'algues microscopiques. Chaque après-midi nous bavardions pendant des heures, elle me confiait qu'il lui avait été facile de quitter Papa pour partir au-devant de son destin, mais que dorénavant, elle était prête à vivre dans cet espace exigu pour ne plus l'abandonner à l'immobilité et au silence.

Aussi restait-elle allongée dans l'eau, au soleil pendant toute la journée et, la nuit venue, elle dormait dans son bassin à la belle étoile en rêvant de la mer. Elle jouait avec les poissons et les coquillages, elle s'émerveillait de la beauté des nénuphars pendant des heures, puis elle sombrait dans la langueur et la léthargie jusqu'à la fin du jour. Elle laissait le temps s'étirer entre chaque minute et observait tranquillement chaque mouvement des nuages depuis l'aube naissante jusqu'à la fin du crépuscule. Un jour, elle me raconta l'extraordinaire ravissement poétique que lui procuraient la sensation des gouttes bleues tombées du ciel sur sa peau et la vision d'un corbeau qu'un prisme de lumière à la lisière d'un nuage avait nimbé de couleurs arc-en-ciel. Une autre fois, perdue dans la contemplation d'un nuage blanc au milieu de l'azur, elle me dit que ce qu'il y avait de plus beau dans le ciel de Razan, c'était la pureté de ses nuages car aucun avion ne les avait encore souillés.

Grâce à notre passion pour la lecture, nous pouvions encore nous enthousiasmer pour un nouveau livre et le dévorer pendant des heures. Pour distraire Beeta, Papa et moi allions explorer chaque recoin de la maison, à la recherche d'œuvres oubliées ici ou là. Elle les lisait avidement en s'efforçant de ne pas les mouiller. Au bout d'un moment, elle me demanda de lui faire la lecture. Manifestement, elle arrivait de moins en moins à déchiffrer les lettres et les mots, mais pour son bonheur, elle pouvait toujours nous entendre, nous comprendre et nous parler, comme avant.

Nous découvrîmes alors *La Nausée* et *La Métamorphose* que nous lûmes ensemble, ce qui donna lieu à plusieurs jours de discussions. Beeta se surprit à rire, soulagée de ne pas être devenue un horrible insecte géant comme ce pauvre Gregor Samsa. Ces deux livres nous rapprochèrent, ma sœur et moi. La lente transformation en créature aquatique et sa nouvelle vie qui lui donnait une liberté impossible tant qu'elle était un être humain lui permettaient-elles de mieux comprendre ma condition de fantôme ? Comprenait-elle un peu mieux que, malgré les lois de la matière, les fantômes continuaient à exister, et avec la même intensité qu'avant ?

La Nausée nous révéla toute l'imbrication complexe du politique, du religieux et du philosophique dans notre monde – un monde que nous voulions comprendre par nous-mêmes. *La Métamorphose* apprit à deux sœurs désemparées que l'humanité d'aujourd'hui ne ressemble pas à ce que la littérature classique leur avait enseigné.

Nous lûmes *L'Insoutenable Légèreté de l'être* avec une telle délectation que nous ne vîmes même pas la nuit tomber et *Scènes de la vie conjugale* nous fit pleurer – avec quelle naïveté nous avions cru à la pureté de l'amour charnel ! Papa finit par se joindre à nos séances de lecture et, ensemble, nous découvrîmes *Les Amants*, *Moderato cantabile*, *Les Belles Endormies*, *Ragtime*, *Le Désert des Tartares*, *L'Attrape-cœurs* et *Les Vestiges du jour*, dont nous parlâmes pendant des jours. Enfin, quand il ne nous resta plus d'autre livre, nous commençâmes *Vipère au poing* qui traînait – oublié – derrière une bibliothèque. Jamais nous n'aurions imaginé quel chef-d'œuvre nous réservait Hervé Bazin. Mais notre existence n'était pas toujours aussi idyllique. Un jour d'orage, le vent et la pluie firent glisser Papa dans l'escalier alors qu'il montait à manger sur la terrasse et il renversa tout par terre. Beeta voulut se hisser sur le bord du mur pour lui venir à l'aide, mais elle glissa à son tour et atterrit à côté de lui en éraflant ses délicates écailles.

Sous les trombes d'eau qui trempaient leurs corps meurtris et délayaient leur sang avec la sauce du ragoût d'aubergines dans la boue, Beeta se mit à sangloter et serra Papa dans ses bras en le suppliant de lui pardonner son égoïsme, cet égoïsme qui avait transformé ses chimères en réalité. Mais ce jour-là, Papa prit sa décision. Il ne pouvait plus supporter de la voir gâcher sa vie ici, et tant pis pour ce qu'il nous restait de bonheur. Il vaudrait mieux qu'elle aille vivre dans la mer et le moment était peut-être venu de s'y préparer, lui suggéra-t-il quelques jours plus tard. Beeta protesta que le chant de la mer la nourrissait à distance et qu'elle n'avait absolument pas besoin d'aller y vivre. Mais nous savions tous qu'elle disait cela par amour pour nous.

Ce nouveau chapitre de son existence était arrivé plus vite et de façon plus imprévue qu'elle l'avait imaginé ; elle acceptait son destin avec résignation et s'accommodait volontiers de tous les changements qu'il lui imposait, mais la culpabilité était là, à chaque instant.

Elle s'inquiétait pour Papa, qu'allait-il devenir sans elle ? Elle se disait qu'il aurait peut-être mieux valu qu'elle s'abstienne de poursuivre ses rêves et les fantaisies de son imagination, qu'elle n'aurait sans doute jamais dû quitter Razan pour aller à Téhéran ou qu'elle n'aurait jamais dû en revenir. Ainsi du moins serait-elle demeurée une femme et Papa aurait pu continuer à espérer qu'elle reviendrait un jour. Mais cette fois-ci, elle partirait pour ne jamais revenir. Elle se demanda s'il valait mieux demander à notre ancêtre de lui rendre sa forme humaine et, pendant trois jours, elle l'appela dans le secret de son cœur, mais il ne lui apparut pas. Aussi, une nuit, après l'avoir vêtue d'un *mantô** et coiffée d'un foulard, après avoir caché sa queue sous une

* Sorte de hijab porté en Iran qui prend la forme d'une longue chemise ou manteau de couleur sombre. (NdT)

couverture et mis un seau d'eau près d'elle pour qu'elle puisse s'y rafraîchir, nous trouvâmes un coin tranquille sur une plage plongée dans l'obscurité afin de lui dire au revoir.

La gorge nouée par l'angoisse, nous gardâmes le silence pendant un long moment.

— Tu as remarqué à quel point la liberté t'a embellie ? dit Papa pour la consoler, en déposant un baiser sur sa joue visqueuse. J'aime cette beauté-là.

Ensuite, il prit un collier orné de perles en boutons de rose qui avait appartenu à Maman et l'attacha autour du cou de ma sœur.

— Nous voulions te le donner pour ton mariage.

Assise sur le sable humide, Beeta joua avec les vaguelettes et eut l'air d'hésiter. La mer avait des reflets d'argent sous la lune et les étoiles qui brillaient.

— Si vous trouvez un jour la tombe de Sohrab, finit-elle par dire d'une voix assourdie, embrassez-la pour moi.

Nous nous mîmes tous à pleurer ; nous nous enlaçâmes et nous serrâmes très fort en nous couvrant de baisers. Je débarrassai ma sœur de son voile et de son *mantô* et les laissai tomber par terre. Elle entra dans l'eau jusqu'aux hanches. Quand on ne vit plus que sa tête et son cou, elle enleva son débardeur et me le lança en riant. Ellc était loin d'imaginer quel merveilleux spectacle elle offrait, vue du rivage. La lune et les étoiles se reflétaient sur les flots autour d'elle, ses longs cheveux ondulés lui couvraient les seins et sa magnifique queue agitait l'eau de délicates ondulations. Exultant à l'idée de pouvoir enfin plonger dans la mer Caspienne en toute liberté, elle s'enroula sur elle-même, puis réapparut à la surface dans un grand éclat de rire. Un rire magnifique qui nous gagna nous aussi. Elle agita la main pour nous dire au revoir, mais ne put s'empêcher de revenir sur le rivage pour nous étreindre de toutes ses forces.

— Si jamais Issa vient me chercher, dis-lui que je suis repartie à Téhéran !

Nous nous regardâmes, les yeux pleins de larmes. *Malgré tous les romans modernes que nous avons lus, elle continue à aimer Issa d'un amour romantique,* me dis-je.

Beeta s'éloigna à nouveau. Le bruit des vagues remplit le silence qui se fit entre nous. Papa voulut tourner les talons, sans y parvenir. Il courut dans l'eau et la serra encore une fois contre sa poitrine en sanglotant sur son épaule couverte d'écailles. Beeta était le dernier de ses enfants en vie… la seule qui le rattachait encore au monde des vivants. Il huma l'odeur de ses cheveux, les embrassa et, sans la regarder cette fois-ci, il se détourna d'elle. Elle put alors se laisser envelopper par les sombres vagues de la mer Caspienne. Sans se soucier un instant du coffre que notre ancêtre lui avait demandé de protéger et de ce qu'il en adviendrait, elle nagea de plus en plus loin, plongeant la tête dans l'eau pour y noyer ses larmes salées.

Papa retourna la voir chaque semaine sur cette plage, il m'arrivait de l'accompagner. Quand Beeta voulut savoir si Issa nous avait demandé de ses nouvelles, je mentis en répondant qu'il était venu une fois. Une larme coula sur sa joue. Joie ou chagrin, je n'aurais pas su le dire. Par la suite, Beeta revint en compagnie du peuple de la mer – les sirènes avaient une lanterne à la main, des seins magnifiques et une longue chevelure ensorcelante, les tritons avaient de beaux visages d'étalons aux traits pleins de douceur. Papa se réjouit de voir qu'elle s'était fait des amis et qu'on l'avait acceptée dans son nouvel environnement. Parfois, les créatures venaient s'asseoir sur le rivage pour bavarder avec nous. Observant Beeta avec curiosité et vigilance, nous la vîmes changer peu à peu au fil de ces visites. Nous remarquâmes non seulement qu'elle demandait moins de nouvelles d'Issa, mais aussi qu'elle parlait de moins en moins de Sohrab et de Maman. À chaque nouvelle rencontre, elle paraissait plus joyeuse, plus insouciante et même plus espiègle qu'avant. Nous pensions que c'était dû au bonheur sans entraves qu'elle goûtait dans ce milieu aquatique où elle pouvait enfin faire ce qu'elle voulait, nager librement. Mais un jour, les explications d'une sirène nous permirent de comprendre que leur monde était profondément différent du nôtre.

— Pourquoi es-tu si triste ? demanda la sirène à Papa qui ne s'était pas rasé depuis un certain temps et dont la barbe était devenue aussi blanche que ses cheveux.

Il ne répondit pas.

— Dans notre monde, la vie éternelle n'existe pas et, comme ceux des poissons, nos cerveaux ne nous permettent pas de penser au passé. Vivre ainsi nous évite de connaître la tristesse.

Ayant dit cela, elle s'élança joyeusement dans l'eau et disparut dans la mer avec Beeta et les autres créatures aquatiques. Alors même que Papa avait de plus en plus besoin de la joyeuse liberté de Beeta, ses visites s'espacèrent. Non qu'elle fût accaparée par d'autres occupations, mais simplement parce que sa mémoire devenait pareille à celle des poissons.

Le jour vint où elle s'approcha du rivage, mais ne sortit pas de l'eau. Elle resta derrière un gros rocher d'où elle nous dévisagea avec méfiance. Elle plongea dans la mer, réapparut à la surface, puis retourna à son poste d'observation et nous lança des regards furtifs. Je finis par la rejoindre à la nage.

— Mais qu'est-ce que tu as ? lui demandai-je.

— Qui êtes-vous ? répondit-elle.

Je lui révélai mon identité et lui dis que le collier qu'elle portait appartenait à notre mère. Elle réfléchit quelques instants et un sourire apparut enfin sur ses lèvres.

— Je savais bien que j'avais une raison de revenir ici, mais j'avais beau chercher, impossible de me rappeler qui vous étiez.

La fois suivante, quand nous allâmes sur la plage, Beeta ne se montra pas et nous attendîmes jusqu'à l'aube avant de rentrer à la maison sans mot dire. Ayant compris qu'elle vivait désormais sa vie de sirène dans la plénitude du présent – celle à laquelle aspirent les mystiques –, Papa ne remit plus jamais les pieds sur ce rivage déserté.

Le lendemain, Papa erra sans but dans la maison, le cœur brisé, puis il monta sur la terrasse, cherchant à apercevoir les petits poissons dans la salle de bains. Le matin suivant, au point du jour, il sortit sous une pluie fine et se mit à creuser. Je l'observai du haut de ma cabane. D'abord, je me dis qu'une nouvelle folie s'était emparée de lui et qu'il cherchait à s'enterrer vivant, puis je constatai non sans soulagement que la fosse s'agrandissait. Il y travaillait tous les jours. De temps à autre, il mangeait un peu ou fumait sa pipe, mais il ne me parlait plus. Simple fantôme sans but ni attaches, je n'étais plus la seule absente de la famille et ma présence l'agaçait plus qu'elle ne le réconfortait. Désormais, il préférait tourner ses pensées vers d'autres morts.

À la fin du cinquième jour, il avait creusé une piscine assez vaste pour que tous ses petits-enfants puissent y nager librement. Il fallut encore trois jours pour jointoyer les dalles dont il avait tapissé le fond du bassin. Enfin, il fixa une bâche faite de nappes en plastique qu'il avait cousues ensemble sur ce dallage. Il put alors amener le tuyau jusqu'à la piscine pour la remplir. Deux jours plus tard, il se servit d'un filet à papillons pour transférer tous les poissons un par un. Je vins me poster près de lui pour les compter, il y en avait quarante-sept. Papa vida le contenu de plusieurs boîtes pleines de fruits et de légumes coupés en morceaux dans l'eau, dit au revoir aux poissons d'une voix forte et ne s'en préoccupa plus jamais. Après cela, il paya leur dû aux ouvriers et les congédia une bonne fois pour toutes, eux aussi. Pour finir, il vint me trouver.

— Il est temps de partir. Va-t'en, toi aussi. Va rejoindre Sohrab. Pars aussi loin que possible. Va. Envole-toi tout là-haut.

Ensuite, il prit sa valise, ferma les portes à clé, monta dans sa Buick Skylark et disparut au détour de la route sinueuse qui allait à la ville. Mais avant de démarrer, il sortit la tête par la fenêtre et ajouta une dernière chose :

— Et si tu restes ici, sache que je ne veux pas que tu viennes me voir. C'est Beeta qui avait raison. Nous devons nous frayer notre chemin dans le monde et apprendre à vivre parmi les vivants.

14

AH, LE MOMENT ÉTAIT ENFIN VENU... Pour la première fois de ma vie, j'étais parfaitement seule. Assise dans ma cabane, je réfléchis à l'histoire et au destin des humains. Je lus des livres et repensai aux romans que j'avais rêvé d'écrire quand j'étais vivante. Je goûtai aussi aux plaisirs de la vie. J'allais nager avec les petits-fils de Papa, je grimpais aux arbres et mangeais des prunes jaunes. Je plantai de nouveaux arbrisseaux – noyers, pêchers, pruniers sauvages – pour que les arbres étendent leur canopée sur l'ensemble du verger et cachent tout aux regards curieux. Je passais du temps avec les oiseaux et les lézards, je profitais aussi de la compagnie des libellules, mais sans essayer d'interpréter leur langage. La divination n'est qu'une faible tentative des hommes pour comprendre un monde incompréhensible.

Après le départ de Papa, des fantômes commencèrent à me rendre visite. Ils venaient parler de l'histoire de Razan, dans l'idée d'alléger le poids de ma solitude – sans savoir que cette situation me plaisait, je l'appelais de mes vœux depuis si longtemps ! Quand Papa m'avait dit d'aller rejoindre Sohrab, je n'avais pas songé un seul instant à suivre son conseil. J'avais décidé de rester ici jusqu'au retour de Maman pour pouvoir répondre à ses questions. Je savais qu'il y aurait un retour, qu'il y aurait des questions au sujet de Beeta et de Papa. Je savais qu'il y aurait un retour, et que ce retour nous ramènerait dans la chambre de Sohrab où, après avoir cherché parmi les papiers et les livres de mon frère, elle prendrait *Le Voyageur* de Sohrab Sepehri et le relirait pour la millième fois. Et il en alla ainsi. Des années plus tard, elle sauta par-dessus la grille du verger, si leste et agile que je ne reconnus pas celle qu'elle était autrefois. *Quelle femme extraordinaire !* me dis-je. Les signes de l'âge étaient visibles – les cheveux gris qui étaient apparus à la suite de son illumination, les rides et les ridules qui dessinaient son visage –, mais elle brisa la serrure de la porte d'entrée et pénétra dans la maison avec une telle assurance que je crus voir le plus jeune membre de notre famille encore en vie : c'était Roza, ma mère.

En attendant, les jours s'écoulèrent avec une régularité monotone. Du haut de ma cabane, j'observais les gens de Razan avec les autres fantômes en songeant que les morts sont continuellement heureux alors que les vivants connaissent un bonheur variable. Ce n'est pas leur infortune qui émerveille et fascine tant les morts, mais l'incroyable variété de leurs malheurs. Il y en avait assez pour remplir des milliers de livres. Il y avait de quoi alimenter des millions de discussions sur plusieurs générations. D'en haut, je regardais le temps passer et les villageois recommencer chaque journée dans une agitation incessante. Compter, y a-t-il chose plus futile au monde ? Si ce n'était pas le cas, j'aurais pu compter les levers et les couchers du soleil et de la lune, les jours de soleil, ceux où il y a des nuages, du brouillard, les mois et les saisons et les noter dans mon journal, uniquement pour tuer le temps. Peut-être aurais-je pu recenser le nombre d'enfants qui naquirent au village au cours de cette période ou celui des renardeaux, des chacals, des lapins et des hérissons qui virent le jour au cours de ces dernières années : combien de ces bêtes s'étaient accouplées, avaient fait des petits, combien étaient mortes autour de ma cabane ? Ou peut-être aurais-je passé mon temps à compter mes jours de solitude, mais comme il est écrit dans l'Ecclésiaste, autant courir après le vent, je le savais bien. Au lieu de tenir le compte des objets, des jours et des heures, si les gens frottaient simplement leurs paumes l'une contre l'autre rien qu'une fois pour saisir la plénitude du contact de la peau contre la peau, ils accéderaient à une meilleure compréhension du monde. Si les humains essayaient au moins une fois d'observer et de comprendre l'éclosion d'une fleur ou la naissance d'un agneau en faisant pleinement usage de leurs yeux, de leur ouïe et de leur odorat, ils en viendraient peut-être à la conclusion que de toutes les nuits et de tous les jours de leur vie, cette minute de contemplation est la seule qui compte vraiment. Au cours de ces années de solitude et de ces longues périodes d'insomnie, je m'aperçus que j'étais obnubilée par l'instant magique où la fleur éclôt.

Très tôt, avant l'aube, j'allais m'asseoir à côté des fleurs en bouton pour assister à la naissance d'une goutte de rosée. Le reflet des premiers rayons du soleil apparaissait en même temps que la perle d'eau, puis elle s'évaporait et j'entendais le délicat soupir de la fleur, infime et éphémère, entre l'agitation des humains et celle de la nature. Du bout des doigts, je touchais les pétales qui venaient de s'ouvrir ; je les humais et me laissais envelopper de leur parfum.

J'appris peu à peu à fermer les yeux et à concentrer tous mes sens dans celui de l'ouïe pour mieux entendre le soupir des fleurs. J'appris alors à faire la différence entre le soupir du bouton de rose et celui de la fleur de figuier. Celui de la rose ressemble au doux baiser qu'un amant timide pose sur les lèvres de sa bien-aimée, humide et plein d'intensité ; l'éclosion de la fleur de figuier ressemble plutôt au baiser qu'envoie la bien-aimée à son amant, un baiser aérien soufflé dans le vide par des lèvres en tulle.

Durant cette période, j'appris aussi que les plus belles choses sont celles que les humains connaissent le moins bien. Ainsi, le cognassier du Japon, que l'on voit rarement dans les jardins et dont la fleur est un concentré de beauté et de grâce japonaise aux courbes miniatures. L'éclosion de ce bourgeon est le plus timoré de tous les baisers. Ce sont les lèvres furtives qu'une jeune adolescente vêtue d'un kimono couleur pêche poserait à la dérobée sur la peau blanche de son bras gracile en rêvant à l'amoureux qu'elle n'a jamais eu, à la caresse qu'elle n'a jamais connue et à la bouche qu'elle n'a jamais embrassée. Le baiser du cognassier du Japon est celui qu'une vierge dédie à sa pureté immaculée.

Voilà comment je laissais les années de solitude m'attendrir ; résistant à la tentation d'aller voir Beeta, Papa et Maman, je me perdais dans la contemplation du verger et du village engourdis. Razan et ses secrets ancestraux, un village dont on ignore l'origine – ou du moins celles de son plus vieil habitant.

Les souvenirs de la vieille génération des villageois étaient aussi denses et serrés que les brins de lentilles *sabzeh** que l'on fait pousser chaque année pour garnir *haft-sin***, la table de Norouz. Pourtant, les villageois léguaient volontiers leurs souvenirs aux eaux du fleuve ; le seul événement qu'ils s'attachaient à garder bien vivace dans leur mémoire était celui qu'ils appelaient « le feu sacré de Razan ». À cette époque, ils s'accordaient tous à dire que la maison de Homeyra Khatun était la plus ancienne du village. De plus, même si personne ne savait qui était plus vieux que qui, la grand-mère d'Issa et d'Effat estimait qu'elle était la plus âgée du village, tout comme le chef de Razan et au moins cinq autres personnes de cette localité. Ils pensaient tous avoir environ cent vingt-cinq ans. Avant que les professeurs de l'Armée du savoir viennent à Razan à l'époque du chah, personne n'y avait jamais entendu parler de billets de banque, de calendriers, d'horloges, de cartes d'identité et de certificats de mariage. Les villageois d'ici ne savaient même pas que dans une ville bien loin de chez eux, les gens n'avaient pas besoin de chevaux ou de mules pour se déplacer puisqu'ils utilisaient de grosses machines en métal, qu'ils n'avaient pas besoin de cultiver leur nourriture puisqu'ils l'achetaient dans des magasins.

En ce temps-là, Razan était encore assez préservé. Les envoyés de l'Armée du savoir s'étaient perdus dans la forêt du Mazandéran avant d'y arriver, leurs Jeep avaient tourné en rond pendant trois jours sur les collines et les chemins de terre des environs et pour finir ils avaient dû

* Tradition ancienne qui se pratique au moment où l'on fête Norouz, la nouvelle année iranienne qui tombe le premier jour du printemps. Chaque famille fait germer des lentilles, puis on noue un ruban autour des jeunes pousses en faisant un vœu. Si le nœud se défait, le vœu sera exaucé. (NdA)

** Sur la table que l'on prépare pour cette fête, il y a sept objets symboliques dont les noms commencent tous par la lettre « s » (*sin*). (NdA)

capturer des chevaux en semi-liberté qui les avaient guidés jusqu'à Razan par les sentiers de la forêt. Quand les premiers professeurs avaient posé le pied au village en 1964, ses habitants n'avaient jamais entendu parler de couteaux et de fourchettes, ils n'avaient pas la moindre idée de ce qu'étaient l'électricité et la télévision.

D'après les parents des gens du village, l'ancêtre du premier devin était le seul habitant à savoir lire et écrire que l'on n'eût jamais connu jusqu'alors et il ne se déplaçait jamais sans un livre qu'il appelait l'*Histoire de Razan*. Aussi, chaque fois qu'il naissait un enfant dans une famille, c'est le livre qu'on se transmettait de génération en génération – que ce fût le *Shahnameh*, un recueil de poésie de Hafez, le *Avesta*, le *Masnavi*, les *Mille et Une Nuits* ou *Arsalan Amir Namdar*, qu'on lui apportait pour qu'il note la date de naissance du nouveau-né sur la page de couverture.

L'eau avait coulé sous les ponts depuis lors, et grâce à l'Armée du savoir, certains enfants du village finirent par savoir assez bien lire pour déchiffrer les dates de naissance de leurs aïeux dans ces livres ancestraux. Ils découvrirent non seulement que l'alphabétisation de l'ancêtre du premier devin laissait à désirer, mais aussi que des trois cent soixante-cinq jours de l'année, il ne savait en inscrire qu'un sur le papier. En effet, quand les petits savants du village se réunirent pour comparer les livres ancestraux qu'avaient conservés leurs familles illettrées pour y trouver les dates de naissance de leurs grands-parents et celles de leurs aïeux, ils tombèrent tous sur la même date : 12.12.1212*. Quand il fut révélé au grand jour que plusieurs générations de villageois avaient été dupées, l'indignation fut telle que l'on tint

* Dans le calendrier grégorien, cette date correspond au 03.03.1834. (NdA)

alors le premier devin pour responsable de tous les maux, à croire qu'il devait répondre personnellement des torts de son ancêtre.

Tous, à commencer par les enfants du village, puis leurs familles et pour finir, les professeurs de l'Armée du savoir, se perdirent en conjectures à propos de cette mystérieuse date. Les professeurs consultèrent les quelques livres d'histoire qu'ils avaient apportés, mais ils n'y dénichèrent aucun indice. Ensuite, les anciens du village se réunirent pour proposer différentes explications, qu'ils trouvèrent frustrantes et désespérantes. Leurs ancêtres avaient été dupés pendant plus d'un siècle ; pire, ils avaient témoigné à l'ancêtre du premier devin bien plus de déférence qu'il ne le méritait, parce qu'ils le considéraient comme la mémoire vivante et le dépositaire de l'histoire écrite du village. Les grands-pères et les grands-mères se souvinrent alors du manuscrit du vieux sage. Sans plus se soucier de leurs recherches inabouties et de leurs suppositions concernant la date du 12 décembre 1212, ils retournèrent la maison abandonnée et délabrée qui avait appartenu à l'ancêtre du premier devin, fouillèrent tout de la cave au grenier et passèrent même les ronces, l'herbe et les buissons environnants au peigne fin, mais ce fut en vain. Oui, cette révélation avait mis les villageois au désespoir, mais à compter de ce jour, l'histoire de Razan devint quelque chose d'important pour eux. Tous voulurent savoir qui étaient leurs aïeux et s'ils étaient liés aux fantômes des zoroastriens de la région. Pourquoi leurs ancêtres étaient-ils venus ici ? Qu'avaient-ils fait de leur vie, et pourquoi encore des villageois illettrés possédaient-ils tant de livres ? Se pourrait-il que leurs ancêtres aient été capables de lire et d'écrire ?

Les villageois furetèrent dans leurs armoires et dans leurs greniers humides, ils exhumèrent des coffres vieux de deux cents ans, mais ils n'y découvrirent que des étoffes mangées par les mites, des squelettes de lézards et de souris. Les seuls livres encore intacts qu'ils dénichèrent furent remis à leurs enfants savants dans l'espoir qu'ils y décèleraient la trace de leurs savants ancêtres, mais une fois encore, ce fut peine perdue. Aussi referma-t-on les armoires ; une fois nettoyés et équipés de nouveaux pièges à souris, les greniers furent fermés à clé et les coffres en bois à nouveau entreposés dans les sous-sols. Après un mois d'efforts frénétiques pour percer les secrets de leurs ancêtres, tout cela fut relégué dans l'oubli quand le soleil se leva sur un nouveau jour. Ils se consolèrent peu à peu en se disant : À quoi ça sert, l'histoire, après tout ? Oui, après tout, il leur restait le présent qui était la chose la plus précieuse que l'on pût avoir.

— Le passé, c'est pour les morts, dit un villageois.

— À partir de maintenant, nous allons écrire notre propre histoire, décida un autre.

— S'ils avaient été respectables, ces gens-là, ils nous auraient sans doute légué des objets de valeur, ajouta un troisième.

C'est ainsi qu'en fin de compte, les habitants de Razan se considérèrent comme lavés de toute faute et de toute ambiguïté. Ils exultaient comme si c'était le premier jour de la Création, comme s'ils faisaient et vivaient chaque chose pour la toute première fois, comme s'ils étaient soudain libérés du fardeau des conseils de leurs grands-pères, des contes édifiants de leurs grands-mères et de mille ans d'histoire glorieuse. Une gloire dont on ne pouvait plus retrouver la moindre trace.

Ce jour-là, au petit matin, quand les villageois décidèrent contre toute attente de se libérer des vices de leurs aïeux, le soleil se leva plus beau que jamais. Radieux, d'une clarté immaculée, il sortit de la brume qui nimbait l'horizon et, s'élevant des plantes comme des esprits enfermés sous terre, les vapeurs d'eau montèrent jusqu'au ciel rejoindre les nuages. Soudain, l'air était pur. Comme au premier jour de la Création, quand la Terre était vide et informe et que l'Esprit de Dieu ordonna « Que la lumière soit ! » en étendant sa volonté sur les masses obscures et vaporeuses. La lumière fut et Dieu vit que cela était bon et Il la sépara des ténèbres.

Dans l'épais brouillard, les renards et les chacals détalèrent, tout à leur bienheureuse félicité. Ils s'enfuirent des rizières et des poulaillers pour se réfugier dans leurs tanières où ils passeraient tout le jour à rêver de leur chasse nocturne, des poules et des oies qu'ils avaient chapardées. Comme tous les matins, le coucou se lança dans l'éternelle quête de son oiselle, lançant à toutes les créatures des environs : *Cou-Cou ? Cou-Cou ? Cou-Cou** ? Au village on avait l'impression de vivre une renaissance, tout était aussi neuf et frais que si les habitants avaient été transportés cent ans en arrière ; les amants étaient si timides qu'ils n'osaient même plus se dire des choses toutes simples ni même échanger de longs regards. Le monde était redevenu si authentique que le regarder fût-ce une seconde vous transportait au bord d'un abîme de folie et d'amour. Un seul regard enivré et adorateur suffisait à la jeune fille qui avait ôté le sommeil à son nouvel amoureux pour savoir qu'elle était prête à attendre ces yeux-là toute sa vie. Comme des siècles et des millénaires plus tôt, les mariages

* En persan, *kū*, forme abrégée de *kojâ*, signifie « où ». (NdA)

redevinrent simples, les filles ne demandaient ni *mahr** ni paiement d'aucune sorte à leur futur époux et les garçons ne demandaient ni dot ni preuve de virginité. En découvrant qu'il n'y avait pas d'histoire, les habitants de Razan avaient renoué avec le temps de l'innocence, les fleurs des pruniers sauvages étaient aussi belles et odorantes qu'au point du jour dans le jardin d'Éden. La rivière était limpide et poissonneuse et les gens étaient émerveillés par les rêves riches de sens dont ils étaient soudain assaillis.

Une villageoise rêva qu'une femme qui portait une torche venait la voir et se présentait comme son ancêtre. Désignant la colline sur laquelle poussait une partie de notre verger depuis des années, elle lui dit qu'elle vivait ici et qu'elle était venue laver ses tuniques blanches dans sa cour, en prévision d'un enterrement. La villageoise eut beau lui demander « Qui va-t-on enterrer ? Et pourquoi le blanc ? », la femme se contenta de lui répondre d'un air mélancolique : « Si tu es intelligente, tu le comprendras peut-être un jour. » Le lendemain, quand elle se leva pour aller se laver le visage au puits, comme tous les matins, la villageoise vit des tuniques blanches accrochées à une corde, agitées par le vent. Un homme rêva qu'une peste sévissait à Razan pendant quatre-vingt-huit ans et anéantissait même les prairies et les forêts les plus éloignées. Elle noircit la terre, la rendant stérile, et calcina les arbres. Un enfant de cinq ans rêva que les livres de sa famille brûlaient sur la place du village tandis qu'un homme coiffé d'un turban noir dansait autour du feu en riant.

D'abord pleins de prémonitions et de menaces, les rêves se firent de plus en plus agréables. Des songes

* Argent que le fiancé doit payer à son épouse le jour du mariage. (NdA)

bénéfiques, qui semblaient renseigner les rêveurs sur le passé et sur l'avenir, mais dans lesquels affleuraient sans cesse les besoins et les désirs du présent. Les villageois qui avaient toujours eu peur de rêver attendaient ces songes avec impatience pour que le premier devin puisse leur en révéler la signification. Mais ces chimères de la nuit ne tardèrent pas à être si réalistes, si proches de la vie diurne que les interpréter ne servait plus à rien. Délivrés du poids de l'histoire, submergés par des songes agréables, les villageois oublièrent peu à peu de travailler et de se nourrir et devinrent de frêles plantes qui vivaient d'oxygène. Plus leurs corps s'affaiblissaient, plus leurs esprits gagnaient en vigueur – au point que les images qu'ils généraient se télescopaient et finissaient par s'amalgamer. Bientôt, les habitants de Razan se rencontrèrent dans leurs rêves ; avant longtemps, ils mangeaient, tombaient amoureux et faisaient l'amour derrière leurs paupières closes.

Les choses continuèrent ainsi pendant des jours et des semaines jusqu'au moment où le premier devin rassembla tous les villageois dans un rêve plus lucide que les autres ; il leur enjoignit alors de se réveiller et de retourner à leur vie quotidienne. On avait toujours tenu compte de ses instructions à Razan, même quand l'honnêteté de son ancêtre avait été remise en question, mais cette fois-ci, les rêveurs l'ignorèrent complètement. Ils ne pouvaient plus s'arracher à ce monde onirique dans lequel ils menaient une existence insouciante, débarrassée de la souffrance et des responsabilités. Dans leurs rêves, personne ne causait de tourments aux autres et ils ne connaissaient plus la faim qui les tenaillait, avant. Leurs désirs étaient à portée de main. Si deux villageois étaient amoureux de la même personne, chacun coulait des jours heureux avec elle sans être entravé par la présence de l'autre. Dans leurs rêves, les pauvres habitaient de grandes maisons pleines de lustres en cristal, de miroirs aux murs et se baignaient tous les après-midi dans le lait et le miel ; dans leurs rêves, les femmes stériles vivaient heureuses avec leur mari et leurs enfants.

Lassé des rêves qui les avaient tous assaillis aussi soudainement, le devin n'avait d'autre choix que de se réveiller le premier. Quand il y parvint enfin, grâce à d'anciennes incantations et avec l'aide des forces surnaturelles invoquées en rêve, il vit que le village était plongé dans la torpeur. Le temps était suspendu. Il alla frapper à la porte de chaque maison pour réveiller les habitants et leur dire que si les choses continuaient ainsi, ils seraient bientôt réduits à l'état de frêles plantes desséchées et friables. Pourtant, personne ne bougea. Absolument personne.

Luttant pour rester éveillé, le premier devin se rendit dans la maison déserte de son ancêtre avec l'espoir d'y trouver une solution. Il y était venu quelques mois plus tôt avec les villageois pour chercher des traces de l'histoire de Razan, mais son instinct lui disait que cette fois-ci, il trouverait quelque chose, un coin secret, un indice, une solution. Et c'est ce qui arriva. Après trois jours et trois nuits de recherches dans la maison crasseuse, dans la terre envahie par les herbes, parmi les squelettes et les peaux desséchées des lézards dont les pattes étaient réduites en poussière, il trouva le vieux livre dans une boîte en métal sous le plancher, au sous-sol. Le lire ne fut pas aussi facile qu'il l'avait imaginé, car il était écrit en numération *abjad**, en *shajara* et en *jomal*.

---

* Système dans lequel les vingt-huit lettres de l'alphabet arabe correspondent à des valeurs exprimées en chiffres. Le terme *abjad* trouve son origine dans les quatre premières lettres des alphabets sémitiques (A-B-J-D). Ce code chiffré est notamment utilisé en numérologie, on le trouve dans les talismans et sur les amulettes. (NdA)

Le devin partagea alors ses journées à apprendre l'*abjad* et le *shajara** quand il n'allait pas rendre visite aux villageois endormis pour séparer les vivants des morts et enterrer ces derniers. Enfin, au bout de six semaines, il parvint à déchiffrer le livre et vit à quel point les gens de Razan s'étaient trompés sur le compte de son ancêtre.

Il comprit que ce grand sage était un homme de science et d'érudition pour qui les plantes et les minéraux n'avaient aucun secret. Cet homme était capable de lire les manuscrits des siècles passés, d'identifier les trajectoires invisibles des étoiles et de prédire l'avenir en examinant la paume d'une main. C'était un homme qui avait connu la mort à maintes reprises, il avait été ramené à la vie, mis au monde, il avait erré entre la vie et la mort. De ce fait, il était aussi indifférent à l'une qu'à l'autre. Il savait interpréter les rêves, pouvait voir les vies antérieures de quelqu'un au fond de ses yeux et rappeler les gens à leurs devoirs. Il était seul, mais ne parlait jamais de solitude. Il était libre, mais ne se souciait pas de la liberté. Son existence était faite de tout ce que les autres ignoraient, de choses qu'ils auraient passé la moitié de leur vie à essayer de comprendre. Dans son livre, il avait écrit : « Bien que l'on affirme généralement que je viens de Razan, je suis le seul à savoir que je suis apparu un jour dans la forêt et quand je me tiens devant un miroir pour étudier mon visage et mes pupilles, je n'arrive pas à voir celui que j'étais avant cela. » Pourtant, loin de se fier aux fines striures presque invisibles de

---

* Le *shajara* est un alphabet mystique comparable à l'*abjad*, mais dans lequel chacune des lettres de l'alphabet arabe est remplacée par une lettre que prolonge un trait vertical dont partent un nombre variable de lignes perpendiculaires qui ressemblent à des ramifications. *Shajara* signifie « arbre » en arabe. Les usages de cette langue sont similaires à ceux de l'*abjad*. Le *jomal* est une façon de calculer les mots écrits en chiffres *abjad* qui figuraient parfois sur les talismans, les cartes au trésor, etc. (NdA)

ses iris, il était persuadé d'avoir vécu plusieurs vies – sinon comment aurait-il pu accumuler un tel savoir ? Un savoir ésotérique. Une science héritée d'un lointain passé et oubliée depuis longtemps, une science dont le nom s'était perdu. Une science supérieure à la science *simiyya*, à la *limiyya**, supérieure à l'alchimie et à toutes les autres sciences occultes aux noms imprononçables.

Le devin dévora fiévreusement les mémoires de son ancêtre et, l'esprit étourdi par tant d'érudition, il en oublia Razan et ses habitants endormis jusqu'à ce qu'il tombe sur un passage indéchiffrable. Dans son récit, l'illustre savant racontait comment les gens de Razan avaient sombré dans un sommeil enchanté après avoir tout oublié de leur passé commun et comment, après avoir rompu le charme, il avait promis d'écrire l'histoire du village pour les futures générations. Il avait identifié le 12 décembre 1212 comme jour où le charme avait été brisé, la date à laquelle, grâce à lui, les villageois étaient revenus à la vie. Ce n'était donc pas pour rien s'il considérait cette date comme la date de naissance de tous les nouveau-nés ! Elle marquait la renaissance du village entier.

Captivé par ce livre, le devin estimait pourtant que son premier devoir consistait à sauver les gens de Razan de leur sommeil enchanté, aussi n'eut-il d'autre choix que de résister à la tentation de poursuivre sa lecture. Il décida de s'enfoncer au cœur de la forêt avec le livre pour seul guide jusqu'à ce qu'il atteignît une clairière de forme circulaire. Il resta assis au centre du cercle pendant trois jours et trois nuits en s'astreignant à jeûner. Tout en résistant à l'envie de manger et de dormir,

* *Simiyya* est la science occulte qui enseigne à ressusciter les morts. *Limiyya* est celle qui enseigne à capturer les djinns et autres esprits. (NdA)

il fouilla les recoins poussiéreux de sa mémoire pour se souvenir, comme le lui enjoignait le livre : « Dans cette quête de l'esprit, l'endroit précis se dérobe à celui qui n'en est pas digne. Celui qui cherche vraiment Bushap, le démon du sommeil profond, est celui qui sait entendre le bouche-à-oreille. Il le trouvera dans ses propres perceptions. » Ainsi, après trois jours et trois nuits de jeûne et de transe, le devin suivit le premier papillon qui passa par la clairière. Il marcha des jours et des nuits sous la pluie, dans le brouillard et au clair de lune jusqu'à s'abîmer dans le silence d'un coin de forêt qu'il ne connaissait pas. Il vit une profonde vallée dont la moitié était plongée dans les ténèbres en plein midi. Aucun oiseau ne chantait, aucune brise ne faisait bruisser les arbres, on n'entendait pas même un serpent se glisser sur les feuilles mortes qui tapissaient le sol. Tout n'était qu'immobilité léthargique. Il se rappela le « fleuve de l'Oubli » dont il était question dans le livre de son aïeul. Tendant l'oreille, il perçut un léger bruit. C'était le murmure engourdissant des eaux du fleuve dont une seule gorgée suffisait à effacer tous les souvenirs. Le fleuve de l'Oubli qui coulait à proximité de l'antre du démon du sommeil. Le devin continua à marcher, manifestement très effrayé. Ce démon était-il vraiment terrible ? Pourquoi le livre de son ancêtre n'indiquait-il pas avec quelles armes on pouvait se défendre ? Il avança avec une inquiétude grandissante jusqu'à l'entrée d'une caverne où poussaient le pavot qui donne de l'opium et le haoma* hallucinogène. Quand le devin entra dans la grotte, il vit un vieux

* Nom d'une plante et d'une divinité qui jouent un rôle dans le zoroastrisme et dans la mythologie perse. La plante est considérée comme une variété d'éphédra ; on la broie pour en faire une boisson rituelle. (NdA)

démon gigantesque qui avait sombré dans un profond sommeil ; deux petites cornes dépassaient de son front et sa tête reposait entre ses deux grandes ailes blanches. Sa barbe et ses cheveux étaient si longs qu'ils lui descendaient jusqu'aux tibias et il était allongé sur une peau de bête noire. Plus le devin s'en approcha, plus il le regardait et moins il en avait peur. Finalement, il fut forcé de reconnaître que tous les démons ne sont pas mauvais. Après avoir attendu que celui-ci se réveille pendant vingt-quatre heures, après plusieurs tasses d'une potion anti-sommeil dont il avait trouvé la recette dans le livre, il se tourna vers la petite fontaine de l'Oubli qui se trouvait au centre de la pièce. Oh, comme il avait envie de boire son eau ! Mais il repensa aux instructions que contenait le livre et résista à la tentation. Ensuite il observa les parois de la caverne et vit des images à la fois nettes, brouillées et énigmatiques, des images de rêves humains qui se mélangeaient, puis se séparaient. Il vit ainsi ressurgir devant ses yeux un de ses rêves récurrents dans lequel il embrassait une jolie fille comme il voulait le faire depuis des années.

Las d'attendre, le devin n'eut d'autre choix que de casser une brindille de haoma et de l'enfoncer dans le nez du vieux démon décati qui se réveilla en éternuant. Les paupières lourdes de sommeil, il demanda calmement à l'intrus ce qu'il voulait. Le devin lui expliqua ce qui se passait à Razan et l'adjura de laisser les gens de son village en paix pour qu'ils puissent retourner tranquillement à leur vie normale. Le démon du sommeil ne se rappelait même pas de quels gens et de quel village on lui parlait.

— Ce n'est pas moi qui en ai après les gens, ce sont eux qui viennent me chercher. Retourne chez toi maintenant. Ce soir, ils feront tous des rêves qui leur ôteront l'envie de passer leurs journées à dormir.

Ces paroles n'étaient pas plus tôt sorties de sa bouche que le démon se rendormit profondément.

Au bout de trois jours et trois nuits, quand le devin arriva à Razan assailli de mille inquiétudes à l'idée que le démon n'avait peut-être pas tenu sa promesse, il trouva le village débordant d'une activité qu'il n'avait jamais connue. Les gens n'avaient aucun souvenir des jours et des semaines qu'ils avaient passés à sommeiller ; tout ce qu'ils savaient, c'est qu'ils avaient tous fait un rêve étrange, indescriptible. Dès qu'un villageois commençait à le raconter, il ajoutait presque aussitôt : « Non, ce n'est pas ça. C'était bien plus angoissant. Je ne trouve pas les mots pour le décrire. » Ils avaient tous partagé le même songe et même s'ils n'en gardaient aucune image précise, ils s'étaient tous réveillés en ayant mal à la tête, mal au cœur, une sorte de malaise, d'anxiété. Ils s'aperçurent alors que certains d'entre eux étaient morts et partis pour toujours, que les poulaillers avaient été à moitié vidés par les renards et les chacals. À la recherche d'herbe à brouter, les vaches et les moutons avaient forcé les portes des étables et s'étaient aventurés dans les bois, les champs et les rizières où ils avaient dévoré la moitié des plants de riz. Les araignées avaient tissé leurs toiles partout, les fleurs et les plantes grimpantes avaient poussé jusque dans les chambres à coucher, les draps sentaient la mort, le sexe et la sueur des cauchemars. Aussi, quand le premier devin arriva au village, heureux, mais épuisé par son long voyage, les gens de Razan, tout occupés à redoubler d'efforts pour abattre de la besogne, avaient mieux à faire que le regarder passer ou prendre le temps de répondre à ses salutations.

15

Tournant la vieille clé dans la serrure du portail en fer dont il entendit grincer les gonds rouillés, Hushang se retrouva devant la même cour spacieuse, fleurie qu'il connaissait depuis toujours, avec son pin et ses platanes centenaires. Sous la tonnelle en bois de cornouiller, sa mère, son père et son grand-père buvaient du thé au safran ou à la griotte comme ils le faisaient tous les après-midi, aussi loin que remontaient ses souvenirs. Ils lui souriaient comme les personnages d'un portrait de famille encadré pour l'éternité. Après tant de souffrances et de bouleversements aussi tragiques qu'absurdes, il se retrouvait une fois de plus dans ce petit coin de paradis. Il ne fut pas surpris de revoir cette scène familière après de si nombreuses années. Les trois habitants de la maison lui souriaient comme s'ils faisaient partie d'un décor immuable, comme s'ils attendaient depuis des lustres qu'il tourne sa clé rouillée par les années dans la serrure de leur demeure kadjare et leur apparaisse, pâle, hirsute et grisonnant, l'air désespéré. Ils ne s'étonnèrent donc pas de l'entendre demander :

— Y a-t-il encore une place pour moi dans cette maison ?

Personne ne lui posa de questions. Ni sa mère, Gordafarid, ni son père, Jamshid, ni même son grand-père, Manuchehr. Ils le laissèrent errer pendant des jours d'une pièce à l'autre, de la terrasse au salon, du salon à la réserve et de la bibliothèque au sous-sol. Il ne savait pas lui-même ce qu'il cherchait. Il ouvrait les placards, en examinait longtemps le contenu, promenait ses mains sur leurs étagères comme un enfant curieux et désœuvré ou en scrutait les ténèbres mystérieusement vides. Il alla de la cave au grenier, ouvrit les cadenas des malles et des valises d'autrefois et passa des heures à en sortir de vieux objets poussiéreux pour les tourner et les retourner entre ses mains. Il les regardait comme s'ils lui parlaient à travers les âges et lui racontaient dans une langue bien à eux ce qu'il était advenu d'eux pendant son absence. Il touchait les statues anciennes, les tableaux de l'ère kadjare, les miniatures de Kamaleddin Behzad et les calligraphies de Mir Emad Hassani.

Il passa des heures enfermé dans la bibliothèque sans lire une seule page, à feuilleter les livres, à les humer. Il étudiait les notes écrites dans les marges, essayant de deviner ou de se rappeler si c'était son écriture ou celle de son frère Khosro. Il examina les marques de tampon à l'intérieur des différents volumes et l'épais registre dans lequel figuraient les thèmes de tous les livres, classés par ordre alphabétique – une liste que Khosro avait rédigée il y avait bien longtemps. Chaque livre qu'il touchait était bien plus qu'un livre. Chaque livre renfermait un souvenir. Son destin tout entier. Un concentré de nostalgie.

Il se souvint que des années plus tôt – tant d'années qu'il ne se rappelait même plus à quoi il ressemblait à l'époque –, Khosro et lui avaient passé des jours à ranger les cinq mille sept cent trente-deux livres par ordre alphabétique et par thème. Oh, comme ils avaient aimé ce travail ! Ils avaient tout d'abord pensé que cela ne leur prendrait pas plus d'une semaine, pour s'apercevoir à la fin de la première journée à quel point ils s'étaient trompés. Comme s'il était possible de prendre un livre, de noter simplement les chiffres et les lettres d'une cote sur la couverture et de le remiser sur une étagère. S'ils en prenaient un, Dieu seul savait quand ils le reposeraient. Ils parcouraient chaque ouvrage, se laissaient happer par certains passages et emporter dans les profondeurs abyssales de la lecture. Ils se lisaient des extraits à voix haute et en discutaient. Puis ils s'apercevaient soudain qu'il s'était passé plusieurs heures et que le contenu de la bibliothèque était toujours éparpillé par terre, que le repas que leur mère Gordafarid leur avait apporté était froid et qu'ils étaient toujours plongés dans les livres qu'ils avaient ouverts le matin même. Le renfort que leur apportèrent son père et son grand-père ne fit guère avancer les choses si ce n'est qu'au lieu de deux, ils étaient maintenant quatre à se perdre dans leurs lectures. Ils débattaient des livres qu'ils avaient entre les mains, écrivaient des commentaires dans les marges et ensuite, il fallait bien qu'ils les abandonnent quelques heures pour reprendre leur travail de classification.

Tandis qu'il tournait les pages et humait le papier dans cette bibliothèque qui avait échappé à la censure, un léger sourire apparut sur ses lèvres : ce n'était pas tout, et de loin ! En même temps qu'ils classaient les livres, chacun continuait à aller en acheter d'autres, selon la tradition familiale, dans les librairies de la rue Nasser Khosrow et, par la suite, de la rue Enghelab, et si Gordafarid n'était pas venue les rappeler à l'ordre juste au bon moment, qui sait combien de temps ils auraient mis à finir le travail. Pourtant, quatre mois plus tard, la bibliothèque était dotée d'un système d'organisation digne de son rang. Un bureau avait été placé devant chacun des quatre murs et un ensemble de canapés et de fauteuils italiens avait été disposé sur les tapis de Kashan datant de l'ère kadjare, offrant un espace de détente à six personnes. Eh oui, la première et la dernière des manies héréditaires des Esfehani resterait son goût immodéré pour la lecture.

Tandis qu'il se promenait parmi les souvenirs enchanteurs de sa jeunesse, Papa s'aperçut que son frère Khosro lui manquait plus que jamais. Cela faisait des années qu'ils ne vivaient plus sous le même toit mais ils avaient passé presque toute leur enfance, leur adolescence et leur jeunesse à partager leurs pensées et à se parler de ce qu'ils avaient vécu… qui aurait pu imaginer à quel point la vie les séparerait ?

Explorant la maison avec une curiosité presque enfantine, Papa alla à la cuisine, examina les vieilles assiettes en céramique, les poêles en cuivre, puis entreprit de se faire un œuf au plat. Il resta des heures derrière les fenêtres à vitraux, observant les minuscules atomes de poussière en suspens dans les rais de lumière colorés. Peut-être cherchait-il une trace de son enfance ou des années enfuies depuis longtemps qu'il avait vécues dans cette vaste demeure aux multiples étages et aux dix-huit chambres à coucher, avec ses vestibules, ses voûtes en berceaux et ses fenêtres à guillotine aux vitres teintées. Peut-être y poursuivait-il encore le parfum mystérieux de la peau de sa Roza bien-aimée et le souvenir de la première fois où sa présence avait rehaussé la beauté de ces couloirs.

Une sorte de malaise continua à l'étreindre pendant plusieurs jours jusqu'à ce qu'il prenne enfin une décision et trouve son centre de gravité : un endroit qui était resté aussi intact que tous les murs, les tapis et les vitraux de la maison. Un endroit qui avait échappé à l'invasion des forces barbares de l'extérieur ; la vieille et grande bibliothèque où la censure n'avait pas sa place.

Malgré ces errances et tout le silence dont il s'entourait, le retour de Papa amena une sorte d'enthousiasme juvénile dans la maison de son père. Ceux qui recouvrèrent un peu de jeunesse furent Gordafarid, Jamshid et Manuchehr. Ils se levaient avant l'aube. Jamshid allait à la boulangerie, Manuchehr mettait un disque de Javad Badizadeh, ouvrait les fenêtres et aspergeait d'eau la cour intérieure cependant que Gordafarid s'affairait à préparer le petit déjeuner. Quand l'odeur parfumée du thé et du *sangak** tout frais commençait à flotter dans la maison, ils réveillaient le plus jeune habitant de la maison – bien qu'il fût devenu un vieil homme aux cheveux gris – et laissaient les notes des chansons de Badizadeh s'insinuer dans toutes les fibres de son être. Ils étalaient la nappe par terre, sur les tapis kadjars ou au milieu de la cour intérieure et quand ils se réunissaient enfin autour de leur thé sucré, leurs bonjour répandaient une douce joie dans la maison et dans le jardin. Ensorcelé par le parfum du jasmin et des belles-de-nuit, Hushang se mettait alors à parler pour oublier les quelques jours heureux qu'il avait connus à Razan. Il parlait du beau temps, des changements qu'il avait remarqués à Téhéran, des inquiétantes manœuvres de la

* Variété de pain iranien que l'on cuit sur des cailloux chauffés. (NdA)

municipalité pour s'approprier la maison familiale. Mais pas de Razan, non. Ni de Roza, de Beeta, de Sohrab ni de moi. Jamais.

Grand-mère et Grand-père lui expliquèrent que le maire en personne était venu chez eux, dans la maison et dans le jardin, sous divers prétextes pour leur faire comprendre qu'il souhaitait l'acheter, mais les propositions d'argent n'avaient pas tardé à laisser place à l'intimidation. Ils avaient commencé par jeter Khosro en prison à cause de ses croyances mystiques. Même s'il avait compris ce que cachait cette arrestation, Khosro s'était refusé à rencontrer le maire pour marchander sa liberté. Aussi le maire s'était-il à nouveau retrouvé sans munitions. Mais il n'avait pas renoncé à nuire pour autant, il avait changé de tactique en appuyant des mesures destinées à faire démolir la maison. Le projet de construction d'une nouvelle voie rapide avait été approuvé en même temps que l'ordre de démolition, si bien que pendant des mois des bulldozers s'étaient tenus prêts à venir raser les arbres et la magnifique demeure kadjare – par pur dépit. Le fait est que, malgré ces menaces, ni Grand-père ni Grand-mère n'étaient en colère ou déprimés, pas plus que notre arrière-grand-père Manuchehr, qui était pourtant plus vieux que les arbres du patio. Papa leur avait anxieusement demandé ce qu'ils allaient faire.

— Il peut faire tout ce qu'il veut, nous ne bougerons pas d'ici, avait simplement répondu Grand-père en finissant son thé d'une traite.

Ainsi, Papa trouva peu à peu sa place dans la maison. Sa soif de lecture était telle qu'il pouvait aussi bien dévorer Sophocle que Bertrand Russell. L'essentiel pour lui, c'était d'être en contact avec les grands penseurs de ce monde pour se détacher des minus sans envergure intellectuelle qui régnaient en maîtres dans ce pays. Il n'aspirait une fois de plus qu'à élever son esprit. Au fil du temps, il se mit à lire de façon plus méthodique. Il commença par le théâtre antique, puis s'intéressa aux mythologies iranienne et mésopotamienne, et il passa ensuite aux volumes qui traitaient des religions d'autrefois. Après cela, il lut des traités de théorie politique, de sociologie et des textes d'idées ; des livres qui parlaient du rôle de la religion dans les guerres et de la rigidité intellectuelle des humains. Il lut aussi des livres sur l'invasion arabe de la Perse et sur les raisons de l'effondrement de l'empire des Sassanides, qu'il compara à celles de la chute du chah d'Iran et de la mise en place de la République islamique. Ses connaissances et ses lectures de naguère lui revinrent en mémoire, celles-là mêmes qu'il avait cru voir partir en fumée quand tous ses livres avaient été brûlés. C'est alors qu'il comprit qu'avec le chagrin vient l'oubli.

Pour finir, Hushang aborda l'histoire contemporaine de l'Iran. Dans ce domaine, toutes ses questions s'abîmaient dans des gouffres sans fond. Il achetait le journal chaque jour. Bien conscient que la presse véhiculait beaucoup de mensonges, il cherchait quand même à savoir quel sort avait été réservé au reste de la population depuis son départ – après la guerre, après les exécutions de masse, après que les plus fortunés et les plus instruits avaient fui l'Iran. Mais il n'avait toujours pas le courage de sortir et de marcher dans la rue parmi ces gens qui, en gardant le silence ou par ignorance, avaient plus ou moins assassiné leurs concitoyens pour prendre leur place. Il n'arrivait toujours pas à pardonner, ni aux autres ni à lui-même.

Je suis sûre d'une chose : quand Nietzsche a écrit *Par-delà le bien et le mal*, jamais il ne se serait douté qu'il contribuerait un jour à réconcilier deux frères. Si Hushang n'avait pas pris ce livre un beau jour, il n'aurait peut-être jamais eu l'occasion de serrer Khosro dans ses bras et de revivre un peu de son enfance avec lui. Ce jour-là, Khosro apparut dans la bibliothèque.

— Personne ne sait ce qui est bien et ce qui est mal, personne ! marmonna-t-il pour lui-même.

Il se tenait au milieu de la pièce, à moitié transparent à force d'ascétisme et de spiritualité, et tirait sur sa petite *bidi* roulée dont il soufflait la fumée odorante devant lui.

— Pourtant la distinction entre les deux est parfaitement claire, ajouta-t-il d'un ton ferme et définitif.

Bien sûr, Hushang ne s'étonna pas de trouver Khosro un peu transparent. Ce genre de phénomène n'était pas rare. Aussi se lança-t-il dans une discussion interminable avec son frère, un débat qui se prolongerait bien après sa mort dans de nombreux ouvrages. Cette conversation donna la mesure de leurs divergences intellectuelles en même temps qu'elle leur apprit combien ils étaient restés très proches malgré l'éloignement géographique et malgré leurs différences. Ils comprirent alors à quel point chacun avait manqué à l'autre pendant toutes ces années. À la fin de la journée, leur *ghormeh sabzi* avait eu le temps de refroidir deux fois, il était devenu immangeable, mais ils discutaient encore de leurs expériences et de leurs idées avec une telle ferveur que, pour finir, quand ils tombèrent dans les bras l'un de l'autre et s'embrassèrent, un ravissement enfantin faisait briller leurs yeux humides.

Pourtant, le lendemain, Papa reprit seul ses studieuses lectures. Il cherchait toujours à comprendre comment la civilisation iranienne, si admirable, si créative, une culture qui avait donné naissance à de si belles idées, à de si sages paroles et de si grandes actions, avait pu s'effondrer et tomber aussi bas. Quant à oncle Khosro, il n'avait aucune envie de savoir ou de comprendre. Il voulait simplement flotter en toute innocence, se laisser porter par le flux d'une conscience cosmique, d'une acceptation totale et apparaître de temps à autre dans une bibliothèque quelque part dans le monde pour lire un livre.

Dans un premier temps, Papa s'emporta contre ce frère qui, face à l'injustice monumentale frappant la société iranienne et leur famille, se contentait d'apparaître et de disparaître, parfaitement calme et serein, dans sa maison, dans une librairie, dans un antique temple himalayen – indifférent à ce que disaient la télévision iranienne et les radios étrangères. *Mais il ne voit donc pas tous ces assassinats, le chômage, la crise économique, l'absence de perspectives et les désillusions du peuple iranien ?* se disait Papa. En deux mots, il était furieux. Furieux contre lui-même, furieux contre la société, contre le monde entier. Toutes ses questions restées sans réponse, il voulut les asséner à son frère. Mais alors qu'il s'apprêtait à le faire, son regard se posa sur le visage doux et clair de Khosro, paisible comme un enfant, en train de méditer assis sous un cornouiller dans un coin de la cour intérieure. Ce frère, il l'avait toujours connu en quête de spiritualité. Papa n'avait pas oublié les années que Khosro avait passées en Inde, au Tibet et en Sibérie pour apprendre au contact des chamans, des mystiques et des ascètes. Il savait que son frère savait déchiffrer les langues anciennes les plus impénétrables et qu'il possédait des manuscrits qui avaient autant de valeur spirituelle et matérielle que des musées entiers. Il savait qu'il avait eu son lot d'épreuves et de souffrances : il avait connu la prison ; bien des années plus tôt, son épouse l'avait trompé avec une autre femme, une personne fortunée, et elles étaient parties en France où la lutte pour les droits homosexuels commençait à peine. Papa n'ignorait pas que cet échec amoureux avait été un coup si terrible pour Khosro qu'il avait tout fait pour éviter de s'engager dans une relation sérieuse et, pourtant, en Inde, il était tombé désespérément amoureux d'une mystique qui avait consacré sa vie à un temple où l'on vénérait les rats. Il savait que son frère avait voyagé sans relâche, suivi des routes inconnues et interminables qui menaient à d'autres routes inconnues et interminables. Il lisait des livres et méditait juste assez pour développer son intelligence des relations humaines.

Au lieu de s'en prendre à son frère, Hushang estima qu'il ferait mieux de regarder en lui-même et de se demander ce qu'il avait fait pendant toutes ces années. Une question vertigineuse qui le laissa profondément abattu. Enfermé dans sa salle d'étude, loin de Khosro et des autres, il se fit toutes sortes de reproches. Qu'avait-il fait à part laisser toutes ces catastrophes s'abattre sur lui-même et sur sa famille ? En partant à Razan pour ensuite revenir à Téhéran, n'avait-il pas simplement cherché à fuir l'irrépressible amertume qui gangrenait son existence ? Il en conclut que, dans la vie, presque tout se décide sans nous. Il en conclut que s'il n'avait pas baissé les bras, s'il ne s'était pas enfui à Razan quand j'avais été tuée, au début de la révolution, s'il avait plutôt essayé de prendre la tête d'un petit mouvement de résistance avec d'autres Iraniens qui partageaient ses idées, il serait un peu plus en accord avec lui-même aujourd'hui. Puis il pensa à Mohammad Mokhtari*,

* Poète et écrivain de gauche qui fut victime de la série d'assassinats menée dans les années 1990 par les services de renseignement iraniens et visant les intellectuels opposés au régime. Cette vague d'assassinats fit plus de quatre-vingts morts. (NdA)

à Mohammad Pouyandeh*, à Parvaneh et à Dariush Forouhar**. Il pensa aux écrivains et aux activistes exécutés dont les noms refaisaient surface de temps à autre dans un article ou aux informations, des années après les faits. Malgré la censure sévère qu'exerçaient le ministère de la Culture et de l'Orientation islamique et le ministère du Renseignement, on trouvait encore des commentaires critiques et bien informés sur l'état de la société iranienne dans des livres et, ici ou là, dans des publications littéraires et d'autres qui traitaient de sciences sociales. *On dirait que la société est bien vivante. Elle respire encore. Elle réagit aux excès du pouvoir,* se dit Hushang. S'il avait été de ceux-là, s'il avait continué à travailler, ne serait-ce que pour former un groupe de musiciens au lieu de renoncer purement et simplement à la musique, n'aurait-il pas apporté lui aussi sa pierre à l'édifice ? Mais s'il était resté, sa verve fougueuse lui aurait sans doute coûté la vie et que serait-il alors advenu de Roza ? Oh, Roza... Roza... Roza... mais où était-elle donc ?

Quand Khosro revint rendre visite à Papa, il tomba au pire moment possible. Ce matin-là, Papa écumait de rage car il avait lu dans la presse que plusieurs étudiants politiquement actifs avaient disparu, que vingt mille pages avaient disparu d'un dossier judiciaire et qu'un juge corrompu avait été saisi d'une affaire de meurtre. Sa colère était prête à exploser. Aussi, en voyant le livre qu'il tenait entre ses mains, Papa s'emporta pour de bon.

* Chercheur et écrivain lui aussi victime des assassinats en série. (NdA)
** Les époux Forouhar qui dirigeaient le parti Melât (« Nation ») d'Iran furent assassinés à leur domicile par les services de renseignement iraniens. (NdA)

— À quoi peut bien servir cette connerie de mysticisme dans le monde réel ? lança-t-il hargneusement à son frère.

Interloqué par sa question et par le ton sur lequel il l'avait posée, Khosro garda le silence. Il referma calmement le recueil d'écrits sur l'avenir d'Osho qu'il avait ouvert, s'assit et fixa Papa en espérant calmer sa colère. Mais face à son silence, Papa s'échauffa encore plus et haussa le ton.

— Quand mon Sohrab a été exécuté sans raison, quand ma fille a été brûlée vive, quand ma femme a perdu la tête et nous a quittés, à quoi ça nous a avancés, tes foutaises ésotériques ?

Profondément attristé par l'évocation de ces tragédies, Khosro ne disait toujours rien.

— Quand tous ces prisonniers politiques innocents ont été exécutés, quand tous ces jeunes Iraniens ont été tués dans une guerre illusoire, quand tous nos droits ont été confisqués, quel bien nous a-t-il fait, ton mysticisme ?

Khosro soupira et baissa la tête.

— Franchement ? Rien, finit-il par répondre, la voix pleine de reproche.

— Notre monde est gangrené par le meurtre, l'injustice, la souffrance et des gens aussi intelligents que toi ne trouvent rien de mieux à faire que d'aller se cacher dans les temples au lieu d'agir pour lutter contre l'arbitraire et la corruption ! hurla Papa.

Puis ses épaules se mirent soudain à trembler et il éclata en sanglots. Les pleurs retenus pendant tant d'années se déversèrent enfin, inondant les livres et les tapis. Les joues baignées de larmes tièdes qui coulaient sur sa chemise, il ne voulait plus qu'une chose, mourir noyé dans le flot de son propre chagrin. Quelle raison aurait-il eu de continuer à vivre ? Tout ce qu'il chérissait autrefois de tout son cœur lui avait été enlevé de la manière la plus atroce possible. Ses târs, sa maison de Téhéran, Roza, Sohrab, Beeta, moi et, pire encore, nos rêves. Et on les menaçait même de détruire cette demeure kadjare, alors que nous avions des documents prouvant qu'elle appartenait à notre famille depuis deux cents ans. Que pouvait-on nous enlever de plus ? Assis dans la bibliothèque, la tête posée sur ses bras, en pleurs, il regretta d'avoir survécu à la tempête de neige noire.

Khosro eut envie de se lever, de refermer ses bras autour de la silhouette voûtée de son frère et de lui demander pardon : en effet, le mysticisme n'offrait pas de solutions simples face au meurtre, au pillage, à la pauvreté et à l'injustice humaine. Mais il se ravisa, attendit quelques instants, puis quitta la bibliothèque pour laisser Papa épancher son chagrin. Avant de sortir, il s'arrêta simplement à sa hauteur et serra son épaule au passage.

Cette nuit-là, quand il revint dans la bibliothèque, il vit son frère adossé à un fauteuil et en train de lire comme à l'accoutumée. Il se sentit alors autorisé à s'asseoir dans son fauteuil habituel et à prendre la parole.

— La plupart des gens considèrent le monde comme un endroit dangereux et menaçant contre lequel ils doivent s'armer pour lutter, se protéger ou qu'ils doivent fuir. Pour ceux-là, le monde devient une créature menaçante, malfaisante et agressive. Mais nous avons besoin de toute une vie rien que pour le connaître, déclara-t-il doucement.

Comme Papa ne disait toujours rien, Khosro secoua la tête avec regret.

— Tu trouves que le monde est devenu fou et tu me demandes ce que je peux faire. Voilà ma réponse : tout ce que je peux faire, c'est ne pas me laisser happer par cette folie. Il n'y a qu'en nageant qu'on apprend à nager, en aimant qu'on apprend l'amour et en méditant qu'on apprend la méditation. Il n'y a pas d'autre moyen. L'esprit se tourne vers l'extérieur et la méditation ouvre sur l'intérieur. Voilà la différence entre ton monde et le mien.

Il regarda Papa d'un air hésitant, sans trop savoir s'il l'écoutait ou non, et continua prudemment.

— Je ne t'en veux pas. C'est une période de transition et tout ce que nous aimions est mis en pièces. Regarde autour de toi. Ces livres, ces manuscrits, ces textes calligraphiés ; ces pages enluminées, ces dessins d'architecture, ces représentations de paysages ; ces miniatures – tout cela n'existe plus ailleurs qu'ici. À la place de ces tapis persans aux motifs millénaires et chargés d'histoire, on nous vend des tapis fabriqués en usine qui représentent Mickey Mouse. À la place de l'unique téléphone qui sonnait de temps à autre dans chaque maison, il y a ces portables que tous les enfants ont, dès l'âge de cinq ans. Tous les jardins d'autrefois, les demeures historiques, les objets anciens et artisanaux, les trésors nationaux et les autres produits de milliers d'années de culture, de pensée et de civilisation iraniennes ont été détruits ou sont en passe de l'être, quand ils ne sont pas pillés. Sous les assauts de la barbarie, alors que les gens ont perdu tout contact avec leur identité, avec leur passé et se retrouvent séparés les uns des autres, crois-tu que quelqu'un puisse agir seul et changer quelque chose ? La seule solution réside peut-être dans une forme d'action collective, mais comment unifier les Iraniens ? Nous avons besoin d'unité pour construire comme il en a fallu pour détruire. Au milieu de tant de destruction, reprit-il après quelques instants de silence, la seule chose que je puisse faire, c'est de ne pas prendre les couleurs d'un mouvement auquel je ne crois pas. Hélas, si seulement je pouvais faire plus !

Comme s'il n'avait pas entendu, Papa garda les yeux fixés sur son livre, peut-être parce que, même s'il comprenait, il ne trouvait aucune consolation dans les paroles de son frère. Son âme était écartelée par les fléaux qui s'étaient déchaînés sur cette société asservie. Lire des livres d'histoire et suivre l'actualité n'avaient pas atténué la douleur et la rage qu'il ressentait, au contraire. Il se sentait désespéré, éperdu de tristesse. Il haïssait la cruauté, la guerre et l'injustice ; en même temps il ne comprenait pas qu'on garde le silence face à tout cela. Comme une mystérieuse citation qu'on lui aurait chuchotée à l'oreille, il ne cessait d'entendre ces paroles : « Les générations futures se demanderont pourquoi elles ont dû vivre dans les ténèbres alors que l'aube s'était levée sur un nouveau jour. »

— Demain, je sortirai, dit-il simplement à Khosro.

Le lendemain, il se prépara à sortir. Il enfila une chemise repassée et un pantalon, s'attarda devant le miroir en se demandant s'il devait mettre une cravate et finit par s'y décider. Il choisit une cravate bleu marine pour aller avec sa chemise blanche et son pantalon noir. Ensuite, il se dirigea vers la porte de la cour, qu'il ouvrit lentement. Debout sur le seuil, il regarda à droite et à gauche dans la rue sans se douter que ses parents et son grand-père, postés chacun derrière une fenêtre, ne perdaient pas une miette de son hésitation. Depuis qu'il avait quitté Téhéran, Papa n'y était revenu que lorsque c'était vraiment nécessaire et il avait toujours évité de circuler à pied dans la ville. Même après avoir vendu les antiquités des zoroastriens, lorsqu'il voulut regarnir sa bibliothèque dont le contenu avait été confisqué et brûlé par le mollah, il n'était pas allé dans la rue Enghelab. Il avait préféré racheter leurs livres à des particuliers qui avaient mis des petites annonces dans le journal et il les avait rapportés à Razan.

Ce jour-là, pour la première fois, plusieurs décennies après la révolution islamique, il avait envie de sortir dans la rue et de voir la ville : les nouvelles rues et ruelles, les nouveaux magasins et leurs enseignes en néon, les femmes pressées vêtues de *mantôs*, de *manghe'es* et coiffées d'un foulard. Il voulait voir de plus près les nouveaux immeubles qui, à ce qu'on lui avait dit, avaient remplacé certains parcs d'autrefois. Il voulait voir ce qu'étaient devenus Téhéran et ses habitants. *Je ne veux pas me réconcilier avec ces gens ni avec l'hydre à mille têtes du régime,* pensa-t-il. *Je veux juste voir la dépouille d'une société qu'on a laminée.*

En se dirigeant vers la place Tajrish, pour ne pas dévisager les passants, il s'efforça de regarder les rues et les immeubles. Après avoir marché quelques centaines de mètres, il sentit son corps se contracter et les veines de son cou enfler. Il se consola en se disant qu'il avait vieilli, voilà tout. Puis il essaya d'avoir moins peur des gens – ces gens qui, il n'y a pas si longtemps, avaient sauvagement brûlé sa fille, ses târs et sa maison.

Plus il marchait, plus la foule devenait dense dans les rues et les magasins. Il ne se rappelait plus combien de décennies s'étaient écoulées depuis la dernière fois où il était allé au parc Shahanshahi, renommé le parc Mellat. Il y avait d'immenses panneaux publicitaires, de petites boutiques ou des grands magasins de vêtements étrangers, des barrières le long des allées, d'énormes bus à soufflet qui klaxonnaient et des chauffeurs de taxi qui hélaient les passants : « M'dame ? Resalat ? », « Monsieur ! Seyed Khandan ? »

Malgré la fatigue, il avait bien l'intention d'aller jusqu'à la rue Shah Reza, rebaptisée rue Enghelab. Le calme semblait régner sur la ville, comme si on ne perpétrait plus ni crimes ni atrocités derrière les portes des prisons. Un jeune couple avançait dans sa direction main dans la main. Tout à coup l'homme jeta un coup d'œil vers la rue, ils se lâchèrent aussitôt et pâlirent. Papa suivit leur regard. Une Jeep verte estampillée « brigade des mœurs » longeait la rue. Dans le véhicule, deux femmes en tchador et deux hommes en uniforme militaire roulaient au ralenti le long du trottoir en examinant les passants avec attention. Dès qu'ils se furent éloignés, le couple se reprit par la main. Quand ils furent assez près de lui, Papa étudia leur visage. Ils avaient l'air de considérer leur réaction à l'approche de la police comme tout à fait normale, plus que la peur ou la renonciation. Cela le peina profondément et une vague de pensées négatives le submergea une fois de plus. Il était arrivé à l'angle de Pahlavi, qu'on appelait maintenant Vali-ye Asr. Quand plusieurs passants le heurtèrent et continuèrent à marcher sans s'excuser, il eut l'impression d'être un étranger dans son propre pays, comme s'il n'était plus nulle part chez lui. Il ne se sentait pas bien à Razan et à Téhéran, personne ne le connaissait. Il se reprocha de ne pas voir les choses positives : l'université de Téhéran était toujours là, tout comme le théâtre de la ville, il y avait des cornouillers et des corbeaux et, malgré l'étouffante menace de la terreur, il y avait encore des gens qui se tenaient par la main quand ils n'étaient pas surveillés, comme pour dire : « Ne t'inquiète pas, mon amour, il y aura des jours meilleurs. »

S'éloignant de l'université, Hushang se dirigea vers la place du 24 Esfand, devenue place Enghelab et y aperçut de loin un groupe de gens habillés en noir. La veille, aux informations, on n'avait pourtant annoncé aucune manifestation, sinon il ne se serait jamais aventuré dehors. Inquiet, il décida de faire demi-tour, mais il remarqua que les gens continuaient à marcher dans la direction opposée sans se soucier du rassemblement. Il fit quelques pas, puis il se trouva méprisable. Il avait honte de sa peur, de son inquiétude et de son ressentiment. Si chaque jour soixante-quinze millions d'Iraniens acceptaient de voir ces manifestations, la pauvreté, la corruption, les exécutions publiques et les arrestations, pourquoi en était-il incapable ? *De tous ces gens qui marchent vers la place du 24 Esfand, je ne suis certainement pas le seul à avoir souffert. Mes enfants n'ont pas été les seuls à se faire tuer, bien sûr*, se dit-il. Il se rappela avoir lu peu de temps auparavant que quinze mille personnes avaient été tuées pour leurs convictions politiques, rien que dans les années 1980. Il y avait donc d'autres survivants comme lui. D'autres gens qui continuaient à vivre, qui se débattaient entre la tristesse et la joie, entre espoir et désespoir. Avec espoir, peut-être. L'espoir du changement, d'un changement radical.

Il regarda ses pieds. Ils s'éloignaient toujours de la place. Ils le portaient toujours plus loin des silhouettes en noir. Un très beau rosier qui poussait seul au bord de la route attira son regard. Un rosier sans défense, étranger à son environnement, perdu au milieu de tant de bruit, de fumée, de noirceur et de grisaille. Et lui qui avait passé toutes ces années à chercher de la beauté : celle qui n'avait pas encore vu le jour et celle qui avait disparu depuis des siècles. Il se rappela l'homme effrayé, hébété qu'il était au moment où il avait fui Téhéran face à l'offensive des nouveaux révolutionnaires. Sa quête de beauté et de tranquillité l'avait conduit à Razan, mais ils n'avaient pas tardé à arriver, là-bas aussi. *Qu'importe la distance qu'on mettait entre eux et nous*, pensa-t-il. *Ils finissaient toujours par vous retrouver et par vous faire tomber aussi bas qu'eux.* De retour à Téhéran, il fuyait encore. Laissant ses pas l'éloigner lentement mais sûrement du danger, il releva la tête pour observer les visages qui l'entouraient, ceux des passants, des marchands ambulants et des libraires. Il regarda les drogués endormis au coin des immeubles anciens et les passants qui faisaient le dos rond et pressaient le pas ; ils allaient et venaient sans même remarquer les gens rassemblés sur la place, comme si chacun vivait sur sa propre planète.

Hushang se dit que Téhéran était droguée, elle aussi. Empoisonnée par la fumée, l'humiliation, la pauvreté et la torpeur. La moindre tentative pour s'arracher à cette dépendance donnait lieu à des accès de panique. Téhéran était une droguée qui voulait se sevrer, mais manquait de volonté et retombait tête la première dans ses travers au bout de quelques jours. C'était une addiction à l'oppression, une addiction à la misère, à l'inhibition et à la nostalgie.

S'éloignant toujours plus de la foule en noir, il repensa aux années qu'on appelait maintenant le mouvement étudiant de 1999 et le mouvement vert de 2009 – des événements dont il n'avait eu vent qu'en lisant les journaux et en écoutant les récits de Beeta. *Ceux qui s'employaient à consolider la révolution islamique et la victoire contre l'Irak auraient sans doute refusé de l'admettre,* se dit-il, *mais les différentes politiques qui s'étaient succédé tous les deux ou trois ans depuis la guerre Iran-Irak – la Construction, les Réformes, la Prudence, le retour à l'âge d'or de la révolution islamique, etc. – avaient toutes vu le jour après de petits soulèvements contre le gouvernement.* Il comprit alors que ce régime était capable d'absorber tous les mouvements de révolte et de s'en nourrir.

Il regarda à nouveau ses pieds. Ils l'emmenaient toujours dans la direction opposée à la place. Il devait faire quelque chose. Il devait trouver un moyen de cesser de fuir. Il s'arrêta devant la vitrine d'un disquaire. Il entra dans le magasin sans raison particulière et regarda les rangées de CD. Il ne savait pas ce qu'il faisait là, mais il avait besoin de temps pour prendre la bonne décision. Pour finir, il se tourna vers le vendeur.

— Il y a bien longtemps que je ne suis pas venu ici. Je suis à la recherche d'un chanteur unique en son genre, une belle voix, de vraies mélodies et des textes qui disent quelque chose de nouveau.

Ayant vérifié d'un regard qu'aucun des clients présents n'avait l'air suspect, le jeune vendeur sortit deux CD de sous le comptoir.

— Homay et Mohsen Namjoo, dit-il avant d'ajouter : Mais il y en a d'autres, bien sûr.

Jusqu'à ce moment-là, Papa avait gardé les mains dans les poches, comme pour les préserver de la souillure de cette ville impie. Il les en sortit et les posa sur les deux CD d'un geste hésitant, puis il demanda s'il était possible d'écouter quelques chansons. Le vendeur lui fit signe de le suivre à l'arrière de la boutique et inséra le CD de Namjoo dans une chaîne stéréo.

À nous la copie piratée du Parrain
À nous le régime de la honte
À nous les dossiers bien gonflés
Le raté qui porte les couleurs nationales
À nous la critique constructive
Et peut-être aussi l'avenir.

Papa adora cette satire amère. Ensuite le vendeur mit le premier volume des chansons de Homay.

Dans quelle sorte de monde boire du vin est un crime[*] ?
Dans quelle sorte de paradis manger du blé est un crime ?
Dis-moi la vérité, dis la vérité, la vérité
Où est ton paradis céleste ?
D'ailleurs,
Y sont-ils tous avec leur Dieu abject ?

Une lueur joyeuse brilla dans les yeux de Papa. *Oui !* se réjouit-il. *Ils sont toujours vivants et ils réagissent.*

— Les femmes chantent aussi ? demanda-t-il au vendeur.

— Il y en a, elles chantent très bien d'ailleurs, mais en cachette.

Il sortit deux autres CD de concerts clandestins et les tendit à Papa qui s'empressa de les acheter, remercia le jeune homme et partit. Sa décision était prise, il retournait à la place Enghelab. Avec ses quatre CD dans un sac en plastique, il se dirigea à grandes enjambées vers les silhouettes en noir. Plus il s'approchait, moins il avait peur. Le poing levé, les manifestants scandaient des slogans exactement comme au début de la révolution. Mais ces poings tendus n'étaient pas ceux d'autrefois – ceux qui étaient affermis, armés par la confiance de gens prêts à tuer sans hésiter, par conviction, ou du moins prêts à trahir et à envoyer un voisin, un collègue, voire leurs propres enfants en prison même s'ils risquaient d'être exécutés. Non, les poings d'aujourd'hui s'agitaient mollement, presque par acquit de conscience. L'assurance et la vigueur de l'idéologie leur faisaient défaut. On les payait une misère, ces piètres protestataires qui ne

* Référence à un épisode du Coran dans lequel Ève est chassée du paradis parce qu'elle a mangé un épi de blé. (NdA)

faisaient que consolider un peu de ce petit pouvoir méprisable et abject.

Bien que peu nombreux, les manifestants avaient bloqué l'artère principale et arrêté la circulation. Ils devaient être une centaine tout au plus. Tous les autres restaient sur le trottoir, certains discutaient tranquillement entre eux, les autres s'efforçaient de garder leurs distances sans même s'en apercevoir ; sur leur quant-à-soi, les bras croisés, les mains sous les aisselles, ils regardaient en silence la foule en noir qui contestait sans trop y croire. Hushang s'arrêta lui aussi. Il était conscient que sa cravate et sa chemise bien repassée attiraient l'attention, mais il s'en fichait.

— Mort à l'Angleterre ! lança un manifestant, les yeux sur son papier.

— Mort à l'Angleterre ! répéta la foule – en majorité des vieux et des jeunes hommes aux barbes peu fournies.

Papa resta à l'écart sur le trottoir jusqu'à ce qu'il trouve enfin le courage de parler à quelqu'un, près de lui.

— Ils manifestent contre quoi ?

— Apparemment, ils protestent contre une caricature du Guide suprême qui a été publiée en Angleterre, répondit un homme d'âge mûr, propriétaire d'une librairie toute proche. Il faut bien qu'ils se trouvent une raison de se montrer de temps en temps, ces petits miliciens du pouvoir, ajouta-t-il avec un sourire narquois.

Les manifestants continuèrent à scander leurs slogans pour la forme, puis plusieurs personnes se mirent à crier. Un groupe d'hommes vêtus de linceuls* sur lesquels on pouvait lire « Je t'obéis, Khamenei. Je fais corps avec

* Groupe extrémiste et violent qui s'est formé après les révolutions. Ses membres sont prêts à tuer et à se faire tuer pour le bien du régime, comme l'indique le port du linceul, signe qu'ils sont prêts à mourir sur-le-champ. (NdA)

Ton pouvoir, ma vie est sacrifiée au Guide » sortirent de plusieurs Peykan blanches avec de grandes pancartes à l'effigie d'Ali Khamenei. Avec quelques mollahs ivres de colère, ils prirent la tête du cortège.

— Mort à ceux qui s'opposent au Guide suprême ! scandèrent-ils. Mort à l'esclave de l'Angleterre ! Mort à l'esclave de l'Amérique ! La victoire passe par l'obéissance au Guide suprême !

Sur le trottoir, la foule de badauds avait grossi. Plusieurs commerçants inquiets commencèrent à baisser le rideau de leur boutique. L'atmosphère était devenue électrique.

— Ils sont dangereux, ces types-là, chuchota le libraire à l'oreille de Papa. Allons à l'intérieur, ça vaut mieux.

Mais à cet instant, le regard d'un des porteurs de linceul tomba sur la cravate de Papa. Il s'élança, se jeta sur lui comme un fou furieux et tira violemment sur sa cravate en lui hurlant au visage. Il était si près de lui que Papa sentit les postillons sur sa peau.

— Tu as mis une cravate pour montrer que tu es le chien des Anglais, c'est ça ? Les cravates, c'est pour les lèche-cul, les espions ! Attrapez cet espion !

Avant même qu'il ait fini, trois autres hommes se précipitèrent sur mon père. Tout s'était passé si vite qu'il avait peine à y croire. Les hommes en linceul l'encerclèrent, le poussèrent, le couvrirent de crachats et l'empoignèrent les uns après les autres.

— Espion ! C'est des types comme ça qui menacent la révolution ! Allez ! On va se le faire !

Sur le trottoir, plusieurs personnes essayèrent de s'interposer. Le libraire attrapa la main de Papa d'un geste décidé.

— Vous devriez avoir honte ! Qu'est-ce qu'il a fait, lui ? Laissez-le tranquille.

Mais les harangueurs n'attendaient qu'une occasion de faire étalage de leur force et de semer la terreur. Ils les embarquèrent *manu militari* dans leur voiture avant de démarrer. Quand les passants et les badauds comprirent ce qui s'était passé, ils disparurent aussitôt dans les boutiques et les ruelles adjacentes. Dans le véhicule, un membre du gang enleva son linceul, le déchira en deux et s'en servit pour bander les yeux de Papa et de son compagnon. Ils étaient terrifiés, le libraire avait perdu sa belle assurance.

— Mais, monsieur, qu'est-ce qu'on a fait ? On n'a même pas dit un mot ! plaida-t-il faiblement, d'un ton suppliant.

— Ta gueule ! hurla une voix. T'as fait la connerie de défendre un suppôt de l'Occident.

— Messieurs, je ne connais même pas cet homme, dit Papa. Laissez-le partir. Il n'a rien fait de mal.

Cela déclencha une cacophonie de hurlements et de jurons ponctuée de claques et de coups de poing jusqu'au moment où la voiture freina brutalement. Une portière s'ouvrit et ils balancèrent le libraire hors du véhicule.

— Dégage, pauvre merde ! lui cria l'un des hommes par la fenêtre. Et la prochaine fois, ferme-la !

Ils redémarrèrent en trombe. Papa était soulagé qu'ils aient relâché le libraire, au moins. Puis il sentit qu'on lui arrachait le sac en plastique qu'il tenait toujours.

— Tiens, tiens ! Qu'est-ce qu'on a là ? J'avais pas dit que c'était un espion ? Alors tu écoutes de la musique interdite ?

— J'ai acheté ça ici même, dans la rue Enghelab, expliqua Papa. Dans un magasin agréé par votre ministère de la Culture et de l'Orientation islamique.

— Oui, on trouve aussi de la mort-aux-rats dans les pharmacies. Si t'allais t'en acheter une dose ?

Papa ne sut pas comment répondre à cette logique aveugle. Ils continuèrent à rouler lentement dans les rues de la ville. Au bout d'un moment, une voix qui n'avait pas encore complètement mué se fit entendre, douce et glaçante.

— Monsieur, des années et des années après la révolution, avec tous ces martyrs qui se sont battus et ont perdu la vie, au final vous portez toujours une cravate comme ce maudit chah et vous écoutez ce genre de CD ?

— Quelle révolution ? demanda Papa avec un calme qu'il ne se connaissait pas. De quelle guerre et de quels martyrs parles-tu ? Tu ne les as jamais vus, puisque tu n'étais même pas né.

— C'est qu'il est insolent, en plus ! s'écria le jeune homme avec une véhémence inattendue. Mais dans quel pays vous avez vécu ces dernières années ?

L'espace d'une seconde, Papa songea à mentir, à donner le nom d'un pays au hasard en espérant qu'ils le laisseraient tranquille, mais il n'avait même pas un passeport pour prouver ses dires.

— Celui-ci, répondit-il simplement.

— Donc tu es un royaliste et tu propages leur propagande contre le gouvernement iranien. À laquelle de ces bandes de traîtres tu appartiens ?

Sans plus rien dire, Papa leva la tête pour regarder par-dessous son bandeau. Deux soldats avaient ouvert et aussitôt refermé les portes du parking souterrain situé sous un immeuble d'habitation ordinaire dans lequel la voiture était entrée. Ils lui firent monter plusieurs étages, le poussèrent le long d'un couloir et finirent par l'asseoir sur une chaise, dans un appartement. Ensuite, ils lui attachèrent les mains derrière le dos et lui enlevèrent son bandeau. La pièce était plongée dans l'obscurité. Quelques minutes plus tard, la porte s'ouvrit et une faible lumière s'alluma au-dessus de sa tête. Les CD qu'il avait achetés étaient posés sur la table devant lui. Avant de voir l'homme, il l'entendit vociférer.

— Qui lui a attaché les mains ? Détachez-les. Vite !

Quelqu'un lui libéra les poignets avant de repartir. Un homme d'âge mûr, en bras de chemise, s'assit en face de lui. Il n'avait presque pas de barbe, mais une tache sombre et ovale était visible sur son front. Papa savait qu'au cours des années qui avaient suivi la révolution, beaucoup de miliciens se marquaient à cet endroit avec une cuiller chauffée à blanc, affichant ainsi leur appartenance religieuse et leur pouvoir. Cela leur permettait aussi de passer pour des hommes très pieux dont le front enturbanné était devenu calleux à force de se poser sur le sol pendant la prière. Tout le monde le savait – il n'y avait qu'à voir les images dans les journaux et à la télévision. On reconnaissait ceux qui avaient accédé à un certain rang dans ce régime à trois choses : leur chapelet, leur col de mollah et leur marque ovale sur le front.

L'homme examina les CD. Ensuite, il posa une feuille de papier et un stylo à bille bleu devant Papa.

— Écrivez ! lui ordonna-t-il.

— Qu'est-ce que je dois écrire ?

— Tout ce dont vous vous souvenez !

— À mon âge, ce ne sont pas les souvenirs qui manquent, dit Papa. Il y a de quoi mettre votre patience à l'épreuve, de quoi faire crouler votre système tentaculaire !

L'homme se renfrogna un peu plus.

— Je vois que vous êtes bien renseigné. Écrivez ce que vous savez à ce sujet.

— Il n'y a pas besoin d'être particulièrement renseigné, grogna Papa. N'importe quel enfant est embrigadé par ce système dès qu'il met les pieds à l'école.

— Que voulez-vous dire ?

— Vous avez mis en place une armée de vingt millions de *bassidjis*, vous les avez postés dans chaque école, dans les villages les plus reculés. Il y a ça, la mosquée et les sociétés islamiques.

— Je vois que vous ne croyez pas en Dieu, en plus ! s'exclama l'homme. Vous savez quelle peine vous encourez pour ça ? La mort ! Vous semez la corruption sur Terre*.

Papa ne s'était jamais senti aussi serein. Il repoussa le stylo et le papier avec un petit sourire narquois.

— On dirait que mon crime et ma condamnation sont clairs comme de l'eau de roche. À quoi bon faire l'effort d'écrire quoi que ce soit ?

L'homme bondit sur ses pieds, furieux, et envoya valdinguer sa chaise dans un coin de la pièce.

— J'ai l'impression que vous ne m'avez pas bien compris, hurla-t-il. Il vaudrait mieux que ce papier soit rempli d'ici une demi-heure !

Il prit les CD et fit quelques pas vers la porte. Soudain, les muscles de son visage se détendirent et un rictus glaçant apparut sur ses lèvres.

— Écrivez tout ce dont rêve votre âme nostalgique..., dit-il avant de claquer la porte derrière lui.

Papa regarda autour de lui. Derrière lui, il n'y avait rien d'autre qu'un mur et la porte en bois. Il prit le stylo et le papier. Il sourit en se disant qu'il songeait à écrire ses mémoires depuis des années.

— Du papier, s'il vous plaît ! demanda-t-il au bout de quelques minutes.

---

* Expression issue du Coran et du droit islamique. Elle sert à désigner les individus considérés comme dangereux pour la société. Ils sont passibles de mort. (NdA)

Quelqu'un entra sur-le-champ – à croire qu'il l'épiait derrière la porte – et lui apporta plusieurs feuilles. Une heure plus tard, il appela à nouveau d'une voix forte.

— Du papier, s'il vous plaît !

Le même soldat lui apporta une nouvelle liasse.

— Du papier, s'il vous plaît ! Plus ! Et un peu d'eau, réclama-t-il deux heures plus tard.

Cette fois-ci, le soldat incrédule arriva avec une rame de cinq cents feuilles A4 et posa le paquet encore intact sur la table avec une carafe d'eau et un grand gobelet en plastique.

Avant de repartir, il jeta un coup d'œil à la pile de pages que Papa avait noircies. Comme s'il avait pitié de sa naïveté, il secoua la tête d'un air désespéré, comme pour lui dire « Pauvre vieux ! Tu es loin de te douter que chaque ligne ne fera que prolonger ton interrogatoire ! ».

Mais les pensées de Papa étaient ailleurs, semblait-il, loin de ce monde, tournées vers quelque chose de plus important que sa vie : son histoire et celle de sa famille, toute l'histoire de Téhéran et de Razan. Après tout, qu'avait-il encore à perdre ? Il desserra sa cravate, défit ses boutons de manchette et releva ses manches. Il ne voyait plus le temps passer. Il écrivit et écrivit encore jusqu'au moment où il s'endormit. Il fut réveillé très tôt le lendemain matin par l'homme chargé de l'interroger qui s'assit en face de lui.

— Donc ton fils a été exécuté, ta fille brûlée vive et ta femme s'est enfuie ! dit-il après avoir lu son récit.

Papa ne répondit pas. Il sentait un goût désagréable dans sa bouche. Il voulut boire l'eau qui restait au fond de sa tasse, mais l'homme la balaya d'un grand geste, lui éclaboussant le visage et les vêtements.

— Quand on voit ton petit jeu, on comprend tout de suite que tu n'as pas encore goûté aux coups de trique de nos services de renseignement, hurla-t-il.

Papa continua à garder le silence.

— Tu nous inventes des histoires, c'est ça ? Ta sœur s'est transformée en djinn et ta fille en sirène, mais avant de partir dans la mer elle a donné naissance à des poissons et à des coquilles ? Il y a eu une tempête de neige noire et des fantômes zoroastriens sont venus prier pour vous ? Un fantôme vous a montré une carte au trésor ?

Il partit d'un grand rire nerveux. Puis il se leva d'un bond et s'appuya sur la table des deux mains.

— En voyant tes cheveux gris et ton visage ridé, j'ai cru que tu étais un homme respectable avec des idées respectables, mais je vois que tu as juste imaginé des contes pour enfants. J'adore le passage où tu racontes que le fantôme de ta fille vivait avec vous ! Ah ah ah ! Tu devrais être chez les fous, pas ici !

Il se tourna vers la porte.

— Soldat !

Un militaire entra et fit un salut. L'homme approcha son visage tout près de Papa et braqua son regard sur lui.

— J'avais l'intention de te laisser sortir rapidement parce que mes hommes voulaient simplement impressionner la foule en t'arrêtant au hasard pour t'amener ici. Mais maintenant que tu as écrit ces absurdités insultantes, je vais te donner une bonne leçon et après ça, tu pourras retourner à ta vie de minable.

Il se tourna alors vers le soldat.

— Donne-lui de l'eau fraîche. Il a soif, on dirait, ordonna-t-il.

Puis il sortit de la pièce. Quelques secondes plus tard, deux colosses arrivèrent et entraînèrent Papa au sous-sol. Ils lui passèrent des menottes, puis l'homme chargé de l'interroger réapparut. Tandis que les coups pleuvaient, tandis que le goût du sang lui remplissait la bouche, Papa l'entendit parler à ses tortionnaires.

— Sa main droite pourra encore servir, dit-il.

C'est sur tout le côté gauche de son corps qu'ils s'acharnèrent avec le manche d'une pelle jusqu'au moment où il perdit connaissance.

Quand il revint à lui pour la première fois, il était couché par terre, sur le sol en ciment d'une cellule obscure et il avait si froid qu'il claquait des dents. Le lendemain, il se réveilla sur un lit d'hôpital, il avait le bras gauche et une jambe dans le plâtre. Il était trop vieux pour endurer les suites d'un passage à tabac. Tout son corps le faisait atrocement souffrir quand une infirmière arriva enfin et lui injecta des antalgiques. Il sombra alors dans un profond sommeil et rêva de Sohrab, de Beeta et de moi. Nous étions ensemble dans une cellule. Sohrab avait pris les mains de Papa dans les siennes, il les embrassait en pleurant.

— Le seul moyen de s'en sortir, c'est de regarder par la fenêtre. De temps en temps, on voit passer un oiseau.

Ensuite Beeta caressait ses pieds meurtris dont les os étaient brisés.

— Le reste du temps, repense aux histoires qu'on te racontait quand tu étais enfant, lui conseilla-t-elle.

Quant à moi, assise derrière lui, j'avais passé mes bras autour de ses épaules, comme il le faisait quand il me montrait comment placer mes doigts pour jouer du târ.

— Attends-moi, lui dis-je.

Je tenais à ce qu'il sache que je viendrais le voir bientôt, dès qu'il le voudrait. Je n'allais tout de même pas laisser un vieil homme tel que lui aux mains de ces bourreaux ! Aussi, quand il se retrouva face à l'homme chargé de l'interroger, Papa lui proposa de me faire apparaître pour prouver que j'étais bien un fantôme. L'homme se figea, déglutit et lâcha un petit rire.

— Eh bien, dis-lui de venir ! répondit-il en essayant de ne pas laisser affleurer la peur dans sa voix.

Sans lui laisser le temps de finir sa phrase, je les rejoignis. J'éteignis la lumière et, toutes griffes dehors, je mis sa chemise en pièces. Après lui avoir martelé le visage de coups de poing, je lançai sa chaise contre le mur et lui avec.

Jamais je ne m'étais doutée que je possédais une force pareille. Je suppose que la haine l'avait décuplée. Il se mit à hurler de terreur et deux gardes armés se précipitèrent à l'intérieur. Comme il leur fut impossible de faire marcher l'interrupteur, ils finirent par allumer une torche électrique. Ils découvrirent alors Papa assis sur son siège avec son bras et sa jambe cassés et son tortionnaire, recroquevillé dans un coin, la joue et le dos en sang, la chemise en lambeaux.

Papa ne le revit plus jamais. L'homme qui prit la relève avait la quarantaine, de larges épaules et des cheveux noirs coupés très court. Lors de leur première entrevue, il consulta le dossier de Papa, un dossier bien fourni à présent.

— Il paraît que vous êtes en contact avec des fantômes et des djinns, dit-il. Vous savez que dans le Coran les actes de sorcellerie sont punis de mort. Bon, vu votre âge, je vous donne une deuxième chance. Voici un stylo et du papier. Nous avons épargné votre main droite pour que vous puissiez vous défendre – on est bien gentils ! Maintenant, écrivez. Mais cette fois-ci, dites la vérité.

Sur ces mots, il quitta la pièce. Peut-être ne voulait-il pas rester trop longtemps de peur d'être attaqué à son tour. Papa se mit à écrire. Cette fois encore, cela prit des jours et des jours. L'homme chargé de recueillir sa déposition venait quotidiennement lire ce qu'il avait écrit la veille. Il lui venait des questions qu'il couchait par écrit, puis il demandait à Papa d'inclure les réponses dans ses mémoires.

Papa reprit toute son histoire depuis le début. Cette fois-ci, il savait qu'il devait omettre tous les épisodes que ces esprits peu imaginatifs jugeraient incompréhensibles et il enjoliva son récit pour le rendre parfaitement plausible. Cette fois-ci, il fit l'impasse sur le blizzard noir et sur mon fantôme, il ne raconta pas que tante Turan avait rejoint les djinns dans la forêt, ni que les ébats de Beeta et d'Issa avaient allumé des cercles de feu dans l'herbe. Dans cette nouvelle version de son passé, il n'était question ni du jardin enchanté et du puits ensorcelé de Homeyra Khatun ni de l'amour maudit d'Effat, pas plus que du sommeil magique et du grand incendie de Razan dont je lui avais parlé. Il laissa de côté les prières des prêtres zoroastriens d'autrefois et l'étrange accouplement des vaches et des coqs avec des bêtes et des oiseaux sauvages à l'époque de la tempête de neige. Cette fois-ci, il n'écrivit pas que Roza avait un jour lévité au-dessus de la rue Nasser Khosrow avec *Le Voyageur* de Sohrab Sepehri, ni que son frère Khosro avait le don d'apparaître et de disparaître devant vos yeux. Non, il écrivit qu'il était totalement opposé au régime politique avant même son arrestation ; que Beeta avait perdu la raison, qu'elle s'imaginait avoir été changée en sirène et qu'elle se trouvait à présent dans une unité de psychiatrie ; que sa femme Roza avait disparu, désorientée par la maladie d'Alzheimer. Il écrivit que j'avais péri dans les flammes quand les révolutionnaires avaient incendié notre maison et qu'on n'avait jamais retrouvé mon corps. Il écrivit beaucoup de choses, certaines correspondaient en partie à ses aspirations. Il raconta ses années de dépression et de réclusion jusqu'au jour où il était parti sillonner presque tout le pays pour éveiller la conscience des jeunes en enseignant et en faisant circuler des livres politiques interdits. Il écrivit qu'il n'était ni un monarchiste, ni un communiste, ni un moudjahidin du peuple, mais qu'il croyait à la démocratie ; que les gens avaient le droit de choisir leur religion, leur façon de s'habiller, leur parti politique et que les médias devraient être libres. Il écrivit que tous les membres de sa famille étaient morts, que l'histoire de son frère Khosro n'était que le produit de son imagination et qu'il n'avait jamais eu de sœur prénommée Turan.

Quand il eut terminé, on lut sa déposition et il fut transféré directement à la prison d'Evin dès le lendemain matin. Il n'y eut pas d'autre interrogatoire, aucune comparution devant les tribunaux. Incarcéré pendant cinq ans, il ne cessa jamais de croire qu'on finirait par lui communiquer la date de son procès. Même au bout de cinq ans, six mois et dix jours, quand il fut libéré en raison de son âge avancé, il pensait encore qu'il finirait par savoir de quels crimes on l'accusait. On ne le laissa pas sortir avant d'être sûr qu'il n'avait plus toute sa tête et ne tarderait pas à mourir, qu'il était tout sauf une menace pour la sainte République islamique d'Iran.

Papa était retourné dans la maison familiale des Esfehani depuis longtemps quand je rêvais que j'étais en train de rêver de sa mort. Peut-être le moment était-il venu d'aller le voir ? Après tant d'années, je n'avais plus besoin de sa permission. Si Sohrab n'avait pas disparu sans laisser de traces et si la mémoire de poisson de Beeta lui avait permis de se souvenir de nous, peut-être aurions-nous pu nous retrouver autour d'un feu, comme autrefois, pour boire du thé fumé en écoutant les vaches meugler et les moutons bêler. Peut-être aurions-nous pu débarrasser le cadenas du verger de sa rouille et huiler les gonds du portail ; élaguer les arbres, bêcher la terre et planter du blé comme nous le faisions jadis – ou rester simplement assis ensemble sur la terrasse, le temps de lire un poème de Bijan Jalali ou d'Ahmad Châmlou.

Finalement, je décidai d'aller rendre visite à Papa. Je le trouvai seul dans sa chambre, réveillé mais pas étonné de me voir. Tant d'années avaient passé qu'il sembla heureux de ma venue. Même sans les rides dont son visage et son cou étaient striés, même si ses cheveux et sa moustache n'avaient pas blanchi, j'aurais deviné que son heure était proche. Depuis sa sortie de prison, il ne faisait rien d'autre que rester assis près de la fenêtre, à regarder la cour. Son crâne était presque chauve. J'eus honte de lui apparaître comme une adolescente de treize ans alors qu'il avait tant vieilli pendant toutes ces années. Je dois avouer qu'en lui annonçant que Maman était revenue à Razan depuis bien longtemps, je m'attendais à ce qu'il fasse aussitôt ses bagages pour se mettre en route. Mais il ne bougea pas de son fauteuil et me laissa m'asseoir près de lui sans rien dire. Se lever d'un bond et rassembler ses affaires ? Il en aurait été bien incapable, tant il était amoindri. Il n'insista même pas pour que je reste encore un peu. Non, il m'invita seulement à boire du thé.

16

QUAND MAMAN ÉTAIT REVENUE, étonnamment, elle s'était remise à ses tâches ménagères comme si elle n'était jamais partie. Le premier jour, elle nettoya et dépoussiéra les étagères, les livres et les tapis avec une agilité remarquable et, pour la première fois depuis des années, elle entra dans sa chambre, ce qui réveilla de vagues souvenirs en elle. Elle versa un mélange d'essence et de chaux sur les fourmis, ouvrit les fenêtres, puis à l'aide d'une faucille, elle s'attaqua au chiendent et aux herbes folles qui avaient pointé leur nez un peu partout. De toute évidence, elle avait appris depuis bien longtemps à affronter les difficultés de la vie.

Elle s'approcha de la piscine que Papa avait creusée pour ses petits-enfants et découvrit les poissons dont certains avaient tant grossi qu'ils occupaient toute la longueur du bassin. La fosse était grouillante tant ses occupants étaient nombreux. Maman avait été très heureuse de me retrouver, mais manifestement elle avait décidé de se punir en ne me posant aucune question.

Elle voulait se punir jour après jour en s'interrogeant sur le sort de Beeta et de Papa et en regardant les rides se creuser sur son visage. Même la salle de bains avec sa porte cimentée et son plafond inexistant, même les nénuphars qui avaient envahi la terrasse de la piscine, la cour et la piscine ne suffirent pas à éveiller sa curiosité.

Après toutes les souffrances qu'elle avait endurées, je remarquai qu'elle avait changé du tout au tout. Elle n'était plus la jeune personne délicate et choyée, la fille unique de Téhéran à laquelle Papa s'adressait toujours avec tant de douceur. Maintenant, c'était une femme pleine d'expérience, aguerrie et qui connaissait le monde ; elle laissait les petites misères du quotidien peser sur son cœur, mais pas trop longtemps. Le moment était venu d'attendre, pour elle aussi. Quand elle eut fini de tout rénover dans la maison, qu'elle eut construit une nouvelle piscine sans l'aide de personne pour ensuite y transférer la moitié des poissons ; quand elle eut arraché toutes les mauvaises herbes qui avaient envahi les cinq hectares du verger et taillé les arbres, elle se prépara à une longue attente. Elle enfila des vêtements propres et alla s'asseoir sur la terrasse avec une tasse de thé, prête à rester là jusqu'à ce qu'un beau jour parmi tant d'autres, Papa revienne et qu'elle lui dise : « Pour rien au monde je n'aurais accepté de mourir avant ton retour, Hushang ! »

L'attente fut interminable. Bien trop longue pour Maman et pour le verger que le chiendent assaillit à nouveau. Une fois de plus, ses arbres se languirent sous le poids de fruits non cueillis et de branches non élaguées ; ils continuèrent cependant à exister, comme Maman qui allait et venait jour après jour entre la cuisine, la chambre et la terrasse.

Au fil des années, pendant que Maman attendait, pendant que Papa était à Téhéran, d'abord à Evin, puis dans la maison de Darband, par un matin brumeux comme tant d'autres, Razan fut réveillé par le bruit des tronçonneuses, des camions et des remorques qui allaient le changer à jamais. À ce stade, Maman avait perdu la détermination et la force physique nécessaires pour s'occuper du verger et tenir en respect la vigne vierge, les fourmis et les lézards dans la maison. Les villageois avaient repris le cours normal de leur existence malgré la guerre, le blizzard noir, l'absence de leurs fils et des mamans orphelines. Toute l'histoire du premier devin, l'amour maudit d'Effat et l'incendie sacrificiel de Razan n'étaient plus que de lointains et invraisemblables souvenirs. Précédés par le vacarme de leurs moteurs, les tronçonneuses, les camions et les remorques arrivèrent au village. Écrasant l'herbe et les fleurs sauvages sur leur passage, les machines s'attaquèrent aux arbres, des arbres énormes au tronc gros comme une maison, des arbres qui avaient été les témoins des rêves et des vies de milliers d'habitants de la région. Une fois abattus et chargés à bord des véhicules, ils furent acheminés vers la ville.

Face à cette intrusion brutale qui mit fin du jour au lendemain à l'isolement et à la pureté virginale de Razan, les villageois se demandèrent comment ils s'étaient retrouvés pris au piège d'un jeu dont ils n'avaient pas écrit les règles. Le jeu de l'agresseur et de la victime ; à ce jeu, les victimes ne tardèrent pas à prendre l'offensive, devenant ainsi à la fois victimes et bourreaux. Au début, ils firent ce qu'ils purent pour survivre au traumatisme que leur avaient infligé l'arrivée des tronçonneuses et les bouleversements qui s'ensuivirent. Mais ils ne tardèrent pas à oublier leurs rêves et leurs mythes, leur histoire et leurs racines et, armés de scies, ils finirent par s'attaquer eux aussi à la forêt hyrcanienne que leur avaient confiée leurs ancêtres. Désormais, la vie à Razan était rythmée par le bruit des tronçonneuses, des camions et des remorques qui s'activaient jour et nuit. Ils éventrèrent les songes qu'abritaient ces canopées sans le moindre remords, saccageant le refuge millénaire des djinns et des esprits. Ils rouvrirent les tombes de leurs ancêtres zoroastriens, pillèrent les objets ordinaires et les bijoux qu'elles contenaient pour les revendre à des agents de renseignement peu avertis en les faisant passer pour des antiquités. Ils s'enfoncèrent toujours plus avant dans les bois, écrasant les papillons bleus phosphorescents sous la semelle de leurs bottes en plastique neuves, importées de la ville, tandis que la sonnerie de leurs téléphones portables faisait fuir les sauterelles et les lépidoptères. Les oiseaux migrèrent vers d'autres cieux, les larves des lucioles se laissèrent mourir dans l'œuf et les cigales restèrent obstinément enfermées dans leurs cocons.

Avec leurs nouvelles maisons climatisées, leurs téléphones portables, leurs vases pleins de fleurs en plastique et leurs étagères garnies de chips, de Pepsi et de chewing-gums, les habitants de Razan estimaient qu'ils n'avaient jamais été aussi heureux, mais la vieille Roza voyait le village s'effondrer sous ses yeux fatigués, juste là, à ses pieds. Sa lucidité lui permit d'éviter juste à temps l'intrusion de profiteurs qui pensaient trouver notre maison abandonnée parce qu'elle était à nouveau couverte de mousse. Sans elle, ils auraient pillé toutes ses richesses et massacré tous les arbres du verger à coups de tronçonneuses.

Le jour où un groupe de villageois et de gens de la ville arrivèrent, brisèrent le cadenas qui retenait la chaîne du portail, écrasèrent les myosotis et les lézards verts et bleus, abattant les vieux pruniers sauvages sur leur passage, Maman était là. Se redressant brusquement sur son siège, elle attrapa une hache, s'approcha des intrus et leur donna une grande gifle à chacun.

— Un pas de plus et je vous coupe en deux ! leur dit-elle.

Guidés par Issa et persuadés que la famille de Téhéran qui avait vécu sur cette propriété désertée était partie depuis longtemps, ailleurs ou dans l'autre monde, les villageois prirent la fuite devant cette vieille femme échevelée et chenue, terrifiés à l'idée que des fantômes protégeaient encore les lieux. Tous sauf Issa, qui fit un pas en avant.

— M'dame, vous connaissez Beeta ? demanda-t-il avec son accent régional.

Comme son visage hâlé ne lui disait rien, Maman tourna les talons et s'éloigna sans lui répondre. Mais Issa la suivit et insista d'une voix noyée par le bruissement de la longue robe de Maman dans les hautes herbes.

— S'il vous plaît, répondez-moi. Il faut que je la voie.

Si elle croyait pouvoir se débarrasser des intrus aussi facilement, Maman sc trompait lourdcmcnt. Ellc nc l'avait pas compris, mais les ennuis ne faisaient que commencer. Les enfants qui, il n'y a pas si longtemps, respectaient notre famille pour sa contribution à la reconstruction du village après les cent soixante-dix-sept jours de blizzard étaient devenus des hommes, jeunes ou d'âge mûr, mais sans réel but dans l'existence, qui se sentaient autorisés à faire main basse sur les biens des « étrangers » en vertu des lois de la ville. Importées bien tardivement et par l'entremise de Hossein qui était revenu à Razan avec les premières tronçonneuses, ces lois permettaient aux villageois de traiter les gens de

Téhéran d'arrogants et de sympathisants du chah et de piller leurs biens. Aussi, quand le bruit circula que Maman vivait encore dans la grande maison, ce fut le début du harcèlement.

Le soir venu, ces vauriens se retrouvaient près de la maison pour lancer des cailloux sur son toit en pente, casser les vitres des fenêtres en s'amusant à réciter des poèmes grivois et obscènes. Cinq d'entre eux vinrent sur la terrasse en pleine nuit lui crier d'ouvrir la porte et de venir coucher avec eux. Furieuse, Maman s'adressa pour la première fois de sa vie aux fantômes des zoroastriens qui hantaient le verger et leur demanda de lui venir en aide. Comme elle n'y comptait pas trop, elle pleura de joie en les voyant arriver derechef. Elle commença par serrer sa mère dans ses bras, il y avait si longtemps qu'elle ne l'avait pas vue, même en rêve ! Ensuite, avec son père, ses grands-parents et moi, sans oublier les fantômes des zoroastriens, elle ouvrit lentement la porte vitrée et sortit sur la terrasse. Quand la racaille de Razan nous vit, ils se figèrent et plusieurs d'entre eux mouillèrent leur pantalon, puis ils prirent leurs jambes à leur cou en hurlant et en trébuchant dans leur précipitation. Le lendemain, la rumeur fit le tour du village : la maison était hantée. Non seulement les fantômes sauvèrent la maison et le verger des pillards et des villageois qui voulaient s'en emparer au nom de l'égalité islamique, mais ils lui organisèrent aussi la plus belle fête nocturne de sa vie. Une fois débarrassés des voyous, ils firent apparaître des calices et du vin pour accompagner les plats et les viandes les plus exquis, puis ils se portèrent des toasts, se racontèrent leurs souvenirs, rirent et dansèrent jusqu'au matin au son d'un vieux disque de Qamar que Maman avait retrouvé caché derrière une armoire.

Après cela, Maman ne se sentit plus seule et, malgré le poids des ans dont on avait perdu le compte, elle se redressa pour ordonner aux fougères, aux champignons et aux mauvaises herbes qui poussaient entre les dalles de mosaïque de battre en retraite. Elle extermina les fourmis et les lézards et il devint évident qu'elle ferait tout pour rester en vie jusqu'au retour de Papa. Même si elle finissait toujours par se rappeler qui j'étais, il lui arrivait de se comporter comme si elle ne me reconnaissait pas. Cela ne présageait rien de bon, mais je m'étais promis de rester pour la protéger des assauts des plantes invasives, du froid, des lézards et des hommes.

Pourtant, je crois que c'est Issa qui sauva Maman du flot de souvenirs, du désir de revoir les siens, du bruissement entêtant des plantes rampantes et du coassement obsédant des rainettes qui se collaient aux vitres avec leurs pattes adhésives. Le lendemain de l'ignoble saccage perpétré par le groupe de villageois qu'elle avait mis en fuite, Maman avait été réveillée par le bruit d'une faucille que l'on maniait lentement mais sûrement pour couper les mauvaises herbes et, peut-être, pour retrouver la trace des cercles de terre brûlée d'autrefois. C'était Issa. Elle s'apprêtait à le chasser en agitant sa canne, mais sans lui en laisser le temps, Issa lui dit qu'il avait été le jardinier du verger et qu'il était prêt à donner de son temps pour aider la vieille propriétaire de la maison. Il resta à son service pendant plusieurs mois ; hanté par les regrets, les remords et les souvenirs de son idylle d'autrefois, il continua à faucher pensivement, sans doute dans l'espoir de découvrir une pierre calcinée sous les masses d'herbe, de ronce et de chardon, une pierre qu'il garderait en souvenir de Beeta.

Maman s'habitua à sa présence, il lui arrivait même de lui apporter du thé et à manger, mais elle ne lui parlait jamais et laissait ses éternelles questions sans réponse. Pourquoi ? Simplement parce qu'elle ne savait pas et qu'elle était trop fière pour me demander : « Mais où est Beeta, en fait ? »

Assise sur la terrasse comme à son habitude, Maman laissait les mouches de l'ennui effleurer sa peau ridée tout en s'efforçant de garder le cœur léger. Les yeux fixés sur un tas de petits papiers qu'elle tenait entre ses doigts repliés, elle essayait de déchiffrer les mots qui y étaient inscrits. Elle ne savait pas où mettre certains d'entre eux : amour, rêve, baiser, langueur, souvenir, peine, solitude, peur, fuite, infidélité, plaisir, espoir, angoisse, désespoir, mort, Dieu. Avec ce qu'il lui restait de mémoire, elle avait étiqueté les objets de la maison : vase, table, livres, frigo, tableaux, papier. Elle passa des jours à se demander où elle pourrait bien mettre « amour » pour éviter de l'oublier. Elle rit à l'idée d'appeler son lit « amour ». *Il n'y aurait pas plus stupide !* songea-t-elle et, pour la première fois, elle douta un instant de l'ordre des mots. Les mots se bousculaient dans sa tête pour former des phrases correctes. « Pas plus stupide que ça ! » serait plus correct, non ? Elle regarda à nouveau les bouts de papiers dans sa main. Celui-ci, par exemple, « langueur », où fallait-il le mettre ? Il ne lui fallut pas très longtemps pour comprendre que le problème ne venait pas seulement de sa mémoire, des mots ou des noms ; les phrases elles-mêmes s'embrouillaient dans sa tête. Saurait-elle encore parler de sa langueur à Hushang s'il lui revenait ? Devrait-elle lui dire « Tu m'as manqué » ou « Manqué tu as » ? Peut-être un simple « Manqué » suffirait-il. Tout en jouant avec les morceaux de papier, elle laissa le doute philosophique s'inviter dans ses réflexions sur le langage. *Quelles règles linguistiques absurdes j'ai utilisées toutes ces années !* songea-t-elle.

— Que j'étais absurde avec la langue utilisée toute l'année ! s'entendit-elle dire à sa grande surprise.

Elle se leva, rentra dans la maison et en ressortit avec du fil et une aiguille. Elle alla s'asseoir dans son fauteuil habituel et regarda autour d'elle pour vérifier que je n'étais pas dans les parages. Ensuite, le plus sereinement du monde, elle se mit à coudre tous les petits bouts de papier sur sa longue robe noire. Quand elle eut terminé, elle inspira profondément et laissa le peu de mémoire qu'il lui restait s'évaporer au soleil de cette chaude journée d'été. Sur son corsage, au plus près de son cœur, elle avait cousu ensemble : amour, langueur, plaisir, peine, Dieu et espoir.

Assise au soleil par cette belle journée d'été, enveloppée par le parfum des secrets, des fleurs d'églantier et des primevères, alors qu'elle tournait et retournait les mots dans sa tête en laissant la mélancolie assombrir ses pensées volatiles, alors qu'entre deux assoupissements, elle oscillait entre la lucidité et l'oubli, elle ne se doutait pas que quelques minutes plus tard, Papa lui apparaîtrait, vieilli, tremblant et à bout de souffle.

17

— BAISE-LA ! Génial. J'enverrai la vidéo à tout le monde, dit celui qui filmait la scène de loin.

Ayant essayé en vain d'embrasser la sirène sans défense, le jeune homme défit sa braguette et trois de ses acolytes s'approchèrent pour lui prêter main-forte. Ils tordirent les bras de Beeta et les tinrent bien serrés au-dessus de sa tête. Le jeune glissa ses doigts sur les magnifiques écailles dont l'éclat argenté évoquait celui d'une demi-lune et sortit son pénis en érection. Mais il eut beau chercher et tâtonner, il ne trouva rien à forcer. Aussi intrigué qu'agacé, il s'assit sur Beeta pour examiner et palper sa queue.

— Il n'y a pas de trou ! finit-il par crier en sautant sur ses pieds.

— Tuez la sirène, tuez-la ! criait la foule attroupée autour de la pauvre créature depuis deux heures.

Beeta, qui était devenue plus jeune et plus belle de jour en jour ces dernières années, cachait sa poitrine sous ses bras et ses longs cheveux. Grelottante, terrifiée, elle tremblait sous les regards féroces et avides des hommes qui l'avaient encerclée, rendant toute fuite impossible. Parmi eux, un gardien de la révolution portant barbe, moustache et uniforme, gardait son arme braquée sur elle, l'air hargneux.

Un vieux pêcheur aux dents gâtées agita un ver de terre empalé sur un hameçon au-dessus de sa tête.

— Mange ! lui dit-il en riant.

L'appât effleura ses lèvres révulsée ; elle tourna la tête de l'autre côté pour voir la mer entre les corps en sueur de ses agresseurs, les pêcheurs, les vendeurs d'oranges ou de riz. Elle était si proche, assez proche pour qu'un simple plongeon mette fin à ce cauchemar. Si elle parvenait à s'enfuir, elle se promettrait de ne plus jamais s'aventurer sur la terre ferme, de ne plus rien tenter pour nous revoir. Pourquoi donc s'était-elle laissé guider jusqu'ici par le rêve qu'elle avait fait la nuit précédente ? Quelle terrible erreur ! Sa mémoire de poisson ne gardait aucune trace de nous, mais ce maudit rêve avait fait resurgir tous ses souvenirs et elle était revenue sur la plage dans l'espoir de revoir l'un d'entre nous après toutes ces années.

Les vociférations enflèrent à nouveau. La foule avait grossi. Après avoir garé en toute hâte leurs tracteurs, leurs motos, leurs camions chargés d'agrumes, de poissons ou de riz, les hommes se bousculaient pour la voir. Ceux qui gardaient le silence – peut-être ne voulaient-ils pas qu'on la tue, ces travailleurs aux mains calleuses – sortirent leur portable pour filmer et prendre des photos. Les rares femmes qui étaient restées un peu en retrait pour regarder n'avaient pas tardé à rentrer chez elles. « C'est une affaire d'hommes », leur avait-on dit.

— Tuez-la ! Tuez-la ! C'est un signe de la fin des temps, criaient toujours les autres.

Dans l'agitation générale, quelques-uns parmi les badauds se chamaillaient.

— Pourquoi vous voulez la tuer ? dit l'un d'entre eux. Qu'est-ce qu'elle a fait, la pauvre ?

— Vous ne voyez donc pas qu'elle est toute nue ?

— Sa mort servira de leçon aux autres. Et si elles veulent venir, elles aussi ?

— Comment ça, les autres ? demanda celui qui n'était pas d'accord.

— Toutes les autres... créatures mythiques !

— Elle est bien réelle, qu'est-ce que tu lui trouves de mythique ? Elle est bien là, sous tes yeux, non ?

— Alors où elle était jusqu'à maintenant ? Et depuis quand les démons, les djinns et les elfes sont-ils censés être réels ?

— Écoutez, elle n'a fait de mal à personne ! On devrait essayer de lui parler, insista le contestataire.

Sans cesser de filmer, il écarta les autres et alla s'agenouiller près de la sirène terrifiée.

— Qu'est-ce que tu es venue faire ici ? lui demanda-t-il.

Son regard empreint de compassion la décida à répondre.

— Je suis juste venue voir ma mère et mon père. Si vous me laissez partir, je vous jure que je ne reviendrai plus jamais ici ! gémit-elle entre deux sanglots.

Personne ne comprit rien à ce qu'elle disait. La langue des humains restait parfaitement intelligible pour Beeta mais, de leur côté, ils avaient l'impression d'entendre un dauphin.

— Quelle drôle de voix ! s'exclama l'un d'eux en riant.

L'homme qui avait pris sa défense n'était pas plus avancé que les autres, mais comme il avait pitié d'elle, il ne le montra pas et continua à lui poser des questions.

— Il va en venir d'autres comme toi ? Je veux dire... d'autres créatures mythiques ?

— Des créatures mythiques ? répéta Beeta. Comment suis-je censée le savoir ? Je suis juste venue voir ma famille. Je vous en supplie, ayez pitié de moi ! Laissez-moi rentrer chez moi !

Les badauds n'entendaient toujours que des couinements, mais son défenseur persista à la questionner.

— Dis-moi le nom de ces créatures et nous te relâcherons.

L'angoisse et les pleurs de Beeta redoublèrent.

— Comment suis-je censée le savoir ? cria-t-elle en se griffant le visage. Je ne connais que les poissons et le peuple de la mer. Nous vivons très loin d'ici. Tout là-bas.

Elle agita le bras vers de lointains rivages situés de l'autre côté de la mer Caspienne.

— Je crois qu'elle essaie de nous dire que les autres sont là-bas et qu'ils arrivent, déclara le jeune homme en regardant dans la direction qu'elle lui indiquait.

Un murmure horrifié s'éleva dans la foule.

— Laissez-la partir. Elle n'a rien fait, plaida à nouveau son défenseur.

— Où donc ? demanda quelqu'un. Pour qu'elle aille dire aux autres de venir ?

— Imaginez un peu, ajouta un autre, un jour on se réveillera et on verra des sirènes, des djinns et des esprits débarquer de la mer et de la forêt pour nous attaquer. Quelle horreur !

— On n'est plus en sécurité nulle part. Dieu nous protège.

Suspendue à leurs lèvres, Beeta ne savait toujours pas à quoi s'en tenir. Elle reprenait espoir, pensant qu'on allait la libérer, et l'instant d'après elle se désespérait, épuisée, couverte de sang et en larmes. Tout son corps la faisait souffrir. Pourquoi ne la laissaient-ils pas pleurer et mourir en paix ? Qu'elle avait été bête de s'imaginer qu'elle pouvait venir nous attendre sur cette plage en plein jour !

Pendant que les hommes continuaient à parler, elle repéra un petit coin de mer entre leurs bottes maculées de boue. Il n'y avait qu'à sauter dans l'eau pour leur échapper ! Avec toute l'énergie dont elle était encore capable, elle se retourna d'un bond et se faufila entre leurs jambes, puis elle se hissa sur le sable pour atteindre le rivage, mais les hommes s'en aperçurent. Ils l'empoignèrent par les bras, les épaules et la queue et la jetèrent par terre, au milieu de la foule.

Repoussant celui qui avait pris sa défense, les autres se rapprochèrent d'elle. Avec leurs téléphones, ils zoomèrent sur ses seins blancs et fermes, sur son dos et sa magnifique queue ondoyante.

— C'est super ! Qu'elle est belle ! lança un jeune homme à son voisin.

— Regarde un peu ses cheveux. Et ces fesses rebondies. J'y goûterais bien ! répondit l'autre.

Le cercle se resserra autour de Beeta. Pour finir, l'un des hommes n'eut qu'à tendre le bras pour toucher son épaule. Une pellicule d'humidité visqueuse lui resta sur la peau.

— C'est dingue ! On dirait vraiment un poisson ! dit-il en s'esclaffant, puis il porta ses doigts à son nez. Et ça sent pareil, en plus. Une odeur de poisson mort.

Les autres éclatèrent de rire et s'enhardirent. Leurs mains se posèrent sur ses cheveux, caressèrent et pincèrent ses épaules, ses fesses et ses seins. Leurs rictus amusés découvrirent leurs dents jaunies par le tabac sous leurs moustaches jaunâtres. Plus personne n'appelait à tuer la sirène, mais leurs caresses se faisaient toujours plus insistantes, toujours plus agressives. Beeta se mit alors à crier et à pleurer en essayant de les repousser. Finalement, l'un des plus jeunes l'attrapa par les poignets et, plaquant ses bras le long de son corps, il la força à s'allonger pour se coucher sur elle.

Beeta hurla et gémit de plus belle en suppliant les autres de l'aider. Mais ses plaintes restaient inintelligibles.

— Elle a une voix de dauphine, rigolèrent les badauds. Incroyable ! Vous filmez ? Faites une vidéo !

Celui qui était vautré sur elle commença à lui embrasser les seins à pleine bouche, suçant et mordant avec avidité, mais soudain il se mit à cracher.

— Beurk ! ça sent la vase et les algues ! s'exclama-t-il l'air dégoûté.

Il ne la laissa pas tranquille pour autant. Il frotta son visage et son torse sur les seins fermes de Beeta en lui donnant des coups de hanches. Il chercha ses lèvres pour l'embrasser, lui suçoter la langue, mais elle se débattait et secouait la tête tant qu'elle pouvait sans cesser d'appeler au secours.

Il finit par renoncer et se releva.

— Il n'y a pas de trou ! dit-il.

— Quoi ? Comment c'est possible ? s'étonnèrent les autres. Elles font comment pour avoir des bébés ?

— Cherche encore, insista quelqu'un. Tu vas trouver.

Ils s'y mirent à plusieurs. Ils tournèrent et retournèrent Beeta, dont le visage et la longue chevelure noire tout emmêlée étaient à présent couverts de sable et de boue, ils lui tripotèrent les fesses et enfoncèrent leurs doigts entre ses écailles délicates sans une once de pitié. Ils ne trouvèrent pas ce qu'ils cherchaient, mais à force d'appuyer, leurs ongles avaient ouvert des plaies dans sa chair. Elle saignait, hurlait, suppliait. Le jeune homme se releva rageusement, ferma sa braguette et lui donna un gros coup de pied dans la hanche.

— À quoi elles servent, alors ? lâcha-t-il avant de se tourner vers le gardien de la révolution ? Et toi, qu'est-ce que tu attends ? Tue-la !

Le jeune homme qui s'était opposé à son exécution continua à filmer en secouant tristement la tête. Il aurait voulu s'interposer ou au moins dire quelque chose, mais il regarda tous ces hommes et comprit qu'il n'avait pas la moindre chance. Il les connaissait tous et il était connu d'eux. Il devait de l'argent à plusieurs d'entre eux, il travaillait pour celui-ci et il voulait demander la main de sa fille à celui-là. Parmi eux se trouvaient le frère de sa mère et l'un de ses oncles par alliance du côté de son père. Dans ces petites localités, où ils semblaient vivre ensemble depuis des millénaires, les gens étaient tous liés les uns aux autres. Les secrets et les confidences de chacun s'y répandaient comme une traînée de poudre. Il agrandit leurs visages avec son portable pour les examiner de plus près ; tous ces gens qui lui étaient apparentés de près ou de loin n'avaient qu'un cerveau, le même esprit dans plusieurs corps. Et lui ? Il fit apparaître son image à l'écran. Qui était-il ? Un de leurs fils, le futur père de certains de leurs petits-fils. Ces pensées l'attristèrent et ses mains se mirent à trembler, mais il continua à filmer.

Il déplaça l'objectif de son portable et fit un zoom sur le visage du gardien de la révolution qui regardait les autres hommes et semblait hésiter. Le jeune homme se souvint que c'était le professeur qui lui avait enseigné le Coran au lycée, le voisin de sa tante et de son oncle par alliance. Personne ne disait rien, mais on lisait dans leurs yeux qu'ils étaient tous d'accord. Plusieurs d'entre eux souriaient.

— Bon, qu'est-ce que t'attends ? finit par crier quelqu'un.

À ces mots, les autres semblèrent sortir de leur torpeur collective.

— Tue-la ! À mort, la sirène !

Le coup de feu retentit quelques instants plus tard, alors même que l'espoir commençait à germer dans le cœur du jeune homme. En quelques secondes, il s'était laissé gagner par la certitude illusoire et futile qu'une force surnaturelle viendrait sauver Beeta. Incrédule, il vit le soldat abattre la magnifique créature avec son Colt 45 devant des dizaines de témoins. Le gardien de la révolution se tourna vers les autres avec un sourire victorieux et remit son arme encore fumante dans le holster de sa ceinture. Le sang de Beeta éclaboussa les pieds et les mains des pêcheurs et des vendeurs d'oranges et de riz. Certains de ceux qui filmaient encore secouèrent la tête comme s'ils étaient désolés, se détournèrent et partirent en se murmurant des commentaires à voix basse. Ils montèrent sur leur moto ou dans leur voiture et partirent pied au plancher en espérant être les premiers à poster leur vidéo sur Instagram, YouTube ou Facebook.

Deux ou trois hommes allèrent chercher des pelles dans leurs véhicules et se mirent à creuser dans le sable et la boue, puis du bout du pied, ils poussèrent Beeta au fond du trou en jurant.

— Salope ! Si on l'a tuée, c'est pas pour rien. Elle a bien dû faire quelque chose !

Plusieurs d'entre ceux qui filmaient encore éparpillèrent du sable sec et des coquillages sur la fosse pour qu'on ne devine pas qu'un corps était enterré là. Au coucher du soleil, les derniers badauds qui traînaient encore sur la plage rentrèrent chez eux raconter cette passionnante histoire à leur femme sans se douter qu'un petit garçon qui avait observé toute la scène les avait tenues au courant quelques heures avant eux.

Les femmes s'étaient alors réunies pour parler de cet épisode tragique. Elles s'étaient désespérées pendant des heures, maudissant et condamnant leurs époux, leurs frères et leurs pères. Mais quand la nuit commença à tomber, chacune se rappela que ses fourneaux l'attendaient, que ses enfants n'avaient pas fini leurs devoirs et que si elles n'étaient pas rentrées à temps, leurs maris furieux s'en prendraient à elles. Il fallait penser à dresser la table avant leur retour et faire semblant d'ignorer tout ce qui s'était passé pour qu'ils puissent au moins leur parler, se confier à elles et ressentir à nouveau la proximité et l'intimité qui avaient déserté leur mariage depuis longtemps. Ensuite, ils boiraient du thé bien chaud et iraient au lit ensemble.

18

PAPA REVINT À RAZAN, mais pas quand je le lui demandai. Il resta à Téhéran en attendant que le maire vienne en personne chez les Esfehani pour les faire capituler sous la menace des bulldozers. Mais leur position n'avait pas changé et le maire dut se résoudre à l'inévitable.

— Pourquoi préférez-vous voir la maison détruite plutôt que de me la vendre ? demanda-t-il à mon grand-père.

— Parce que vous êtes la destruction en personne, répondit simplement grand-père Jamshid.

Furieux, le maire ordonna la démolition de la maison, et les ouvriers qui suivaient aveuglément les ordres commencèrent par piller la maison sous les yeux incrédules de ses occupants. Ils chargèrent jusqu'aux plus petits objets personnels, dans leurs camions et leurs véhicules personnels, puis ils les emportèrent. Assis sur la terrasse, mes grands-parents et mon arrière-grand-père – qui avaient plusieurs centaines d'années à eux tous – se virent dépouillés de tous leurs biens : tapis et carpettes, tableaux, statues, livres, lustres, charnières anciennes, porcelaines peintes, antiques récipients en cristal, en cuivre ou en céramique disparurent les uns après les autres. Ils virent les ouvriers malmener leurs livres et casser une partie de leurs antiquités – vases, cadres et vaisselle ancienne. Ils les virent marcher sur leurs tapis et écraser les cornouillers qui poussaient dans le jardin depuis deux cents ans sous les roues de leurs voitures. Ils assistèrent à tout cela sans rien dire. La destruction était totale, mais que pouvaient-ils y changer avec le peu de vie qu'il leur restait ? Une fois la maison entièrement vidée de ses objets, les démolisseurs s'attaquèrent aux boiseries sculptées des fenêtres et des portes qu'ils démontèrent. Avant de quitter les lieux, le dernier ouvrier délogea Papa et les autres de leurs chaises et les emporta aussi. Une seule chose avait été soustraite aux pillards : le vieux coffre de leur illustre ancêtre Zakariya al-Razi. Alors, comme convenu, Papa, mes grands-parents et mon arrière-grand-père s'enlacèrent et s'embrassèrent puis, sous les yeux ébahis du maire et des ouvriers, Papa laissa les trois autres rentrer dans la cour intérieure, sous la véranda, se prendre par la main et s'asseoir sur le sol en ciment.

Sans attendre que les bulldozers commencent à démolir la maison, sans attendre qu'elle s'effondre sur ses trois occupants et les enterre vivants, Papa mit le vieux coffre dans sa voiture et pleura pendant tout le trajet jusqu'à Razan.

19

AINSI, MÊME LA PRÉDICTION DE NOTRE ILLUSTRE ancêtre Zakariya al-Razi ne se réalisa pas. Beeta ne vécut pas assez longtemps pour veiller sur le coffre et ses livres anciens. Combien de fois peut-on encaisser ce choc fatal ? Papa avait résisté aux trois premiers mais le quatrième eut raison de ses dernières forces. La mort brutale de Beeta fut le coup de grâce. Après Beeta, le temps était venu pour Papa et Maman de s'en aller à leur tour. Je les emmenai à l'endroit où elle était enterrée. Nous sortîmes son corps du sable pendant la nuit pour la ramener au verger. Là, sans cesser de pleurer et de nous lamenter, nous creusâmes une sépulture sous un vieux chêne. Ayant descendu sa dépouille chatoyante – dont la queue extraordinaire, les longs cheveux et les écailles luisaient encore sous les premiers rayons du soleil – au fond de la tombe, ayant refermé ses mains autour de ses chaussons de danse, nous déposâmes le vieux coffre millénaire à côté d'elle, un coffre qui renfermait deux livres écrits par Zakariya al-Razi, *Les Prophètes et leurs frauduleux artifices* et *La Violation de la religion.* Ensuite, nous l'ensevelîmes et nous attendîmes la neige.

Quand elle se mit à tomber quelques secondes plus tard, Sohrab et Beeta nous apparurent enveloppés de flocons blancs étincelants. Nous nous enlaçâmes en souriant. Ensuite, nous regardâmes la neige recouvrir le verger. Elle recouvrit la tombe, les souvenirs, les maisons. Elle recouvrit tout ce qui nous était arrivé.

Pour la première fois depuis des années, nous étions enfin réunis, tous les cinq. Nous nous tenions par la main et, pour la première fois, nous vîmes de nos yeux ce qu'il adviendrait du verger dans les siècles à venir. Nous vîmes la maison en ruine qui disparaissait au milieu des fougères, des hautes herbes et des arbres ; nous vîmes les poissons devenir si nombreux qu'ils finirent par s'entre-dévorer. Pendant des siècles, personne ne construisit de cabane sur le plus gros noyer de la plantation et personne ne fut frappé d'une illumination au sommet du prunier sauvage. Personne ne vint admirer les envoûtantes ruines du temple du feu et les ossements des zoroastriens du temps jadis. Des siècles plus tard, quand on découvrit la tombe de la triste Beeta, les journalistes s'emparèrent de la nouvelle et les journaux titrèrent que les sirènes avaient bel et bien existé, autrefois. Mais ils ne comprirent jamais pourquoi elle tenait deux chaussons de danse roses entre ses mains ni pourquoi un vieux coffre contenant deux manuscrits de Zakariya al-Razi était enfoui près d'elle.

Le moment était venu. Sous la neige fine mais drue, par respect pour mes parents, pour toute une vie de lutte et de souffrance, les arbres, l'herbe, les fougères et le chèvrefeuille enroulèrent leurs tiges et leurs ramures pour former des entrelacs qui poussèrent si haut que le verger tout entier fut bientôt caché par une immense canopée. En nous tenant par la main comme quand nous étions enfants, Beeta, Sohrab et moi, nous accompagnâmes Papa et Maman dans leur chambre, celle où ils devaient mourir ; pourtant, leur mort se ferait attendre plus longtemps que nous le pensions.

Ils nous embrassèrent calmement, sereinement, puis ils se couchèrent l'un à côté de l'autre sur le lit, main dans la main, les yeux fermés.

— Nous vous reverrons bientôt de l'autre côté, promit Maman avant de mourir.

Une heure plus tard, ils étaient toujours vivants. Papa rouvrit les yeux.

— La mort musarde en chemin. Continuez à vaquer à vos affaires, tous les trois, dit-il en souriant.

Nous les quittâmes et allâmes nous asseoir dans une autre pièce pour attendre. Mais attendre ne fut pas facile. La mort continuait à nous inspirer une peur enfantine, aussi, pour nous distraire de l'angoisse, nous fîmes ressurgir nos souvenirs. Nous imaginâmes ce que nous ferions si nous étions vivants, ce que nous ferions si nous étions nés à une autre époque ou à un autre endroit. Beeta dit qu'elle serait sans doute devenue danseuse étoile, qu'elle serait tombée amoureuse d'un artiste et qu'elle l'aurait épousé. Sohrab, qu'il serait devenu reporter et qu'il aurait passé son temps à voyager d'un pays à l'autre pour écrire ses articles. Je leur confiai que j'aurais aimé devenir écrivain. Pourtant, ces châteaux en Espagne n'empêchèrent pas la peur de s'immiscer entre les mots, de s'insinuer dans nos rêves et nos souvenirs pour finir par s'imposer. Soudain, Beeta se mit à pleurer.

— Maman et Papa méritaient mieux que ça. Comment ont-ils pu surmonter la douleur de nous voir mourir les uns après les autres ?

— On peut résumer leurs vies en deux phrases, ajouta Sohrab en allumant une cigarette. Ils tombèrent amoureux et voulurent se construire un avenir radieux, une vie heureuse pour eux-mêmes et pour leurs enfants. Mais leur existence fut marquée par la mort, la confusion et les souffrances, puis ils moururent à leur tour.

— Je suis heureuse qu'aucun de nous n'ait eu d'enfants ! Ce monde est trop dangereux pour y faire naître des enfants.

Notre appréhension grandissait d'heure en heure, et la colère que suscitaient nos souvenirs, tous plus atroces les uns que les autres, ne nous quittait pas non plus. Un, deux, trois jours passèrent et la peur était toujours là. Nous avions l'impression d'être assaillis par toutes nos peines et tous nos tourments à la fois. Puis, au soir du troisième jour, un inconnu aux yeux tristes arriva, fatigué et couvert de poussière. Il portait un gros sac sur son dos et il se fraya un chemin jusqu'à notre maison à travers l'épaisse végétation formée par les buissons, les arbres et les plantes grimpantes. Il entra sans saluer personne, comme s'il était chez lui, et alla directement dans la chambre de nos parents.

— Venez ici ! ordonna-t-il d'une voix forte.

Nous le rejoignîmes.

— Je suis venu vous transmettre un message de vos parents. Ils ne pourront mourir que quand vous arrêterez de geindre et de pleurnicher, indiqua l'homme au regard triste et aux cheveux déjà gris.

— Comment pouvons-nous être sûrs que vous dites la vérité ? demandai-je.

D'un air placide, l'homme se tourna vers nos parents qui étaient toujours dans le coma.

— Redressez-vous ! ordonna-t-il.

Comme s'ils agissaient de leur propre chef, Papa et Maman s'assirent sur le lit, la tête ballante. Voyant qu'il avait réussi à nous convaincre, le messager les laissa se rallonger. Ensuite, il nous accompagna dehors, sur la terrasse.

— Une fois libérés de votre peur et de votre colère, ils pourront mourir et ils vous rejoindront trente minutes plus tard, conclut-il.

Puis il s'en repartit comme il était venu et disparut au milieu de la végétation.

C'est ainsi qu'au cœur d'une froide nuit d'hiver, au cours d'une année comme Dieu en égrène par milliers, Maman et Papa moururent et purent enfin venir à nous qui les attendions autour d'un feu, dans la cour. Le lendemain, au petit matin, les dernières braises étaient éteintes quand Maman se leva et se dirigea vers la forêt sans un mot. Nous la suivîmes sans savoir où nous allions. Nous marchâmes encore et encore, jusqu'au moment où nous atteignîmes un prunier sauvage. Ses branches étaient encore chargées de fruits. Nous en cueillîmes quelques-uns pour les manger. Voilà la dernière saveur que nous emporterions en quittant ce monde.

— Bizarre, je n'avais jamais vu cet arbre, fis-je remarquer.

— Parce que c'est un arbre comme tant d'autres, répondit Maman.

Quand elle commença à grimper sur le prunier, nous la suivîmes. L'arbre ne semblait pas assez gros pour supporter le poids de cinq personnes, mais nous nous aperçûmes bientôt qu'il grandissait et grossissait à mesure que nous grimpions. Quand nous nous arrêtâmes à quelques mètres du sol, il cessa de pousser. Quand nous reprîmes notre ascension, il fit de même.

Nous grimpâmes encore et encore jusqu'à dépasser les nuages. Nous pouvions voir la Terre tout là-bas. Nous restâmes immobiles et l'arbre fit de même. Nous regardâmes en bas. Nous regardâmes la Terre, avec ses forêts, ses océans, ses montagnes et ses nuages ; avec ses pays, ses frontières, ses peuples, leurs amours et leurs haines, ses meurtres et ses pillages. Nous nous regardâmes et nous comprîmes qu'il nous serait facile de laisser tout cela derrière nous. Nous continuâmes à monter jusqu'à ce que nous arrivions tout en haut de l'arbre. Maman, qui était en tête, se retourna et nous observa l'un après l'autre, puis elle sourit et disparut, absorbée par l'écorce de l'arbre. Papa disparut à son tour, puis Sohrab, Beeta et moi aussi. Voilà.

PEFC™ 10-31-3068 / Certifié PEFC

Cet ouvrage est composé de matériaux issus de forêts gérées durablement certifiées PEFC™.
Le Programme de reconnaissance des certifications forestières (PEFC™) est le plus grand organisme mondial indépendant de contrôle pour une gestion durable des forêts. Pour en savoir plus, consultez le site www.pefc-france.org

Achevé d'imprimer en juillet 2021
par CPI Bussière
À Saint-Amand-Montrond (18)
Dépôt légal : août 2021
N° d'impression : 2058383
Imprimé en France